妖怪旅館營業中

三

料理鬼妻的美食外交

友麻碧

輕文學
Light Literature

目錄

「你今天也來看我了嗎？」

昏暗房間中無光的角落，站著那位妖怪。
隱隱浮現於一片漆黑中的，只有那張面無表情的純白能劇面具。
妖怪於下著雷雨的那晚開始找上我，今日已經是第五天。
「這個拿去吃吧。」
他從黑暗中伸出手，不知道把什麼東西遞給了躺在地板上的我。
我每天都會從他那邊分到食物，然而這一晚他給的，感覺跟以往不太一樣。
當時我還小，卻能夠清楚感受到——
他給我的「食物」擁有不尋常的能量。而且那看起來「美味得令人食指大動」。
「這個拿去吃吧。」
意識陷入朦朧的我，還是乖乖聽從吩咐接了過來，一口咬下。
這該說是甜還是辣，又或者是酸還是苦呢……？
連吃起來是什麼味道我都說不出個所以然，甚至覺得這食物好像讓我嘗盡了世上所有美味。
啊啊，怎麼會有如此好吃的東西。雖然至今為止他分給我的食物也都很好吃，但是今天這東西莫名美味得沁入肺腑。

美味得讓我不禁淚流不止。

那是一股溫暖與柔軟的感覺，讓我虛弱的身體與孤獨受傷的心得到撫慰。

那滋味帶給我顛覆一切固有常識的衝擊，好似過去的自己被破壞殆盡，獲得重生的蛻變。

「……好吃嗎？」

「嗯……嗯，非常好吃。」

我吃著，任憑臉上淚珠滑落。戴著白色能面的妖怪輕輕把手伸了過來。

映入眼簾的是白皙又纖細的手指。他用手指輕撫我的眼眶，為我拭去淚水。

隨後他便打算離去，於黑暗中消失。

當時的我心中突然產生一股毫無來由的預感，總覺得他這次的離開，會是我們的永別。今天會不會是他最後一次來見我了呢……

「你要走了嗎？」

「我不會再來了，因為現在似乎已沒這必要了。」

「……」

從他的語氣中我感受到他的去意已決。

雖然是有點寂寞，但我並不覺得自己被他拋下了。

也許是這個妖怪所賜給我的每一餐，都帶著溫暖的熱度，讓我覺得自己似乎被某種不知名的

「滿足感」給填滿了。

「我們還會再見面吧？」

然後我將內心的願望問出口。

此時的我已經不求死了，我確信自己正活著。

「……好好吃飯，打起精神……活下去……」

在身影即將消失於黑暗的瞬間，他轉過了頭，摘下臉上的白色能面。

「等妳長大成人之時，必定還能相見。」

那個妖怪到底是誰呢？

而當時的我，又到底是吃了什麼而撿回一條命的呢？

第一話　妖怪們與日式麵包

隱世正式邁入了夏季。

我——津場木葵，正在夕顏的後方，從巨大的石頭烤窯中取出鐵板。鐵板上頭排放的是剛烤好的麵包。在正午時分頂著大太陽幹這種活真是……

「燙燙燙……啊啊，嗯。不過麵包烤出的顏色不錯呢，香氣也很棒。」

用石窯烤出來的麵包，擁有格外蓬鬆又Q軟的口感，這次多下了點工夫做的是「日式麵包」。

稍微靜置放涼後，我將麵包分門別類放進不同的竹簍，擺在店內吧檯上。

噢噢……簡直就像麵包店似的。雖然品項還稱不上豐富。

「哦？葵小姐，您今天起得真早呢，夕顏今天不是公休嗎？」

「啊，銀次先生，早安。」

銀次先生來到店裡。身為九尾狐妖的他是天神屋幹部之一，擔任「小老闆」一職。而他同時也身兼夕顏的負責人，總是陪伴在我身邊給予第一線的支援。

「我剛剛在烤麵包。正好今天也不開店嘛，而且最重要的是，今天是我期待已久的『重要日子』啊！所以就忍不住早點起床了。」

「哈哈……還真像葵小姐的作風呢。您確實一直心心念念這天的到來呢。」

沒錯。對我來說今天是與眾不同的大日子，所以心情才會這麼好。

「啊，銀次先生，你要吃麵包嗎？」

「就在等您這句話。剛才我沿著中庭的連接走廊走過來的路上，就一直覺得這真是迷人的香氣呀～」

銀次先生合起雙掌，搖曳著那氣派的九條尾巴，難掩雀躍地往我這走過來。

他看了看吧檯上一字排好的竹簍中所裝的麵包問我：

「是加了日式小菜的調理麵包嗎？您推薦哪種呢？」

「嗯～我個人推薦金平牛蒡絲的吧。」

我拿起吧檯最邊緣的一只竹簍，裡頭裝的是金平牛蒡絲口味的調理麵包。扁平狀的麵包共有三塊。這些是以揉成盤子狀的麵糰，擺上加了蒟蒻、口味甜中帶鹹的金平牛蒡絲所烘烤而成的。

「金平牛蒡絲麵包，這還是我第一次聽聞呢。」

「在現世很常見呢，不只有金平口味，還有鮪魚搭配牛蒡絲啦、或是牛蒡做成沙拉夾在麵包裡……雖然不是時髦的高級料理，感覺就像老街裡從小吃到大的小小麵包店會賣的東西……這就是純樸的調理麵包。」

「很不錯呢，聽起來不但美味掛保證，也很貼近夕顏這間店的概念。」

「來，吃吃看吧。」

我捧起裝著金平牛蒡麵包的竹簍，遞給銀次先生。銀次先生一臉專注地觀察著這些麵包，然後拿起其中一個咬了一口。

「嗯！這……啊啊，非常美味呢～」

以銀次先生來說，這樣的反應算是格外激動了。

「對吧，意外地很搭吧？」

「沒錯，柔軟的麵包搭配口感爽脆的金平牛蒡絲，實在絕配。西式麵包與日式料理的組合……如果是這種麵包，感覺隱世妖怪們的接受度應該會滿高的呢。」

「嗯嗯……我就是想說差不多該正式研究一下，能在店裡販售的麵包有哪些了。」

包有半熟溏心蛋的炸麵包。

將芝麻與抹茶和入麵糰中的麵包捲。

每天吃也不會膩的基本款白吐司等……其他還試做了好幾種。

我剛好嘴也有點饞，便拿了幾顆小巧的麵包球吃吃看。這是包有鹽漬昆布絲與麻糬的口味，口感彈性絕佳，像糯米糰子一樣美味呢。

只不過在大快朵頤的同時，我的臉上也漸漸露出難色。

「不過……要納入店內菜單正式販售的話，就需要確保麵粉跟酵母的固定供應源。光是試做的份，酵母就快不夠用了。」

「確實沒錯。畢竟這些原料在隱世不是那麼好入手呢。」

我們倆陷入一陣苦思，但手也沒停下來，繼續拿著麵包往嘴裡塞。

雖然站著吃東西實在不太好看……算了，這可是為了工作而試吃呀。試吃。

「香味十分誘人是也～」

就在此時，我發現年幼的庭園師鐮鼬三人組正站在店外，往裡頭窺探。

庭園師的工作分為早班與晚班，因此早班的鐮鼬都得一大早就起床，常常餓著肚子跑來我們店裡。尤其是其中年紀較小的一群。

「小老闆，您早安～」

「你們早。這麼一大早就起床上工，真了不起呢。」

「不敢當是也～」

三人組一起向小老闆銀次先生鞠躬問候。雖然現在還是聽不慣這麼小的小朋友說什麼「是也」，不過也是逗趣得很可愛。鐮鼬是一群留著淡綠色頭髮的妖怪，體型嬌小可愛，簡直就像妖精的化身。

「葵殿下～這股香氣究竟來自哪兒呢～？」

「這個呀，是麵包的香味喔。你們吃過麵包嗎？」

小鐮鼬們一致仰望著我，露出一臉茫然的呆愣表情，完全表現出對麵包的一無所知。

「口感很柔軟，很好吃的唷。有甜的跟鹹的，你們想要哪種？」

「甜的是也～～」

小鐮鼬們團團圍住我。

「我、我知道了啦，你們冷靜點。我看看喔……那就給你們剛出爐的紅豆麵包吧，裡頭有加煉乳唷。」

我烤的紅豆麵包是最典型的圓滾滾狀，不過紅豆餡的甜度壓得比較低，並加入用濃醇鮮乳製作而成的煉乳，一起包在麵糰裡烤成的。麵體本身帶一點點鹹，閃耀著油光的表面還灑上黑芝麻點綴。

我發給他們一人一個紅豆麵包，這群孩子一見到這圓滾滾的外型加上油亮亮的表面與柔軟的觸感，雙眼立刻發亮。最小的女孩率先咬下一大口，其他人見狀也一起大口大口享用。

結果這至今從未體驗過的全新口感就像奇幻的魔法，讓他們驚訝得瞪大了雙眼。

「軟綿綿的～」「好柔軟喔～」「滿滿的內餡～」

隨後響起的是你一言我一語的感想，激動得連「是也」都忘了說……

不過一大早剛出爐的麵包，的確是無與倫比的美味。

紅豆麵包正是日本所創造出最貼近在地口味的一種代表性麵包。雖然麵包本身是源自西方的食物，但據聞紅豆麵包是以和菓子為概念所孕育出的傳統新美味。

正因如此，我才確信對麵包感到陌生的隱世妖怪們一定也能接受這樣的口味。

意猶未盡的小鐮鼬們一臉興奮難耐，纏著我想多要一點麵包吃。

正當我被他們推擠得喘不過氣之時，小鐮鼬們的哥哥——佐助來到了店裡。

「好了！你們造成葵殿下的困擾了是也！老是這樣胡來！」

鐮鼬佐助的外貌相當於國中生，是天神屋的王牌庭園師。

「佐助哥哥！我吃了『麵包』唷～」

「麵包？啊、八兵衛，你最後忘了說『是也』！」

「啊、是也～」

被佐助訓斥的小鐮鼬們不敢多話，開始異口同聲嘟噥著「是也」兩字。

「是也」到底是什麼家規……

「佐助要不要也嘗嘗麵包？」

「麵包……在下，屬於米飯派是也。」

佐助盤起雙臂又皺緊眉頭，露出一臉為難的表情說道。總覺得真可愛。

「啊，所以佐助知道麵包是什麼囉？」

「過去史郎殿下曾經帶了麵包給在下，說是來自現世的土產是也。吃起來又硬又乾的……必須不時配水才有辦法下嚥是也。」

「爺爺到底是帶了什麼麵包過來啊。」

再說爺爺本來就是討厭吃麵包的人才對，竟然會帶麵包過來當土產……

「米飯確實是偉大的主食呢。不管麵包多美味，我想對於大多數日本人來說，沒有米飯還是活不下去的。果然白米飯才是每天吃都不會膩的呀……」

「而妖怪們又格外熱愛米飯呢，據說這正是麵包在隱世遲遲未能普及的原因。西式麵包的雛形其實很早以前就傳入這裡了，真可惜。」

「是喔？」

「沒錯，不過就是無法普及。從這結果來看，可能確實有一部分妖怪對麵包有所抗拒吧？或許很多人不願意嘗試新東西。」

據銀次先生所說，妖都似乎有一、兩間麵包店，因此麵包對妖怪來說也不全然是未知的食物。只是麵包師傅不夠多也是個問題，讓這食物一直難以推廣成功。還有，對隱世的妖怪而言，「主食吃白米飯，甜點吃和菓子」似乎可說是理所當然的道理。

喜歡米飯這點我也感同身受，所以並沒有想否定米飯派的意思，因此我打算幫佐助做點別的東西。

然而，佐助的雙眼已緊緊鎖定排列在吧檯上的剛出爐麵包。

「總覺得……這跟史郎殿下送我的土產好像不太一樣……」

隨後他一臉正經地如此說道。同時被弟弟八兵衛指正了：「哥哥，你忘了說『是也』！」

「是不太一樣吧，因為這是有餡料的調理麵包。我是不清楚佐助當時吃了些什麼，不過我試著做了這種和風口味的日式麵包，你有沒有想嘗嘗看的？」

「這個是？」

佐助伸手指向的麵包，有著飽滿的圓滾滾外型，上方尖端部分被劃開來，微微露出燉煮過的紅蘿蔔與馬鈴薯內餡。

「啊，那是馬鈴薯燉肉麵包唷。麵包裡塞了之前多做的馬鈴薯燉肉，飽足感滿分。」

「馬鈴薯燉肉……」

「佐助很喜歡這道料裡對吧，要不要嘗嘗看？」

我將竹簍捧到佐助的面前，邀請他拿一個。

雖然他起初對麵包這東西表現出極強烈的戒心，屢次伸出手又縮了回去，最後還是在一陣掙扎後敗給飢餓感，拿起一個麵包。

然後他一鼓作氣，大口咬了下去。

「……唔！」

不知為何發出了一聲悶哼。

「如何？跟爺爺給你的麵包比起來，還可以吧？」

「豈、豈止還可以……這實在是不可思議地美味是也。如此柔軟的口感……咦？麵包，原本是這麼……咦？」

佐助表現出有別於往常的混亂，不過還是單手拿著馬鈴薯燉肉麵包大快朵頤，然後又抱頭陷入苦惱之中。我湊近他的臉問：「你還好嗎？」

「欸，爺爺給你的到底是什麼樣的麵包呀？」

「裝在罐子裡頭，比這再小一點……四四方方的，很硬……實在太硬了……」

「咦？」

他說的該不會是營養口糧吧……我與銀次先生斜眼互望。

「嗯。那不是一般的麵包，所以別放在心上囉。那是一種叫營養口糧的備用糧食。」

想必這一定是祖父惡意的玩笑。我輕輕拍了拍佐助的頭。

「在下明明是第一次吃到馬鈴薯燉肉麵包，卻覺得有一股熟悉的味道是也……真正的麵包都是這樣，有一股親切感嗎？」

「你很中意嗎？說得沒錯呢～馬鈴薯燉肉跟麵包意外地搭配呀。」

剩餘的馬鈴薯燉肉在經過一夜放置後更加入味，再包進原味麵糰中一起烤。步驟就是如此簡單，然而香氣誘人的麵包與鬆軟的馬鈴薯燉肉，兩者一起入口時的暖心美味，實在是難以言喻的無上享受。

「好了，你們這群小傢伙，就算麵包再怎麼美味，可不能通通吃光光是也。趕快回去工作崗位上了是也。」

「可是～哥哥，人家還想多嘗嘗那個叫麵包的東西是也……」

小鐮鼬以手掩口，露出垂頭喪氣的表情，似乎很難過。佐助則嚴正拒絕：「不可以是也。」

「啊，那不然再一個就好，好不好？大家可以各挑一個喜歡的麵包帶走唷！」

「耶！謝謝葵殿下是也～」

幼小的鐮鼬們開心地舉高雙手，每個人各自選一個喜歡的口味，踩著雀躍的腳步蹦蹦跳跳地離開夕顏。

「葵殿下、小老闆，實在不勝感謝。那群小傢伙總是這樣胡鬧，麵包錢就由在下來支付是也……請問總共多少錢？」

佐助不知從哪裡掏出一個口金零錢包。

我與銀次先生面面相覷，心想：「也還沒想過定價多少這回事。」

「不用了，這是為了了解妖怪們對於哪些麵包的接受度比較高所必須進行的調查嘛，這次就當作請你們試吃了。」

「話可絕不能這麼說是也。夕顏的經營才剛起步，在隱世要找到製作這些麵包的材料，肯定價格不菲吧，在下也想用實際行動表達支持是也。」

「佐、佐助！」

佐助的貼心讓我感動得用雙手摀住了嘴。

果然他是個認真的好孩子呀，真想收他作弟弟……

「那不然這樣如何呢？收費就依照往常，一樣收取五百蓮，但讓你們吃到飽，包含感想回饋唷。小傢伙們就不用算錢了，佐助先生只要付自己的份就行。」

「這樣也行呢。所以佐助呀，你們想吃時儘管過來沒關係！這裡麵包還多得很。」

「此話當真是也？」

佐助的臉上突然綻開大大的笑容，他將一枚五百蓮硬幣交給我結帳之後，整個人輕飄飄地往前走，像是被擺在吧檯上的麵包吸引過去一樣。都招待大胃王佐助盡情吃到飽了，這下就不用擔心麵包會剩下來了吧。

「話說回來，在下總覺得葵殿下今日格外靜不下來是也？」

「啊、果然看得出來嗎？沒錯沒錯，其實啊，今天是……」

「啊啊啊！你們果然趁我沒注意，就在偷吃一些看起來很不錯的東西！這群傢伙實在太賴皮了！」

「啊、阿涼。」

正當我準備向佐助介紹我期待已久的「大事」時，阿涼以雙手扠腰、兩腿大開的姿勢站在夕顏的店門口，不知怎麼看起來氣呼呼的。

身為雪女的阿涼擔任天神屋的女接待員一職。別看她這樣，本來也是個女二掌櫃。

「虧我還貼心地想今天夕顏休息，要是放假還叫妳做早飯，實在有點過意不去……結果從中庭那邊稍~微偷偷觀察一下，竟聞到了不得了的香味……所以想說你們絕對在這偷偷摸摸幹些什麼好事！」

「妳幹嘛這麼生氣呀？話說原來妳還有這麼體貼的心思喔？」

「還不是……還不是妳！要做這麼好吃的東西，應該先把我叫過來呀！」

阿涼怒指著我，又「哼」了一聲撇過頭去。這算什麼呀？

然而，她似乎對於吧檯上的麵包在意得不得了，時不時往這裡偷偷一瞥。果然是平常的那個阿涼。

「這是麵包啦。想吃的話就拿起來吃吧，五百蓮吃到飽。」

阿涼一聽見此話，便嘟著嘴從懷裡掏出錢包，取出大小不一的零錢湊成五百蓮，放在一旁的客席桌面上，一溜煙地跑向我這裡。看來她似乎餓壞了。

「妳喜歡哪種？」

「大口大口吃的。」

「一大早就這麼有胃口？不愧是阿涼呢。那麼，這個如何？照燒美乃滋雞肉麵包，裡頭還放了滿滿的洋蔥。妳很喜歡美乃滋對吧？」

照燒美乃滋雞肉麵包正如其名，在扁平的橢圓形麵包中央弄個凹洞，裡頭填入預先做好的照燒美乃滋雞肉，再擺上切成薄絲的洋蔥，最後加上美乃滋與海苔絲，進爐烘烤而成。我將裝滿這款麵包的竹簍拿到阿涼面前。

「照燒美乃滋……」

阿涼雙手拿起麵包，大口咬下去，動作不帶一絲遲疑。

至於這一大口比男生的吃相還更豪邁，在此就不強調了。

以醬油為基底的照燒醬，跟帶著甘甜味的洋蔥絲是絕配，加上美乃滋的酸味後更是一絕，最後灑上海苔絲，簡直成為無敵的「日式」黃金組合。

「唔唔……好好吃……」

阿涼不知為何抬頭仰望天空，看似很不甘心，然而還是一口接著一口解決掉麵包，最後舔了舔嘴唇畫上句點。

「麵包原來是這麼美味的東西……軟軟的又蓬鬆，真是罪惡的食物啊……還有，照燒美乃滋太棒了。」

「看來已重拾好心情了呢……阿涼小姐。」

銀次先生難得吐嘈一句。的確，看來她早已忘記自己剛剛還在為麵包大為光火。

阿涼與佐助兩人你爭我奪地拿起麵包一個接著一個吃。

不妙……再這樣下去，會被這兩個傢伙吃光！

「嗯，再說平常到了這時間，春日跟曉應該也快來了耶……不知道他們今天會不會來呢？」

我開始擔心起他們倆……再不快點過來，麵包就要被掃空囉。

「啊，我想春日今天應該不會來唷。她似乎一早就去澡堂那邊幫忙。」

「澡堂？」

「是的。她跟溫泉師靜奈同住一間宿舍，關係很好。由於澡堂內有名員工中暑，請假靜養，所以現在人手不足。」

「哦，所以春日她才……原來那個溫泉師跟春日是室友啊。」

澡堂的溫泉師靜奈——我曾經跟她有過一面之緣。

那是我剛來到隱世沒多久，正在找工作時的事情。

沒記錯的話，她似乎是一種叫「濡女」的妖怪，個性膽小怯懦，不過那雙圓潤的眼睛讓我留下深刻印象，是個可愛的女孩子。

自從那次以來，我再也沒見過她。畢竟我也不會跑去本館的大澡堂洗澡。

不過，也許「今天」這日子，有機會見到她一面也說不定。

「葵，妳幹嘛露出那種噁心的笑臉？」

阿涼這句失禮的問題讓我回過神來，清了清嗓子。

「這個嘛……所以曉呢？」

「喔喔，曉殿下從一大早就匆匆忙忙的，畢竟今天他要與大老闆啟程前往現世幾天是也。」

佐助邊將芝麻抹茶口味的麵包捲往嘴裡塞，邊鼓著飽滿的雙頰為我說明。

「咦，所以大老闆他今天要去現世？」

銀次先生開口回答我的問題：

「是的，葵小姐不知道嗎？大老闆偶爾會赴異界進行各種工作。」

「是喔，也就是所謂的出差？去調查現世的旅館之類嗎？」

「沒錯，還有跟棲息於現世的妖怪們進行交流等等。」

「哦……」

我也不是每天都會跟大老闆碰面，所以不知道他平時是否都待在天神屋裡，不過，果然有時還是需要離開旅館出外工作呢。

「這樣啊，大老闆……要去現世啊……」

「人不在身邊，讓妳感到寂寞了嗎？葵。」

「咦？也沒有……這種事……嗯？」

嗯嗯？我剛剛回答了誰的問題？

我吃驚地猛然回神，望向夕顏門口——大老闆以一襲一如往常的黑色外褂造型站在那兒。

這種天氣穿著那件外褂，不嫌熱嗎？

「啊，大老闆，原來你在啊。」

「正確來說，應該是特地來見葵一面的喔。」

「來吃早飯嗎？」

「也算是吧。」

大老闆一臉不是非常認同的表情。館內員工們見到大老闆駕到，馬上放下嘴裡的麵包，深深鞠躬行禮。

「大老闆有吃過麵包吧？」

「那當然，我喜歡甜豆麵包呢。」

「甜豆麵包啊，大老闆的品味還真老派呢。不過……」

我露出耐人尋味的笑容，走回吧檯裡頭，將裝滿甜豆麵包的竹簍捧到大老闆面前。

鹽味甜豆麵包的麵糰內混入大顆的紅甜豆，烘烤後整體膨脹成鼓鼓的氣球狀。

「這甜豆麵包的紅甜豆是用鹽水煮過的。這是最後烤的一批，剛剛才擱在廚房裡放涼了一下，現在吃也許正是時候呢。現烤完放涼一會兒的麵包是最美味的狀態喔。」

這時候的麵包還帶著些許溫熱感，是Q彈有勁的口感與香氣表現最佳的時刻。要品嘗豆子的美味，我覺得最好的時機就是現在。

「不過，我們的喜好可還真像呢，大老闆。我也最喜歡甜豆麵包了。」

「這樣啊，那就太好了。聽說口味相似的夫妻最恩愛。」

「哦……」

「那我開動了。」

大老闆從竹簍中拿起一個甜豆麵包撕成兩半。烤好的麵包看起來口感非常綿密細緻，裡頭鑲著滿滿鼓起的大顆紅甜豆。

看到這樣的畫面，在場所有人無不對這甜豆麵包產生興趣。

大老闆瞇起眼睛「哦」了一聲，把撕開的麵包送往口中細細咀嚼。

「噢噢……甜豆帶著些許鹹味，跟麵包本身很搭呢。這個不錯，吃起來清爽不膩，感覺能輕鬆一個接一個。」

「真的嗎？啊啊，太好了～」

「吃遍各地甜豆麵包的我都這麼說了，準沒錯的。」

大老闆原來是個甜豆麵狂熱分子這件事就先姑且不管。

我個人也對甜豆麵包有相當的自信。

這種麵包無論從外觀或名稱看來都有點樸實的土裡土氣感，不過一直以來是我的最愛。由於爺爺也很愛吃，所以我想這應該是我做過最多次的麵包吧。

「我很喜歡鹽煮甜豆的味道呢。不過搭配帶著淡淡甜味的麵糰，這種組合倒是第一次嘗到。」

「這是我從鹹豆大福所得到的靈感。甜豆麵包的製作方式分很多門派，不過這是我心中的第一名唷。」

「葵的料理總是比人家多一點心思，這點非常棒。」

大老闆帶著滿滿的微笑稱讚了我。

總覺得心裡好像湧現了一股微微的幹勁。

「欸，那個甜豆麵包我也想嘗嘗看～」

「在下也……」「……其實我也是。」

不知何時開始，阿涼、佐助、甚至連銀次先生都一起湊近，窺探著裝有甜豆麵包的竹簍。

「剛剛都已經吃夠多了，現在還吃得下啊？妖怪的食量真的很驚人耶……總覺得我也想拿一個嘗嘗了。」

隨後大家人手一個甜豆麵包，各自選了中意的位置坐下來，將雙頰塞得鼓鼓的。

就在此時，大老闆向在場的眾員工說道：

「佐助，接下來幾天才藏將擔任我此行的隨身護衛，離開旅館一段時間。館內的庭園整理與護衛工作就全盤交由你們負責，天神屋就拜託你們囉。」

「在下明白了是也，大老闆。」

正當我心想：「才藏是哪位啊？從未見過面呢。」身旁的銀次先生便為我說明：「那位是庭園長，也是佐助的父親唷。」

「阿涼，論接待員的能力，妳技高一籌。要好好輔佐女掌櫃與女二掌櫃，全心全意為客人提供賓至如歸的服務。就交給妳囉。」

「是……」

阿涼有些為難似地飄開了視線。

想必是對於「輔佐現在的女二掌櫃」感到有些煎熬吧。

「銀次，在我外出的期間，你就是我的代理人。交給你我就不用擔心了，能像平常一樣輕鬆包辦好所有事吧，不過還是說聲拜託你囉。」

「遵命，大老闆。在您出差的期間，我會好好守護天神屋的。」

銀次先生在大老闆面前深深低頭接令，一副可靠的模樣。

「再來是葵。」

最後大老闆開口喊了我的名字。我正打算把麵包往嘴裡送，只好慌慌張張地停下手。

他要吩咐我什麼工作？我這個菜鳥究竟能幫上什麼忙……

「葵，妳呢……算了，妳的事情還是等今夜用完晚餐後再說吧。」

「咦？這是怎樣啦。該不會是要警告我『不准讓夕顏業績出現赤字』之類吧？」

「不是不是。那種沒情調的話，我怎麼會挑今天講呢。再怎麼說，今日可是……」

「啊，沒錯沒錯！今天是我能去天神屋住宿一晚，享受當季宴席料理的大日子啊！」我不假思索地搶先大老闆一步，把今天的「期待」說出來。

約定好的日子終於到來——我竟然能免費享用天神屋的宴席料理。

而且還附帶免費在天神屋住宿一晚的服務。「免費」這兩個字是重點。

「而且葵享受的是新推出的住宿方案唷。」

「咦？新方案是什麼？我第一次聽到。」

「最近流行一個人的小旅行，所以天神屋也試著打造了『單身獨享』的方案。」

「單身獨享……」

也是啦，我是一個人沒錯。但是這句話從老是自稱是我未婚夫的大老闆口中說出來，總覺得心情五味雜陳耶。

「葵，希望妳體驗完這套方案後能跟我分享一下心得呢。等我回到隱世之後。」

大老闆說完便站起身子，差不多到了該上工的時間。

佐助與銀次先生也一起踏出夕顏外，送大老闆出門。

「唉，真不想工作，夏天這麼熱，實在吃不消……唉。」

「阿涼，妳打起精神啦，雖然天氣是很熱沒錯。」

阿涼以一副懶散的樣子準備上班，我拍了拍她的背想為她打氣，然而她依舊維持無精打采的駝背姿勢。

「下次做冰涼涼的水果雪酪給妳吃啦。」

「水果雪酪是什麼？」

「現世的冰品喔，可以說有點類似冰淇淋吧。」

「真的嗎？」

「是呀。我正打算挑戰做一些新的口味。」

阿涼聽見我的耳語之後，立刻精神抖擻地挺直背桿，擺出王牌接待員的凜然架勢，滿心期待著水果雪酪而離開店裡。

不過話說回來，大家看起來還真閒不下來啊。畢竟聽說夏天是旅館最忙碌的旺季……

「總之先把犒賞阿涼的東西做好吧。」

隨後我依照約定，著手準備為阿涼做某樣冰品。

主要的材料只有一個——冰箱裡現有的番茄。

「呵呵，阿涼絕對想不到會是番茄雪酪而大吃一驚吧。」

這道點心很簡單，做完之後我便利用等待冰鎮的時間打掃了店內環境。

畢竟先活動一下筋骨讓自己餓到極點，再品嘗料理長招待的宴席料理，一定更添美味吧。

時間已過下午兩點。把最麻煩的石窯打掃乾淨，再把鐵板等需要清洗的工具也搞定後，我坐在冰柱女的冰塊旁，一邊喝著茶一邊納涼休息。就在此刻，有訪客踏入了夕顏。

一頭紅豆色的頭髮，帶著兇惡的眼神──是「大掌櫃」曉。他是一種名為土蜘蛛的妖怪。

「咦？曉，這時間你怎麼跑來了？」

「飯……餓了……」

總覺得他整個人有氣無力，站不太穩。平常那股懾人的氣勢是跑去哪兒了？

「你該不會從一早就沒吃東西吧？」

「是啊。今天有點急事需要在一大早盡快整頓好。」

曉在吧檯前的位置就座，用軟弱的聲音問著：「有什麼能吃的？」

「有什麼喔……剛才本來做了滿滿一桌的調理麵包，你早點來的話就能吃到飽了，不過很可惜……全都被佐助跟阿涼吃光了。」

「麵包？啊啊，真懷念呀。麵包啊……」

「果然你也知道麵包呀。」

曉曾經與我的祖父在現世共同生活過一段時光。

因此他對現世料理也算有一定程度的了解。

「不過，爺爺在跟你同住在現世的那時候，還很討厭麵包吧？」

「算是吧。史郎老是說麵包是邪門歪道，死也不肯吃。不過我跟鈴蘭都會趁他外出不在家時，一起偷偷跑去麵包店。鈴蘭她啊……很喜歡麵包的。」

「哦～跟妹妹一起偷跑去麵包店啊，你竟然也有過這麼可愛的時候喔。」

一想像這位一臉流氓相的曉，因為妹妹愛吃而跑去買麵包的畫面，總覺得會忍不住泛起微笑。曉惡狠狠地抬起頭瞪著我，彷彿在說「廢話就到此為止」。

「這不是重點好嗎？我要吃東西。我可是從一大早就空著肚子到現在耶。」

「話是這麼說，但要做什麼好呢？麵包也只剩下吐司耶……」

然而就在我話講到一半時，靈光突然一閃，「啊！」地大叫一聲。

「對了，那不然就做個和風蛋沙拉三明治吧！雞蛋今天也還有。」

「……和風蛋沙拉三明治？」

「我做的份量會有點多，不過既然你餓壞了，應該能大口大口全吃完吧？還是你對這道沒什麼興致？」

「也不會，只要能填飽肚子，雞蛋還三明治什麼的都好。我快餓死了……」

「知道了，知道了。」

天神屋的大掌櫃肚子一餓就沒戲唱了，因此我趕緊著手準備製作蛋沙拉三明治。我的做法並不是像一般把水煮蛋搗碎成餡，而是做成鬆軟綿密的歐姆蛋。

我拿出一條今早出爐的十六兩吐司，切下厚厚兩片，然後將特製美乃滋與芥子醬混合成獨創塗醬，在吐司表面厚厚抹上一層。

麵包都準備完畢後，我馬上拿起煎蛋捲用的平底鍋倒油熱鍋，並在等待鍋熱的空檔，俐落地把三顆蛋打勻。我的蛋沙拉三明治所夾的歐姆蛋，調味是依照高湯雞蛋捲的比例，只是又多加了牛奶進去。

接著把蛋液倒入平底鍋中，鍋內隨即冒出「滋滋」的美味聲響。我陶醉地看著金黃色的蛋液凝固後鼓起，形成蓬鬆可口的模樣，同時不忘用筷子攪拌鍋內以免煎過頭。將軟綿綿的金黃蛋液簡單塑型成正方形，起鍋後擺在一片吐司上頭，然後再取另一片吐司，蓋在這軟嫩又帶著偏甜滋味的半熟歐姆蛋上，對半切成方便享用的三明治，便大功告成。

塗滿美乃滋芥子醬的厚片吐司，裡頭夾著更為厚實的軟嫩金黃歐姆蛋，這切面實在很誘人。裝盤後再佐上醃漬小黃瓜，我氣勢十足地把這一大盤端到曉的面前。

份量感十足的畫面似乎帶給曉不小的視覺衝擊，讓他目瞪口呆。

「這不是我所知道的蛋沙拉三明治……」

「所以我不是說了嗎？會有點份量。我做的蛋沙拉三明治是夾歐姆蛋喔。好啦，你吃吃看吧，豪邁地大口咬下去。」

我一邊比手畫腳一邊催促著曉快點開動。待過現世的他似乎知道蛋沙拉三明治這種食物，但可能沒見過這麼紮實的厚度而頗為驚訝。

然而剛煎好的雞蛋香氣飄蕩在空中，加上一整個早上沒進食的飢餓感，還是令他忍不住兩手拿起三明治，一股腦兒咬下去。

曉一聲不吭地動著雙頰，一口氣吞下肚。雖然他並沒有發表什麼特別的感言，不過馬上接著咬了第二口，一口接一口大快朵頤著蛋沙拉三明治。

這三明治雖然看起來份量驚人，但吐司本身口感柔嫩，歐姆蛋也軟綿綿的，三兩下就能吞下肚。而混入芥子醬的美乃滋帶著些許麻辣，讓甜味變得不膩口。

「如何？」

「好吃。」

一如往常的一問一答。曉對於品嘗食物的感想總是不做多餘的描述，不過既然他三天兩頭跑來吃飯，我就解讀成有合他的口味吧。

以客人身分登門的次數來計算，他的頻率大概僅次於阿涼吧。也許一部分是好心幫夕顏捧場就是了。

曉在途中配點醃漬物換個口味，咀嚼小黃瓜的清脆聲音，響徹了只有兩人在場的店裡。

「欸，你說你從一大早就很忙，是因為今晚要跟大老闆出差去嗎？」

「是這樣沒錯，不過主要是因為今晚有貴客駕到。那群常光顧我們旅館的老客人，每年一到暑假，全家族上下都固定會來玩。他們是女掌櫃的親戚——獨眼一家。而且家族裡小孩子很多，麻煩透了。」

「小客人嗎？」

我幫忙續了一杯冷泡綠茶，端給已把蛋沙拉三明治解決得一乾二淨的曉。他一口氣喝乾之後，又以充滿憂鬱的聲音回答：「是呀。」

「畢竟他們放暑假。所以，有些事情要特別叮囑員工才行。就是為了接待那批客人的事，我從一大早就在天神屋跑上跑下地到處忙。」

「是喔。不過，平常也有客人帶小朋友來住宿吧，為什麼只有今天特別這麼謹慎？」

「妳不知道那一家的小孩子是一群多難搞的臭小鬼，每年一踏進天神屋就給我惡作劇，但他們又是女掌櫃的親戚，也不好意思說什麼。」

「喔喔，原來如此，是有前科的小朋友呢。」

「所以我最討厭小孩了。」

曉又再次大口大口喝完冰綠茶，「匡啷」一聲將玻璃杯擱在桌上，隨後他站起身——

「今天食堂休息還過來，抱歉啦。」

「不會啦，又沒關係，反正今天是我期待已久的大日子！」

「喔喔，對耶，今天妳也是天神屋的『貴客』啊。」

曉站起身，重新披上剛才脫下的天神屋外褂，在離去之際說道：

「那麼，妳就充分享受一下天神屋令人賓至如歸的服務吧。我們旅館內認可妳的妖怪也變多了，應該不會待妳太差吧。」

「真的嗎？」

「是啊。妳原諒了廚房那批實習生，又成功挽留打算辭職的料理長，算是讓大家總算能放心信服妳，是個工作能力意外出眾的人才啊。」

我從未意識到事情發展成如此，完全超乎我的想像範圍。

不過這麼一說才想起來，最近我去本館時，的確覺得員工們原本的敵意與不安好心眼的視線似乎都消失了。我還單純地以為是我習慣了……

曉飛快地離開了夕顏。

我目送他那身印有象徵天神屋的天字圓圈紋的黑色外褂背影。

「在整個旅館上下這麼忙碌的日子，我卻悠哉地享受款待，罪惡感實在很深呢。」

不過我的期待絲毫沒有半點減退，也沒有打算客套的念頭。

啊啊，天氣果然很熱。

我擦去汗水，環顧一圈曝曬在陽光下的中庭。隨後我聆聽著嘈雜的蟬鳴，仰頭望向藍白分明、掛著積雨雲的盛夏晴空。

第二話　天神屋的待客之道

夏日晝長，時間已進入傍晚，外頭依然一片明亮。

來夕顏迎接我的，是天神屋的女接待員——無臉三姊妹。

「難得有機會作客，葵小姐不如從正門進來吧。」

「從正門？是指天神屋的大門口嗎？」

「是的。要徹底享受我們旅館從頭到尾的款待，還是從大門口光臨最氣派呀。」

「就穿越中庭走過去正門吧。我們出發吧，葵小姐！」

在連連的催促聲下，我被松、竹、梅三姊妹從夕顏帶了出去，她們還是這麼長幼有序。

走在平時不會踏上的中庭小徑，隨後渡過池塘上的太鼓橋。

在閑靜的池畔，我發現了手鞠河童小不點。

「啊，是葵小姐～」

「哎呀，小不點。我還想說你怎麼不在店裡，原來跑來這裡嗎？」

「我在泡池水浴～」

小不點就這樣原地坐著，抖了抖身子，水花四濺。

「您要去哪呢～葵小姐～？」

「我要去本館喔，這次有機會去泡溫泉，再享受一套豪華的宴席料理呢，很棒吧？」

「啊～」

小不點咬著手指，用那雙圓滾滾的雙眼望向我。

「我也算葵小姐的眷屬吧？像我這麼嬌小可愛的妖怪，一般都擔任類似吉祥物的療癒角色，隨時坐在主人的肩膀上對吧？主人能享受的奢華饗宴，也全都有我的份，我能分杯羹沒錯吧？」

「你喔……」

「嘿咻！嘿咻！」

隨後小不點便朝著我的和服下襬飛撲而來，用盡吃奶的力氣開始攀爬，企圖爬上我的肩頭。

那裡是小不點專屬的特等座。

我們一行人來到本館的正前方。

這裡也正是從銀天街渡過通往天神屋的吊橋後所抵達的位置。

「我從以前就有這個疑問了，為什麼天神屋會蓋在山崖之中啊？這底下到底有些什麼？」

與其說是山崖，應該比較像為了隔絕外界，而在天神屋與後山周圍挖出的一圈深谷，也許說是條壕溝比較恰當。底下似乎是看不見盡頭的黑暗深淵。

就我所知，除了這座位於正門口的大吊橋以外，館外四周另外架有幾座員工與業者專用的渡橋，確保天神屋與周邊土地的交通。

「這深谷下方究竟是什麼，其實連我們也不太清楚。只不過包圍天神屋的這座山崖是天然形成的溪谷，多虧了這地勢讓外敵難以攻陷，我們才能成為安全無虞、讓客人住得放心的旅館。」

「一般的旅館會招惹敵人攻打嗎？」

我先對這個前提吐嘈了一句。不過仔細想想，以前一反木綿那幫人確實曾在深谷的另一端架設砲台，對天神屋進行攻擊。

對於妖怪來說，這種械鬥場面是家常便飯嗎……

我的視線移往天神屋本館，仰望著掛在大門口的木製大招牌。上頭以氣勢萬千的毛筆字跡寫著「天神屋」三個字。

「歡迎光臨，感謝您遠道而來，鞋子請交由我來為您保管喔～」

隨後，一位穿著天神屋員工法被（註1）的男子馬上來到我面前。

一頭亮棕色頭髮，有著一雙下垂的小狗眼，看起來十分輕佻。既然是妖怪，我想頭髮應該是天生髮色吧。但這外貌看起來，就像我就讀的大學裡會出現的輕浮男生。

「我是門童，名叫千秋。我是狸妖啦～早已久聞葵小姐的大名與事蹟囉～」

對方用極度輕浮的口氣向我攀談。狸妖——也就是春日的同類囉？

「該不會你跟春日有什麼關係吧？」

「咦？沒有啦～哈哈，我跟她算是稱得上親戚吧～」

「原來是親戚啊。」

世界還真小。還是說只要是同類的妖怪，多少都有點血緣關係？

名為千秋的狸妖男蹲低身子，幫我脫去腳下的木屐。

「來來來，櫃檯請往這邊囉～」

雖然這裡是我閉著眼睛也會走的熟悉地方，不過現在我純粹是來作客的，因此便接受他的指引前進。

已經停下腳步的三姊妹，在遠方目送我離開。

「歡迎光臨，感謝您遠道而來蒞臨本館。」

接待員們排成兩列，大陣仗的迎接讓我不由自主倒退了一步。

臉上保持優雅笑容的兩排歡迎隊伍中，也包含阿涼與春日。

她們一發現登門的客人是我，便突然綻放出小孩般的明亮笑臉，將手壓低後輕輕朝著我揮了揮。這舉止簡直就像朋友來自己打工的店裡探班時會有的反應，讓我覺得有點好笑。

就連那位可怕的女掌櫃也和藹地迎接我，但總覺得那張笑臉令人備感壓力。算了，還是別想太多好了……

「歡迎您的光臨，津場木葵大人。入住手續已經為您辦妥，只需勞煩您在帳簿上簽到。」

註1：如外套般的短和服，不用綁腰帶，一般長度及腰，較長的則及膝。

「是……」

站在櫃檯前的是曉本人沒錯。即使接待的對象是我，面對客人時他依然保持大掌櫃模式全開的爽朗笑容，就連聲調也比平常講話高了一階，頓時我還以為是別的員工來幫忙站櫃檯咧。

「看慣了你平常的真面目，現在我的心境真是五味雜陳，總覺得全身直冒雞皮疙瘩。」

「我也是拋開了羞恥心，逼自己在妳面前擠出笑臉的啊。」

在櫃檯前簽到的同時，我們倆用一如往常的態度竊竊私語。

「那麼，這是您的客房鑰匙，房間位於五樓的五〇三室，可在房內外廊享受山邊的點燈美景。另外大澡堂的部分，今晚請使用二樓的『上弦之湯』，明天一早男、女澡池會互換，屆時請移駕到一樓的『下弦之湯』。詳細內容請參考客房內的導覽說明。今晚晚膳會於八點送至客房內為您服務。」

「好～」

「若有其他問題，請利用房內的轉盤式電話或是附設的信使，向櫃檯提出需求。」

「……信使是什麼？」

「透過妖術進行的一種聯絡方式。妳給我用打電話的就好。」

剛才還以營業用笑容招呼我的曉，瞬間又變回平時的態度。

我就這樣接過了客房鑰匙。

「——那麼，請您慢慢享受。」

曉一聲令下，櫃檯區的所有員工便鞠躬行禮。整齊劃一的動作沒有一絲紊亂，令我不禁屏息。整個大廳充滿了高貴優雅的氛圍。

此時心中這股澎湃的激昂究竟是什麼呢？

櫃檯是最具體呈現與顧客交流情形的場所，簡單來說就是一間旅館的門面。在員工客氣有禮的引導下，更能將顧客對於旅途的期待感推往更高的境界。

引領我到客房的不是別人，正是接待員春日。

「這麼說起來，我有聽說囉，今天早上你們一群人吃了『麵包』什麼的是吧？真好啊～竟然趁我不在時偷吃。」

在前往客房的路上，春日的態度有別於一般的接待員，用平常的口氣對我如此說道，似乎恨得牙癢癢的。

「誰叫春日妳偏偏選在今天不來。」

「我就去澡堂幫忙了嘛。啊，客房就是這間唷。」

春日說道，以鑰匙打開房外的拉門。

天神屋的一般客房採用典雅的拉門來隔間，這裡的拉門設計成能上鎖的構造，門把下方有鎖孔。鑰匙是一把細細長長的小黃銅條，上頭刻著奇妙的文字，怎麼看都很古怪。

「哇～」

拉門隨之敞開，我往屋裡窺探，發現這客房意外地大，以單身方案來說似乎算頗豪奢了。

另一端寬敞的外廊具有十足的開闊感，垂掛著好幾盞燈籠。天神屋後山一整片森林景觀就近在眼前，上頭飄浮著搖曳的鬼火，很有精神地點亮一整片夜色。房裡正中央則擺著日式矮桌與坐墊，是非常標準的和室房間。

「啊，還有茶點。」

矮桌上放著用紙包裝好的餅狀點心。

「那是免費招待的，可以隨便吃沒問題。要去大澡堂時，記得把客房鑰匙也帶上唷。雖然房門採用妖術自動鎖，沒必要特別上鎖，但沒鑰匙可就進不來了。來，鑰匙。」

春日將鑰匙遞過來。原來如此，這間旅館的門鎖是用妖術那類的能力上鎖的啊。

「旅館的浴衣就放在壁櫥的竹籃裡頭喔。浴巾的話大澡堂那邊有，兩手空空過去就行了。啊，把手鞠河童小不點帶去泡溫泉也沒問題。」

「大澡堂已經開放了嗎？」

「當然。我想現在人潮應該比較少，去悠閒地享受溫泉吧。」

春日給了我一個笑容後，輕快地走向客房門口。

「那麼請容我先行告辭。」

她只有在最後一刻好好展現了接待員專業的一面，優雅地低頭行禮後離去。

果然春日也是這裡訓練有素的員工啊……

「葵小姐～沒有小黃瓜嗎～」

「要是這地方出現一根小黃瓜才嚇死人吧？先喝杯茶稍微坐一下，然後去大澡堂泡溫泉好了。」

我才一坐上坐墊，小不點便輕巧地從我的肩膀上跳下來，在矮桌上蹦蹦跳跳地跑來跑去。

我倒了杯茶啜飲一口。這茶葉來自銀天街的店鋪「香椎茶園」，香氣優雅、令人放鬆。夕顏也使用一樣的茶葉，是我熟悉的味道。

「來吃個茶點吧。」

扁平的包裝共有兩包，裡頭放的大概是仙貝吧。

一旁還放了茶點的簡介。

「啊，原來這是天神屋的獨家商品『梅味冰糖仙貝』喔，是頗具人氣的土產……還寫說冰糖採用與銀天街金平糖相同的原料。哇，不知道這是在哪製造的？」

我拿起其中一塊，剝開點綴著梅花圖樣的白色和紙外包裝，現身的是小巧的圓形仙貝，表面鑲著一層閃閃發亮的冰糖，加上鑲嵌其中的紅色梅肉，賣相非常漂亮。

嘗了一口之後，我發出「噢噢！」的讚嘆聲。充滿顆粒的爽脆口感中帶著一絲梅肉的酸甜滋味，是風味十分優雅的一道點心。一片不大，兩口就能吃完了，因此我忍不住把另一包也打開來享用。以份量來說有點不夠過癮，這點非常犯規。想必意猶未盡的房客們一定會走一趟土產區去購買吧。

「不過這裡明明是溫泉鄉，卻沒招待溫泉饅頭呢。不知道土產店那邊有沒有賣？」

記得之前阿涼曾經拿了快過期的溫泉饅頭來吃。

泡完澡找個時間去逛逛土產區好了。印象中大廳的一角就有設置販售區。

「好～差不多該出發去泡溫泉囉。」

悠閒地發懶一陣子之後，我站起身，打開壁櫥拿出天神屋的浴衣。

浴衣上是牽牛花的藍染圖樣，好可愛。啊，還有同款圖案的束口袋。這應該可以帶回家當紀念吧。

我換上浴衣，將各種隨身物品與鑰匙放進束口袋裡，順便把小不點也帶上，立即出發前往大澡堂。

「剛剛是說在二樓沒錯吧？」

天神屋本館的內部構造真的複雜得像迷宮，直到現在我還沒有徹底摸清楚所有區域。

循著每個轉角處所設置的導引路標，我們下了階梯，最後終於抵達名為「上弦之湯」的大澡堂。啊啊，我之前找工作時曾來過這裡一趟。

我從寫著「女湯」的門簾下方鑽入，踏入澡堂內。

更衣間似乎還沒有任何人來過的跡象。

「現在這時間，客人們大概正在銀天街逛街吧。」

天神屋從傍晚開始受理入住手續，但妖怪的時間觀念比人類稍微遲緩一些，過了六點的現在，對他們來說大概像下午茶時段吧。

「啊，我忘了帶髮夾來。就這樣插著髮簪泡澡又實在有點……」

「非得把頭髮綁起來不可嗎～？」

「是呀，畢竟溫泉還有其他客人要泡，如果陌生人的頭髮浸到溫泉裡，總會覺得有點不舒服吧？」

「那河童頭上的盤子浸到水裡沒關係嗎～？」

「這跟那是兩回事啦……應該問你的盤子可以浸水喔？」

「沒問題滴～」

「真的？我還以為河童的盤子很嬌弱，原來頗強壯的啊……不對不對，先別管盤子了，重點是我的髮夾啦。」

雖然以前在現世時，去大眾澡堂洗澡已是家常便飯，但每次都是夾好頭髮才出發，所以沒想過要帶髮夾。怎麼辦好呢？

「呃、那個……」

一陣微弱的聲音從背後傳來，我轉過頭去。

站在我正後方的，是一位臉上毫無血色的瘦弱少女，她的兩隻眼珠藏在一頭濕髮的縫隙間望著我。

「唔哇！」

我像見到鬼似地放聲尖叫，那位少女也微微發出了「咿！」的一聲慘叫。我定睛一瞧才發現，對方好像有點眼熟。

「啊，那個……妳是溫泉師靜奈嗎？對不起，我剛才有點嚇到了，所以才……」

「不、不會，這種狀況常常有。那個……如果不嫌棄，請使用這個……吧。」

她像隻吉娃娃般全身顫抖著，遞給我一條藍色的繩子。

那是一條顏色亮麗、充滿光澤的髮繩。

「咦，可以嗎？這是妳用來綁頭髮的吧？會被我弄濕耶。」

「沒、沒關係的……反正我本來就是濡女。」

靜奈小小聲地如此回答。她輕輕拎起我的手，將那條髮繩放在我的手心上，便乾脆地離場，回去澡堂裡了。

看來她面對我時，還是有點怕生。

「這也不意外啦……畢竟我來到這地方後，跟她見面的機會也只有一開始那次而已嘛。」

難得對方釋出善意，那我也只好恭敬不如從命了。這髮繩精緻又漂亮，用完得好好歸還給人家才行。

我褪去身上的和服，緊緊抓著小不點進入澡堂。

沖洗完身體、頭髮還有小不點之後，我馬上用借來的髮繩綁起頭髮，迫不及待地跳進露天溫泉中。

「哇……」

這個放鬆的空間被一整片翠綠的樹林所包圍，設有好幾座道地的岩造溫泉池，熱氣正冉冉上升。另外還有幾座比較新奇的澡池，分成坐著泡、躺著泡、不透明的濁湯與泡泡浴等。這些也令我興奮得躍躍欲試。

「首先還是應該從最大的岩造露天溫泉泡起。」

「撲通」一聲，我將腳尖先浸入水面下。溫度並沒有燙得令人受不了，我就這樣順順地泡到胸口高度。原本停在我手掌心的小不點，輕巧地跳入溫泉中。

「小不點，你這樣不會溺水嗎？」

「您在小看我嗎？河童可是水中健將呢。」

小不點一臉得意洋洋地在我四周展現穩健的泳技。但這溫泉對於河童來說，水溫似乎還是稍嫌過高，他綠色的身軀已經開始發紅。

「你、你怎麼好像被煮熟啦，就像汆燙章魚一樣！」

「沒事滴～」

小不點嘴上雖然如此回答，但我還是有點擔心，便抓著他背上的殼把他拎起來。

即使處於懸空狀態，小不點仍然繼續划水的動作，游著自由式。

河童果然喜歡有水的地方呢……總之先把他丟到旁邊的冷水浴池。

傍晚的涼風冷卻了臉龐與肩膀。露天溫泉最迷人的地方，除了能一邊泡澡一邊欣賞景致，另外就是露出水面的部分非常涼快。

「是因為這個關係嗎……總覺得泡露天溫泉可以比室內池撐得更久一點。」

我很容易泡溫泉泡到頭暈，所以沒辦法在熱水池待太久，但露天溫泉暴露在室外涼爽的空氣中，泡起來就舒適多了，時間可以長一點沒問題。

「溫泉水透明無色，有一點滑滑的感覺……天神屋這種溫泉是哪種水質來者？」

之前好像曾向三姊妹問過這問題，但答案是什麼我已忘得一乾二淨。

「天神屋的溫泉是直接汲取自鬼門大地深層的源泉溫泉，保持引水狀態，用過的溫泉水放流後不再循環利用……」

「哇！」

我又再度嚇個半死。

背上背著一個大竹簍的靜奈，不知從何時開始就站在岩造溫泉池的外面。

「美肌效果不用說，還有幫助傷口癒合與療養的功效，是非常高級的……溫泉……」

靜奈只是用比剛才沉著許多的口氣，默默為我介紹溫泉。

「啊，剛才很謝謝妳，靜奈，這條髮繩我用完會還給妳的。」

「……呃，是。」

她又惶恐地點了點頭，卸下了背在雙肩的竹簍。我心想裡頭不知道放了些什麼，她便從中拿出圓滾滾的黃色大果實。

「啊、那是甘夏蜜柑嗎？」

「呃、是的。今天是提供甘夏溫泉的日子～」

靜奈開始將一顆顆甘夏蜜柑放入我所浸泡的溫泉池中。

沐浴在充分陽光下成長的果實個頭很大，在池子裡載浮載沉。

接著，靜奈又伸出手指浸入水面，同時喃喃自語著，似乎依循著某種儀式用指尖撫摸著泉水。忽然，溫泉池水面開始冒起綿密的泡沫，上升的蒸氣化為一整片閃閃發亮的光芒。

光點在空中騰躍，同時散發著清爽的柑橘調香氣。明明泡的是溫熱的溫泉，現在我卻感到無比清涼與爽快。

「哇～太棒了……剛剛那到底是怎麼回事？」

我不禁興奮地拍起手。靜奈眨著那雙大眼，微微露出一絲笑容。

「這、這稱為『泉術』……」

「泉術？」

「是的。是溫泉師所使用的一種妖術。」

「咦～好厲害喔，靜奈原來是魔法師啊！」

「魔、魔法師？」

靜奈愣了一下。不對，也是呢，靜奈是溫泉師才對。

「甘夏蜜柑的外皮富含油脂，溶入溫泉中能有效溫暖身體並促進氣血循環，因此我使用泉術做了些調整，讓溫泉的水質搭配甘夏的功效能加倍發揮……請享受甘夏的清新香氛。」

靜奈在說明完甘夏溫泉後，將濡濕的側髮勾到耳後，上下游移著視線欲言又止，舉止看起來非常詭異。

「呃，那個……葵小姐。」

「嗯？怎麼了？」

「之、之前、那個……您曾經提出想在澡堂工作的意願，我卻對您非常失禮，真的很抱歉。那個，因為我，鮮少有機會跟人類接觸，所以……」

靜奈將手抵在胸口上，看起來像竭盡了全力才擠出這番話。

在介紹溫泉時口條明明很流利，現在卻結巴得喘不過氣。

看來她似乎不太擅長跟別人對話。

「怎麼會？不用在意啦。多虧有妳，我才能在目前工作的地方開設食堂啊。靜奈偶爾也來光顧一下吧，會給妳特別招待的。」

「呃，是……那個，我常聽春日提到葵小姐的料理。那個，聽說似乎很美味。」

靜奈扭扭捏捏地繞著雙手食指，用微弱的聲音說道。

沒想到春日看起來那副樣子，還會為我向周遭的人推廣呢……

正當我打算開口邀靜奈隨時可以來店裡坐坐時，室內池方向傳來一陣嘈雜，將我跟靜奈的注意力吸過去。感覺似乎是一大群客人吵吵鬧鬧地踏入了澡堂。啊，還有很多小孩子……

「靜奈大人～他們終於來了！」

一位頭上綁著長巾，看似澡堂員工的短髮女孩子來到露天溫泉區呼喚靜奈。雖然對方的聲量很小，但語氣中充滿焦急。

「那、那麼我先告辭了，請慢慢享受！」

被呼叫的靜奈慌慌張張地往室內池的方向前去。

「對了，曉好像說過今天有一大群帶著小朋友的團體客要來呢。」

我拿下放在頭上的手巾，擦去臉上的汗水。

清爽的甘夏香氣往幽靜的黃昏天空冉冉上升，陣陣拂來的涼風很怡人。

「呼……真是極樂天堂。」

真想就這樣永遠泡在溫泉裡頭。我感到暢快無比，身心完全舒展開來。

不過差不多該起來了吧，畢竟還有期待已久的宴席料理在等我……

我依依不捨地站起身子，打開通往室內池的出入口，馬上看見一群小孩子猛衝了過來，往我所在的溫泉池一躍而下。是一群獨眼的小朋友。

「痛！」

小朋友們開始扔著甘夏蜜柑嬉鬧，被砸中的我不得已再次坐進溫泉池。

「你、你們在澡堂這樣玩是很危險的！不要亂丟甘夏蜜柑啦。」

「哇哈哈！」

開口提醒卻被當成耳邊風，看來這群小朋友完全無視我的存在。
我壓低身子快速往前游，從池邊逃脫，再一把抓起模仿水黽姿勢漂浮在冷水池面上的小不點，趕緊朝更衣間奔馳而去。
「原來如此，那些小朋友就是傳說中的調皮小鬼啊……」
的確，各方面來說都是一群難搞又危險的「貴客」。
「……呼啊～」
我將手扠在腰上，豪邁地乾了一瓶果汁牛奶。
天神屋的果汁牛奶有添加果肉，濃醇的美妙滋味讓人無法克制。尤其在泡完溫泉後喝起來更讚。特別推薦在電風扇旁一邊納涼，一邊暢飲一整瓶。
鑽過門簾離開澡堂後，我發現無臉三姊妹早已在外頭等候。
「怎麼了？三個人都站在這裡。」
「葵小姐，您應該不會打算以剛出浴的素顏狀態，與大老闆共進晚宴吧？」
「呃，正是這樣沒錯耶。」
「這可不行，萬萬不行。」
三姊妹動作整齊地搖了搖頭。
「大老闆今日就要啟程外出了，您要以最美的樣貌現身才行。」
「只不過是離開天神屋幾天而已……」

嘟噥著這些話的我，一如往常被三姊妹輕而易舉地扛了起來，帶往員工休息室。

「剛泡完澡的臉蛋比較紅潤，今日妝容就採低調一點的淡妝。」

「胭脂選用溫柔的珊瑚粉。」

「髮型幫您稍微盤上去就好，襯托山茶花髮簪的美。」

「才剛泡完澡，洗得乾乾淨淨的，又要化妝……」

「好嘛好嘛，葵小姐。」

三姊妹邊安撫著發牢騷的我，邊幫我打理門面，好像很樂在其中。還跟我說：「客房裡有卸妝用品，沒關係的。」

身上的浴衣也被重新穿整齊，頭髮抹上了散發甘夏蜜柑香味的護髮香油。就在我放空發呆地想像著宴席菜色的同時，整個人已被打點得漂漂亮亮。

「剛好到了晚餐時間呢……那麼葵小姐，我們出發吧。」

「耶！」

我難掩興奮心情，雀躍地回到自己的客房。

大老闆人已經在房裡，正在開闊的外廊上望著外頭以燈光點綴的林景。

「噢，葵，妳穿起我們旅館的夏季浴衣很適合呢。」

「為什麼隨便跑進客人的房裡啦。」

「老實說我多想一起住一晚呢。」

「唉～又在說那些噁心肉麻話……」

「葵才是吧。明明剛出浴，卻特別打扮得如此漂亮啊？妳就算素顏，我個人也不介意就是了。」

「啊、這、還不是那三姊妹硬要幫我化妝……」

被大老闆這麼一說，一股難為情的感覺湧現而上。講得好像是我不願被他看見素顏的樣子，而卯足全力打扮得美美的來赴約一樣……

雖然有點不愉快，我還是走到大老闆的身旁。

結果大老闆像是發現了什麼似地把臉湊過來。

「幹嘛？」

「嗯，就覺得好像聞到了很香的柑橘味。妳泡了甘夏溫泉嗎？很舒服吧。」

「對啊，非常讚。靜奈好像施了一些很不得了的法術。」

「靜奈是一名很優秀的溫泉師。雖然看起來可能有點弱不禁風，但實力是掛保證的。她的泉術能有效提升水質的療效，很多客人都是特別中意經她調配的溫泉才造訪天神屋的。再加上，她還替我們旅館挖到極為特殊的藥泉，立下了大功。」

藥泉？不知道是什麼東西……

專業領域的知識我是不太清楚，不過從大老闆的語氣中可以理解那一定是非常珍貴的東西。

雖然比起天神屋內其他幹部，靜奈看起來是有點畏畏縮縮，不過看來她身為溫泉師的實力備受肯定，真佩服啊。

「唔～葵小姐，我有點想睡惹～」

「啊，好料才正要上桌耶，你不吃晚餐沒關係嗎？」

「如果有美味的小黃瓜料理，請幫我留一點在旁邊～」

「小黃瓜料理……會有那種東西嗎？」

小不點揉了揉眼睛，在我的肩頭上搖搖晃晃的。

他輕輕跌了下來時，被大老闆的手掌心穩穩接住。

「噢，已經熟睡了呢，就像個嬰兒一樣。」

「一定是剛才游累了啦，他在澡堂玩得可起勁了。」

我從大老闆手上接過小不點，將他放置在外廊邊的坐墊上，讓他躺平。

「打擾了。」

就在此時，客房的拉門外傳來了聲音，似乎是女接待員。

「請容我送上晚餐。」

「來、來了！來了！飯送來了耶，大老闆！」

「葵，冷靜點。」

亢奮不已的我頻頻拉著大老闆的衣袖，害他一邊忍住笑意，一邊朝著門外喊：「進來吧。」

拉門被輕快地拉了開來，出現的是數名女接待員，端著擺滿料理的大托盤靜靜走進房內。我們倆則急急忙忙入座，等待料理上桌。

接待員裡有一位姿色特別出眾的豐唇美人，在一旁交疊起雙手對我行禮。

「讓您久候了，我是擔任女二掌櫃的菊乃，今後還請多多指教……葵小姐。」

我的注意力雖然被眼前一片山珍海味給奪去，但在得知上菜的這位就是現任女二掌櫃時，還是嚇了一跳。

「其實菊乃同時也是阿涼前一任的女二掌櫃喔，因為接替阿涼的人選遲遲未拿定，所以請她再次坐上這位置。」

「咦？原來是這樣喔？」

「喔呵呵。由於我已嫁為人妻，原本打算就以一介接待員的身分安穩度日……」

這位名為菊乃的女性的笑容非常優雅而沉穩，給人的印象與毛毛躁躁的阿涼完全相反，而且還是個人妻……

不知道她究竟是什麼妖怪？

「本日晚膳為八月份限定的天神宴席料理『葉月』，主要是利用夏季蔬菜與新鮮的食火雞肉所打造而成的夏日風味菜色。詳細菜色請參考菜單。」

「哇～謝謝。」

我接過書寫在精緻和紙上的菜單，跟之前從大老闆那邊拿到的一模一樣。

天神宴席「葉月」

餐前酒　醋橙酒
開胃菜　茄子冷濃湯
前菜　煮大豆　味噌拌苦瓜　酥炸玉米球
生魚片　本日特選
冷盤　紫蘇麵線　溫泉蛋　精選佐料　沾麵醬
燒烤物　食火雞與夏季鮮蔬陶板燒　醋橘醬油蘿蔔泥
炸物　酥炸北魷
主餐　毛豆飯　季節醃鮮蔬
餐後湯　夏季味噌湯
餐後甜點　綜合水果寒天凍

「啊啊啊……充滿夏日風情的菜色。」

光是看著菜單上的文字，就感到幸福洋溢。

「來，趕緊開動吧，葵。這可是料理長一路以來堅持的滋味，想必妳也很想親自確認看看吧？」

「是呀，那當然。」

「先喝杯餐前酒吧，葵。」

大老闆舉起小小的酒杯，嚇了我一跳。

「葵，怎麼了？」

「欸，大老闆。其實，這是我第一次喝酒。」

「啊啊……這麼一說，的確聽銀次說過這件事呢，說什麼下次想辦個酒席，幫葵慶祝人生首次飲酒。」

「……」

「嗯？妳該不會……有點害怕？」

「才、才沒有，怎麼可能啊！」

我用明顯不對勁的高亢聲調如此反駁。大老闆似乎覺得很有趣的樣子，別過臉憋著笑。

「我個人認為現在不是笑的時候耶。」

「不是……我只是覺得葵真是個坦率的好姑娘而已……」

「剛才哪裡讓你覺得坦率了？完全不懂耶。」

我似乎又戳中大老闆的笑穴。

「好啦，我就坦白說吧……是有點害怕沒錯。」

「為何？嗯，第一次喝酒確實會有所防備，這可以理解。」

「大老闆你不是一清二楚嗎？還不是因為爺爺的酒品那麼差。」

「啊……」

大老闆聞言，臉色頓時轉為嚴肅，收起了笑容。看吧。

「雖然我的人生準則，基本上就是把爺爺當成警惕自己的負面教材，但再怎麼樣也無法否認我身上流著跟他一樣的血啊。若是我喝酒之後鬧事，大老闆，就全靠你收拾了喔……」

「只不過是一小口醋橙酒，我想應該不可能引發什麼劇變就是了……嗯～不過既然妳端出史郎這個前例，那也無法完全否定這個可能性。我明白了，身為妳未來的夫婿，我會好好包容妳的一切。」

「總覺得這說法讓人很不開心耶。」

隨後我們雙雙舉杯，把醋橙酒一口飲盡，簡直像什麼宣誓儀式似的。

小小的一口酒，清爽地順喉而下。

虧我剛才還講得那麼誇張，結果飲酒初體驗就在一瞬間告終，完全沒發生任何事。

「啊啊……怎麼說呢？比我想像得還順口耶，就像美味的醋橙果汁。」

「醋橙酒本來就是這樣囉。來，開始享用料理吧……開胃湯是茄子冷濃湯。」

所謂的冷濃湯，是用蔬菜、地瓜加上豆腐等食材搗碎調味而成，可說是日式的冷湯。

這道冰涼的料理在夏天享用正對味，我啜飲一口淡綠色的湯汁，品嘗夏茄子的天然鮮甜與畫龍點睛的提味，舌尖的一陣沁涼感令我緩緩吐出一陣讚嘆。

「太棒了，有梅子的味道耶。原來不只是單純的茄子冷湯啊。」

「才嘗第一道，妳好像就非常幸福了。」

大老闆看著我的一舉一動，臉上一直掛著笑容。

「是呀，不過我還沒滿足，好戲在後頭嘛。」

接下來我品嘗了三樣前菜。煮大豆用的是黑豆，聽說這一道是不分四季都會上桌的小菜。黑豆帶著高雅的甘甜，煮得鬆軟的口感嚼起來又彈性十足。第二道味噌拌苦瓜則是用夏天的代表蔬菜苦瓜搭配白味噌，合奏出成熟的微苦滋味。

最後一道酥炸玉米球，則是以紅豔動人的酸漿花萼為盛裝容器，一球球圓滾滾的美味就藏在其中。

「哇～這個酸漿花萼做的碗好可愛喔。」

這道料理是將玉米粒炸成一口大小的什錦球。

我馬上開動。吃起來口感非常輕盈又清爽，酥酥脆脆，入口即化。

「哇……天啊，好鮮甜又好好吃。」

玉米的甘甜簡直超乎我的想像，還富含豐沛的水分。只不過是幾顆玉米粒裹麵衣油炸成球而已，竟然能做出如此美味的料理。這道實在令人驚豔。

「欸，大老闆，這個炸玉米球好好吃喔！」

「哦？葵喜歡這道啊？這可是料理長最重視的一品，他要是知道一定會很開心的。」

「是喔……下次跟他請教一下做法好了，不知道他願不願意傳授。」

「妳開口問問看吧，雖然他可能會說這是商業機密。」

「啊啊……早知如此，我剛才就先多品味一會兒再吞下肚。實在是太順口了，一下就吃光光。」

接下來，在我還對炸玉米球意猶未盡時，接待員再度前來，將超大盤的生魚片擺在矮桌的正中央。這盤生魚片的賣相具有十足的震撼力。

天啊，竟然是夏季盛產的北魷，活生生端上桌現吃。

「好，好厲害……還在動耶。我從沒想過能在天神屋吃到活生生的北魷。」

「葵可真走運，今天剛好進了一批現捕的，非常新鮮。」

「該不會是從東方大地的魚市那邊運來的吧？」

「喔喔，沒錯。東方大地那裡是港都，任何海產應有盡有，其中最有名的就是花枝魷魚類了。只不過，許多傳統料亭與旅館也想採購魷魚，加上捕獲的數量要視天候而定，有時候會供不應求。而我們旅館的宴席料理又少不了生魚片，所以料理長會親自跑一趟魚市，精挑細選最棒的海產回來。也因此菜單上只寫了『本日特選』，當天才會知道是哪種生魚片。」

「原來是這樣……不過一大早就跑去魚市，料理長真的是位不得了的廚師呢。」

我盯著被切成生魚片仍然扭動著腳的魷魚。那緊緻的透明肉質非常美麗。我馬上夾起生魚片，往口味偏甜的醬油碟一沾，一口放入嘴裡。

「啊啊……真是豪奢的美味……魷魚的生魚片果然令人上癮，我真的好喜歡啊。」

Ｑ彈有勁的口感與幾近入口即化的鮮甜，加上後續緩緩湧上的潮汐香氣，讓我不由自主露出燦爛的笑容。

「葵能吃得開心真是再好不過，我想料理長一定也很想親眼瞧瞧妳的反應吧。他說要不是還有工作在身，就會親自過來介紹料理了。」

「今天有團體客光臨對吧？曉說客人帶了一大群小朋友，我也在溫泉澡堂看到他們。」

與其說是看到，應該說我被他們丟出的甘夏蜜柑直擊才對。

「我們有專為兒童客人準備的餐點。畢竟就算把宴席料理整套端給小朋友，他們吃得也不太滿意。」

「這倒是真的……我小時候也不懂這種費工夫製作的精緻料理到底哪裡好吃。」

比起這些山珍海味，小朋友還是更愛蛋包飯、漢堡排還有天婦羅炸蝦跟咖哩飯什麼的。不過我的祖父喜歡老派的傳統和食，我也是一路吃這些東西長大的，所以喜好也漸漸轉變了。應該說我變得不挑食了，畢竟有東西吃就已經夠幸福。

我邊與大老闆閒聊，邊享受新鮮的生北魷。魷魚腳的部分沒有切成生魚片享用而被接待員收走，等一下似乎會炸成天婦羅再次上桌。

接著端上我們倆面前的是冷麵，盛裝在冰鎮過的碗中。觸感清涼的白色陶器裡頭裝著添加紫蘇製作而成的麵線，並佐上天神屋的溫泉蛋。倒入沾麵醬汁，再將溫泉蛋攪散後一起入口，便能品味沁涼的夏日風情。

接下來的主菜——燒烤料理正是本月宴席套餐的重頭戲。

也就是夏季鮮蔬與食火雞肉的陶板燒。

鬼門大地以盛產食火雞聞名，許多觀光客專程來訪的目的，就是為了一嘗其美味。這道主菜似乎加了茄子、南瓜、青椒與秋葵等蔬菜，與食火雞一同燒烤而成。如果是用陶板加熱的方式，想必雞肉一定能烤得軟嫩可口。

將帶皮的雞腿肉烤得熟透入味，就在大老闆開口問「差不多可以了吧？」的那一秒，立刻拿起來沾醋橙醬油佐白蘿蔔泥享用。

一入口的剎那就能明白，何謂最新鮮的美味。

動口咀嚼，豐富的肉汁便瞬間在口中擴散開來，不帶一絲腥味，留下的餘韻只有清爽的雞肉鮮甜。

「是因為用了陶板燒烤的關係嗎？多餘的油脂都逼出來了，餘味非常棒耶。而且肉質好軟嫩喔。」

「雖然雞天也不錯，不過用陶板烤出來的食火雞，又是另一種不同層級的美味呢。」

「對呀，夏季的蔬菜也全都甘甜可口……啊，炸魷魚腳上桌了！」

剛才生魚片所剩下的部位，以剛起鍋的天婦羅姿態再次登場。

炸魷魚有別於魷魚生魚片，凝聚了截然不同的美味在其中，Q彈的肉質配上酥脆麵衣，越嚼越有味。

「啊，一下子就吃完了。」

享用完大量運用當季食材打造而成的無數道奢華料理，最後上桌的是炊飯、漬菜以及味噌湯，為這場饗宴畫下完美的句點。

混入大量毛豆的炊飯，視覺上看起來翠綠可愛，最重要的是還熱騰騰的，散發著迷人香氣。搭配切碎的青紫蘇末，營造出清爽又暖心的滋味。帶著淡淡鹹味的毛豆吃起來粒粒分明又清脆，口感非常新鮮。

味噌湯裡則添加了蘘荷與油豆皮，清淡的口味跟毛豆飯非常搭。

毛豆飯跟味噌湯雖然不是什麼珍饈，卻是一種讓人放鬆的美味，邊享用能邊帶著幸福的心情回味剛才品嘗過的種種佳餚。

叮鈴～外廊響起的風鈴聲，此刻突然喚起我的注意。雖然風鈴原本就時不時響著，但剛才那一聲特別清脆，彷彿在宣告這場夏日饗宴的結束。

「啊啊……快樂的晚餐也到了尾聲呢……真難過。」

「只不過吃完一頓旅館的晚宴，就露出這世界末日般的表情，全天下大概也只有葵會這樣捨不得了。」

「才沒有哩……啊啊，不過吃得好撐，真滿足。」

「哦？還有甜點沒上，妳不吃啦？」

「不，甜點裝在另一個胃。」

「呵呵，這樣才像妳啊。」

接待員們端上桌的甜點是綜合水果寒天凍，裡頭包著甘夏蜜柑、西瓜與桃子的果肉，外形非常可愛別緻。

寒天果凍閃耀著寶石般的燦爛光芒。一口大小的寒天方塊裡鑲著各種果肉，彷彿是某種果實清湯一般……

「哇！太美了。」

巧奪天工的廚師手藝，已經到達我想模仿也學不來的境界。

這麼美麗的寒天點心，實在無法想像是怎麼誕生的。

「每一顆寒天凍的口感與口味，都要依照所搭配的水果來調整。這道可是料理長特別堅持的甜點喔。」

「啊……真的耶。天呀，也太厲害了。」

比方說，富含水分又酸甜的甘夏蜜柑，就會搭配甜度高一點、口感紮實一點的寒天凍；若是果肉本身就有一定甜度的水果，例如桃子，就用無糖的寒天凍封起來，再淋上少許桃子糖漿；而西瓜所搭配的寒天凍，本身就做出微微的紅色漸層，表現出西瓜的晶瑩剔透。

這實在是每一口各有特色的奢侈美味。我細細品味，感到一陣透心的沁涼。

「好想再吃一點」正是最恰到好處的份量。

無論是誰，在品嘗這場饗宴的第一口都會得到感動，在最後一口則會轉為意猶未盡，渴望再多嘗一點。

也許天神屋一路以來堅持守護宴席料理的口味，就是為了讓客人能二度回到這裡，尋找最初的感動滋味吧。

「好吃嗎？葵。」

「嗯嗯……料理長的堅持與用心，我都深深體會到了。最近的我總是自顧自地做料理招待別人吃，但品嘗別人雙手做出來的不同味道，也是很重要的一門功課呢。我發現了好多自己從不知道的全新美味……而且還湧現了豐富的靈感。現在真想馬上進廚房啊。」

「……葵果然很坦率呢。」

大老闆親切地笑著，用那雙紅瞳凝視著我。不知道他想說些什麼？

隨後，在飽食一頓後的滿足感尚未冷卻之時，他站起身，我也隨著他站起來。

「你該不會已經要出發去現世了吧？」

「是呀，妳覺得寂寞嗎？」

「……不會耶。」

「真是的。葵還是一如往常冷淡呢，難得共進一頓愉悅的晚餐。」

「這跟那是兩回事吧。」

大老闆無可奈何地皺起眉頭，從懷裡掏出某樣東西遞給我。

那是一個類似神社造型的便條本，由紅色的繩子編串而成。

「這個給妳吧。」

「這是什麼？」

「信使。旅館內的所有客房也都有設置。」

我望向大老闆伸手所指的方向，發現牆壁上確實掛著同樣為神社造型的便條本。

「我給妳的這個則是異界互相聯繫專用的特殊版本。把文字寫在上頭，內容便會跨越異界，直接顯現在對方的信使上。葵的信使上頭已經先登錄我的聯絡方式，所以只要寫上收件人是我，就能隨時隨地傳話喔。」

「咦！真厲害的東西耶。也就是寄信的意思？」

「以現世的說法，應該接近電子郵件吧，發送的當下就能傳到對方那裡去。」

「……你的意思是在你外出的期間，要我寫信保持聯繫？」

「嗯？不，這個嘛……我是想說妳若碰到什麼麻煩事，可以隨時通知我。」

「……會有這種時候嗎？」

在我一個人如此呢喃自語的時候，大老闆露出難以言喻的愁眉苦臉，我只好安慰他：「好啦好啦，我知道了。」

好吧，真發生什麼萬一時，還能有這個聯絡工具可用，是滿感激的。

「話說回來，你吃完飯要跟我說的事情，就是這個而已？」

「咦？嗯，這也是其中之一……另外還有一件事……該說是有一事相求嗎……」

「大老闆？對我有事相求？」

到底會是什麼事？

「打擾了，大老闆，差不多已到出發的時辰。」

就在此刻，銀次先生的聲音從拉門外傳進來。大老闆使了個眼色後，拉門便隨之自動敞開。現身在門口的是銀次先生那對毛茸茸的銀色狐耳，他正低著頭行禮。

「空中飛船『黑鶴丸』已在渡船口待命，航行路線也已設定完畢，會從境界石門那邊直接穿越至現世的上空。」

「喔喔，辛苦了。」

「啊，我也去送行。」

「妳在客房好好休息就行了。雖然現在是夏天，渡船口那邊還是很冷的。」

「嗯……但我還是想送你一程。」

不管他再怎麼無微不至地寵溺我，堂堂天神屋的大老闆出發去出差，我總不能還躺在房裡發懶吧。好歹我也是天神屋的員工之一啊。

空中飛船所停泊的渡船口，就位於天神屋的上空。

大老闆此行的交通工具「黑鶴丸」早已在此處待命。

中等規格的漆黑船體，頗為帥氣。

「銀次，那麼之後的事就交給你囉。」

「是，謹遵吩咐。」

在大老闆與小老闆兩人簡單的對話中，流露出他們對彼此的信任。隨後大老闆喊住了我。

「葵……那我出發囉，妳各方面都別太勉強自己了。」

「我知道啦。」

「還有，天神屋上下就交給妳了。」

「……嗯？」

天神屋上下？這是什麼意思？

我想天神屋的員工也不需要我來照顧吧……畢竟大家的工作能力遠遠超過我。

不過，這會不會就是大老闆原本想開口的請託呢？

「我知道了。」

雖然心中還抱著疑惑，但我還是用力地點了點頭。

大老闆沒多說一句話，踏上了上船的簡易木製棧橋。

他身旁有一位體格健壯的綠髮男子隨行，身著庭園師的打扮。該不會那就是佐助的父親吧？

隨後，無臉三姊妹也邊朝我揮手邊上了橋。這些人就是大老闆這趟出差的隨行陣容。

「啊，大老闆。」

我朝著剛坐進船艙裡的大老闆喊了一聲。

「等你回來之後，我做點東西給你吃吧。」

「……」

「你先想想要點什麼菜。」

大老闆雖然稍顯驚訝，臉上仍然浮現出往常的微笑，緩緩點了頭。

隨後飛船啟航，拖曳著無數鬼火升空起飛。

據銀次先生所說，那艘船會穿過通往異界的石門，傳送到現世上空的樣子。那是一艘貨真價實的妖怪船，憑凡人的眼睛是看不到的。

鬼火的隊伍連綿成線，一路往遠方石門所座落的那座小山丘延伸而去。

我心想著那火焰搖曳得不太自然時，黑鶴丸已悄然無聲地消失在夜空之中。

「……看來是平安穿越到石門的另一端了呢。」

「大老闆接下來會離開一陣子啊……欸，他大概多久會回來呢？」

「恐怕要個五、六天吧……啊，葵小姐真是的，該不會寂寞了吧？」

「……不會耶。」

銀次先生臉上洋溢著期待，說著：「您又來了～」

但我保持著極為淡定的態度。

啊啊，不過既然如此，那我要拜託大老闆買點現世的東西回來……

「小、小小、小老闆！」

就在此時，先前在夕陽西下的天神屋門口迎接我入館的那位門童——名叫千秋的輕浮狸妖男，不知為何跑了過來，呼叫著小老闆銀次先生。

「千秋，怎麼了？」

「小、小老闆！大大大、大事不好啦！不好啦～那那那、那個人……那個人他來了！」

一臉慘白的千秋陷入極度混亂，沒有人聽得懂語無倫次的他在說什麼。

我與銀次先生面面相覷。

「你說誰來了呢？」

「葉……葉鳥先生啊！折尾屋的大掌櫃，葉鳥先生！」

「！」

「而且而且而且，他還把折尾屋的首席溫泉師也帶來了，櫃檯現在簡直是雞飛狗跳啊！」

我馬上發現銀次先生的表情驟然大變。

「折尾屋，是銀次先生之前服務的旅館？」

「……是。」

銀次先生的聲調比往常低沉許多。

「葉鳥先生是嗎……這可麻煩了呢。竟然挑在大老闆外出的時候。好的，交由我前去處理吧……想必員工們現在一定手足無措。」

「……嗯？」

葉鳥……折尾屋……

我感覺到銀次先生的話語之中，似乎藏著一些我所不知道的內幕。

微暖的晚風在隱世吹起。

銀次先生走在前頭，側臉上透露出紊亂的思緒與緊張，讓我十分在意。

我們前腳才剛送完大老闆出門，這場危險的暴風雨便彷彿是故意算準了時機一般，朝著天神屋襲來。

抵達天神屋的大廳之後，便看見兩位妖怪坐在接待區。

其中一位長有黑色羽翼的男子，外貌看起來似乎是天狗。

另一名男性則是將一頭長長的青髮綁成馬尾，額上有盞青白色的妖火，不知為何懷裡還抱著一隻小狗。

對方應該是高等的大妖怪吧——在我第一眼看見他們時就明白了，氣場完全不一樣啊。

「喂喂喂，天神屋這間旅館，都把客人晾在大廳這麼久不管嗎～」

天狗男朝著負責接待的大掌櫃曉發起牢騷。

曉帶著微顫的笑容回答：「非常抱歉，還請您稍候一會兒。」那表情簡直像在宣告忍耐已到極限。

「是我們突然登門拜訪的，別亂發牢騷。人家大掌櫃殿下也很傷腦筋吧。」

這番聽起來頗具常識的發言，出自那位青髮的男子。

不過對於他懷裡抱著的小狗，我還是無法不在意。

小狗的表情跩得很討厭，就算想客套地稱讚一下也根本說不出「可愛」這兩字……不知道是青髮男子的寵物還是眷屬之類的？

「不過啊，天神屋站櫃檯的面孔都沒變呢，曉。讓你當上大掌櫃也真是夠好笑了，哇哈哈哈！」

「……不是你離開時，自己指名要我當的嗎！」

「咦？是這樣嗎？話說回來，你這是什麼待客態度啊？曉，我可沒教過你用那種凶神惡煞的表情面對客人。貴客在前，常保笑容——懂嗎？哇哈哈！」

天狗男朝著憤怒的曉露出了從容的笑臉，隨後拍著膝蓋大笑。此時的曉已經憤怒到完全說不出話來。

「這……為什麼折尾屋的大掌櫃跟首席溫泉師會來這……」

「偵察敵情嗎……？」

其他員工也紛紛聚集過來，交頭接耳地說著八卦，現場騷動不安。

所幸此時大廳內並沒有其他客人在場，不過仍瀰漫著一股詭譎氛圍。

「兩位客人，很抱歉讓您久等了。」

就在這時，帶著笑臉的銀次先生站在那兩人的面前。剛才那複雜的表情已消失無蹤，現在的他臉上掛著一如往常的爽朗笑容。隨著銀次先生的登場，天狗男與青髮男身上的氣場突然緊繃得像是帶刺。

「噢噢，背叛折尾屋的走狗登場啦。好久不見啦，銀次。」

天狗男維持著笑容，吐出挖苦人的刺耳話語。

「你沒資格說那種話，葉鳥先生！」

馬上被對方激怒的是曉，他似乎已無法忍住不回嘴。

而被諷刺的銀次先生卻一副事不關己的樣子，表現得泰然自若。

「請問兩位有住宿需求嗎？在此致上萬分歉意，敝館目前所有客房皆為客滿狀態。」

「……」

被稱為葉鳥的那位天狗男，與青髮男面面相覷。

「你看看，都是你突然說什麼來去天神屋。在這種旺季想要確保有空房可住，就一定要先預約啊。」

「嗯～這樣啊……客滿是吧。怎麼辦好呢？但我又不想就這樣打道回府。好久沒過來天神屋這了，真想住一晚啊～」

結果對方還頗認真地陷入苦惱之中。
我趁著這局面，慌慌張張跑去銀次先生的身旁，給了一項提議。
「欸，既然客房不夠，那不如把我那間房讓出來吧？反正溫泉與佳餚我都享受完了。要睡覺的話，我回夕顏就行。」
「咦！葵、葵小姐，這樣實在……」
銀次先生有點慌了，轉頭望向我。
「畢竟來者是客不是嗎？雖然好像有些什麼內情，不過若能好好招待來客，我不用住在本館也沒差啦。反正那間客房給我一個人睡，也有點太大了。」
「……葵小姐。」
銀次先生手拄著下巴，陷入短暫沉思。隨後他把曉與正端茶前來接待區的女二掌櫃菊乃小姐叫了過來，竊竊私語地不知道在討論些什麼。
「……我明白了。那麼，兩位要不要先享受溫泉呢？在兩位入浴期間，容我協助安排客房與晚餐。」
「噢！可以住一晚了嗎？這可真是太好哩。那馬上前往溫泉吧！溫泉！」
「葉鳥，別太興奮了，有失分寸。」
「別這麼說嘛~時彥你還不是老早就對這裡的溫泉很感興趣？來吧，阿信前輩，我們去泡溫泉吧，泡溫泉！」

「……嗷呼！」

天狗男抱起了蜷縮在青髮男懷中的小狗。還真是個性急又粗魯的男人啊，怎麼總覺得跟某人好像……

不過那小狗的名字，竟然叫「阿信前輩」……地位還比那兩人高嗎？

在我的注意力全聚集在小狗身上的同時，那群獨眼的團體客似乎逛完銀天街回來了。

「啊啊，葉鳥先生！」

獨眼客對於現場狀況並沒有多加關心，反而為了葉鳥先生現身在此而大吃一驚，紛紛湊上前去，彷彿很高興的樣子。

「這不是葉鳥先生嗎？」

「哎呀～葉鳥先生，我們有幾年沒見啦？」

「你當時突然就不告而別，還以為是發生什麼事了呢～」

一大群獨眼客人，不分男女老幼，通通和這位名叫葉鳥的天狗聊起天來。

「各位獨眼的貴客，好久不見了。哎呀～我呢，現在在折尾屋工作啦，還請大家偶爾也來光顧一下嘛～」

「我們又不知道葉鳥先生你跑去折尾屋啦～」

現場一片和樂融融的氣氛。看來天狗葉鳥跟這裡的熟客彼此認識，而且還很受歡迎。

而調皮的小朋友們對於老一輩的閒話家常插不上嘴，便在中央階梯玩了起來，嬉鬧聲此起彼落，讓大廳陷入混亂的騷動中。
其中最響亮的就是天狗葉鳥爽朗的笑聲。
該怎麼說呢？他的笑聲實在令人印象深刻。
「欸，曉，那個人是……」
「……」
「曉？」
曉就站在我身旁注視著那群人，不知為何臉上露出了些許難色。
「抱歉啊，銀次，百忙之中來打擾。」
「不會……時彥先生，好久不見了。」
銀次先生正與另一位青髮男低頭致意。少了懷裡的小狗，青髮男看起來挺正經又穩重的，雖然額頭上亮著的妖火實在充滿妖氣。
「看到你精神不錯，實在是再好不過了。沒見到大老闆出來，他人不在旅館嗎？」
「是的……」
「這樣啊……那個，銀次……關於溫泉師……不，沒事。」
那位名叫時彥的男子話說到一半便打住。
溫泉師……？溫泉師怎麼了嗎？
「喂，葉鳥！我先去泡溫泉囉！」

隨後，時彥便拋下聊得忘我的葉鳥，獨自朝澡堂走去。
「啊啊，等等我啦，時彥！那我先告辭啦，各位貴客！」
葉鳥對那群獨眼的客人拋了個媚眼，便匆匆忙忙追在時彥的後頭。
在與我們擦身而過之際，這位天狗葉鳥瞥了我一眼，嘴角揚起笑容。
「……嗯？」
一片天狗的黑羽毛飄落在我的腳邊。
葉鳥的退場似乎讓獨眼客人們有點惋惜，隨後他們便爬上中央階梯回房。
「……」
剛才一度陷入混亂的現場，已再度回歸平靜。
位於櫃檯的員工們總算能喘口氣，紛紛順了順胸口。
「欸，剛才那是怎麼回事？」
「他們是折尾屋的幹部，葉鳥先生擔任大掌櫃，時彥先生則是首席溫泉師。」
「咦？為什麼會演變成那種一觸即發的場面？因為對方來自天神屋的敵對陣營嗎？」
「這當然也是原因之一。不過……主要是因為那位天狗葉鳥先生。他是我們天神屋前一任的大掌櫃。」
「……咦？」
銀次先生這番話實在嚇到我了。曉則大大嘆了一口氣，搔了搔頭。

「那個人啊，突然就辭掉天神屋的工作，改為我們的競爭對手折尾屋效力。別看他那樣子，他可是個實力堅強的大掌櫃，長久以來支撐著天神屋……」

意思是，以曉的立場來說，對方曾是同為櫃檯區的上司囉？

難怪剛才總覺得櫃檯的員工們臉上全蒙了一層灰，原來是因為這樣。

「喂，讓居心不良的傢伙們闖了進來啊……」

「會計長殿下！」

這場紛亂驚動到會計長白夜先生，總算讓他踏出深處的會計部。

白夜先生是一種稱為白澤的妖怪，聽說力量之強大被譽為「天神屋的重鎮」，而他負責掌管天神屋上下所有資金，實際擁有的權限僅次於大老闆。

銀次先生與曉向白夜先生說明了狀況，並請示他的意見。

「原來如此，是折尾屋的葉鳥與時彥啊……也許是來刺探敵情的。何必接待？應該把他們直接轟出去才是。」

「這可萬萬不行，大老闆不在館內的期間內，豈能引發這種爭端。再說對方雖然是競爭對手，但來者是客。換作是大老闆，我想他一定會面帶笑容地接納這組客人。」

「嗯……那就先算了。」

白夜先生對於「換作是大老闆，一定不會拒絕」這一點，似乎被說服了。

他甩開隨身攜帶的摺扇，掩上嘴邊。

「我是有很多話想對葉鳥說，不過，就等到我們有機會親自碰頭再說吧。對方若有任何可疑舉動就通報我，由我來把他們推落館外的深谷，佯裝成意外事故。」

「……是，若真有萬一的話。」

白夜先生與銀次先生雖然嘴上尊稱對方為客人，但為了以防萬一而正商討著邪惡的計畫。這兩人明明整體看來白白淨淨，心卻頗黑。

「總覺得狀況變得很棘手呢……」

「葵小姐，真的十分抱歉。難得好好招待您一次，卻害您讓出客房。」

「這點事我完全沒放在心上啦，銀次先生。反正大餐都下肚了，下次挑個人潮沒這麼多的日子，再讓我住一回吧……啊！對了，我把小不點留在客房裡耶。」

「您找小不點的話，剛才打掃客房的接待員應該會把他帶過來。」

銀次先生才剛說完，馬上就見到一位接待員帶著小不點來到櫃檯。

小不點一如往常地冒著鼻涕泡熟睡，那張睡臉簡直像小嬰兒。

不過話說回來，員工們現在全像熱鍋上的螞蟻。因為剛才那場騷動耽擱了一些時間，現在他們正手忙腳亂地想找回原本的步調。

其中還包含了曉與銀次先生，就連白夜先生也一樣，各自踩著急急忙忙的腳步回到崗位上。

「……好吧，看來我還是老實點，乖乖待在夕顏比較好。」

雖然本來想看看有什麼忙可以幫的……

但我的崗位終究還是在「夕顏」，就回去盡我所能盡之力吧。

再怎麼說，剛才的我接受了各種全新的美味啟發，正滿心想動手下廚。

現在可不是悠閒發懶的時候。

「啊！對了……這條髮繩我得還給溫泉師靜奈才行。」
回到店裡的我，突然想起這件事。
在稍早泡溫泉時，溫泉師靜奈借了這條髮繩給我綁頭髮。
我算準了現在這時段應該沒什麼客人會去泡澡，便決定前往澡堂歸還髮繩。穿越中庭後我來到本館的後門，這裡有一道階梯可直接通往二樓。
這員工專用樓梯是前往上弦之湯的捷徑。在我爬上去的同時，不知從何處傳來一陣對話聲。與其說是對話，應該說是男女爭執？語氣聽起來很激動，像是在爭論什麼，讓我有點在意。
我在抵達二樓的前一步停住了腳，悄悄探頭往牆外一望。
「咦！」
令我震驚的是，在澡堂後門走廊上的爭執聲，竟然來自剛才在大廳遇見的折尾屋妖怪——那位名叫時彥的青髮男。而且爭執的對象，竟然是天神屋的女溫泉師濡女，也就是靜奈。
「靜奈，妳為何要如此！我一直……對妳……」
「您、您這樣讓我很困擾～請別在這種地方～～」

而且對方還把靜奈逼到牆邊，讓她非常傷腦筋。

這是怎麼回事？這……啊啊，靜奈一定是被對方求愛了！

畢竟她那麼可愛！而且對方還死纏爛打！

當時彥一把捉住企圖逃開的靜奈的手時，我不假思索地衝上前去。

「欸！你等一下！你這是在做什麼！靜奈不是很困擾嗎！」

雖然不清楚詳細狀況，但生性怯懦的靜奈剛才顫抖得比平常還厲害，我實在無法坐視不管。

「客人，你這樣造成人家困擾了！請放開靜奈！」

「……葵小姐。」

「妳、妳是……」

時彥起初對於我的出現感到錯愕，接著緩緩露出了嚴峻的表情。

原本還以為他是個溫和穩重的人，看來是我誤會了。

「人類小丫頭別多管閒事，閃一邊去！」

他額上亮著的青色火焰開始轉為晦暗。瞪著我的雙眼充滿血光，彷彿在說「妳很礙事」。這股寒氣是怎麼回事？

「明明是個局外人，不許插嘴！妳算靜奈的什麼啊！」

「……咦？」

被這麼一問，答案也只有「同為天神屋員工的關係罷了」。

是說他們原本認識嗎？說我是局外人，但這個來自折尾屋的傢伙才是局外人吧……難道，是我誤會大了？

「我是來接靜奈的。為了見她一面、為了說上一句話，我大老遠來到這裡，然而……」

轟隆隆隆隆……

他額上那盞帶著執念的妖火發出懾人的聲響，熊熊燃起。

大事不妙，對方也許是偏激的跟蹤狂……

「時彥大人，您，您這樣我很困擾……」

「……靜奈。」

「還、還、還請您……這次先放過我吧……」

聽見靜奈帶著顫抖的微弱聲音，時彥額上的烈焰又蜷縮成小小的火光。

他的臉色也驟然一變，那是多麼悲傷與落寞的表情……

百感交集的那張面孔彷彿寫著「我無法接受」。

不，應該說已經接近淚眼汪汪。

「喂～時彥～你在哪啊～～」

就在此時，一陣破壞現場氣氛的散漫呼喊聲傳來。聲音是從我上來的樓梯斜對角那邊的拐彎處傳來的。那肯定是天狗男葉鳥沒錯。

手被緊緊抓住的靜奈，就趁時彥的注意力被呼喚聲打亂之時，揪住了對方的衣領，隨後竟然使出了過肩摔。

「咦？」

這一記過肩摔實在使得豪邁又俐落，讓我都差點想大喊出「一勝！」（註2）了。我嚇得啞口無言。

那，那位柔弱的靜奈……竟然……

「等等，靜奈……」

「葵小姐，我們快逃。」

她拉著我的手，趁時彥還倒在地上痛苦呻吟，帶著我逃離現場。

「等、等一下，靜奈！」

「啊～時彥你真是的，原來在這裡啊！真受不了你～泡完澡出來找不到你的人影，我都快嚇死啦～雖然隻身困在敵營裡頭也是挺新鮮刺激的啦……呃，你怎麼倒在地上啊！」

背後傳來了時彥丟臉的悲鳴與葉鳥的廢話連篇，我與靜奈兩人頭也不回地逃走了。

我被腳程意外快的靜奈拉著走，從員工專用的後門樓梯下樓，全速通過中庭，最後終於抵達夕顏。

「呼……呼……來到這裡應該能安心了吧？」

註2：柔道比賽的給分制度。

上一次這樣死命逃跑，應該是被綁架來天神屋那時候的事吧？我邊想著這些，邊平復呼吸。

靜奈雖然喘得不怎麼厲害，但那張原本就蒼白的臉蛋，現在又更泛青。

「靜、靜奈，妳還好吧？」

「……是的。」

「究竟是怎麼一回事？那個叫時彥的妖怪說什麼要來接妳走耶……你們認識？」

「……是的。」

看來兩人之間是有些什麼瓜葛。

我讓情緒陷入極度低落的靜奈坐在吧檯的客席上，總之先讓她休息一下，隨後，我馬上端了水過來。

我自己也順便喝一杯，畢竟剛才跑得累死了。

「啊，對了。靜奈，妳吃過晚飯沒？」

「呃，還沒……剛才本來……正要去休息。」

「那要不要吃點東西再走？難得妳來一趟店裡。」

「……咦？」

「妳有沒有什麼想吃的？雖然這樣問妳，不過今天沒開店，所以食材剩得不多，能做的料理也有限就是了。」

「這、這怎麼行……不給您添麻煩了……」

「麻煩？啊哈哈，才不是什麼麻煩呢，做菜可是我最喜歡的事情。」
靜奈抬起頭仰望著我，從瀏海縫隙中隱約可見的那雙圓滾滾大眼正快速地頻頻眨動。
「那、那麼……交給您決定好嗎？」
隨後她用微弱的聲音扭扭捏捏地問道。
我開心得不得了，馬上回到廚房裡。
「等我一下喔，我正好有道新菜想實驗看看呢。靜奈妳喜歡秋葵嗎？」
「秋葵……嗎？是……我非常喜歡。我喜歡吃蔬菜……特別是夏天盛產的蔬菜。」
「真巧耶，我也一樣！」
我不禁樂得雙手交握。沐浴在充足陽光下長大的夏季蔬菜，營養價值高，顏色又翠綠動人，還富含水分。
「那麼做個秋葵豬肉捲怎麼樣？」
「……秋葵豬肉捲？」
「雖然不是什麼普遍的家常菜啦，就是把黏黏滑滑的秋葵用豬肉薄片捲起來，加甜鹹醬汁乾燒而成的一道料理。跟白飯實在超搭的喔……啊，要不要先來道涼拌豆腐當開胃菜？」
靜奈雖然嚇得一愣一愣的，還是屈服於我的氣勢，乖巧地頻頻點頭。
夏天還是來一道涼拌豆腐最美味，尤其是跟夕顏有往來的豆腐舖所販售的絹豆腐，口感滑順、入口即化，又帶有濃厚香醇的風味。

光是豆腐本身就已經夠好吃了，不過若能再多加一道手續，美味度更是激增。在平底鍋內倒油熱鍋後，把冷藏保存的魩仔魚乾不裹粉直接下鍋乾炸一會兒，再灑在以小碗盛裝的豆腐上頭。

爽脆可口的涼拌豆腐便完成了，接下來再搭配蔥花與薑泥這兩樣佐料，立刻變身為上得了檯面的小菜。夕顏也常常提供這道料理做為開胃菜之一。

「來，趁魩仔魚剛炸好正脆時快享用吧。涼拌豆腐用柚子醋調味過了，可以直接吃唷。」我將小碗端往吧檯的桌面。

「……好、好快。」

「哈哈哈，因為是現成的豆腐呀。食材本身就很美味，真是省了許多工夫。」

「不過您的動作還是非常熟練俐落……」

「這是店裡七月開始提供的開胃菜之一。在顧店的同時，我似乎也稍微摸索出了怎麼樣能更有效率地讓客人早一刻享受到料理。」

「……」

靜奈突然垂下視線，那表情讓她看起來比往常更加柔弱。

「怎、怎麼了？我說了什麼奇怪的話嗎？」

「不……那個，我……我只是在想身為溫泉師的我，如果也能像這樣提升自我就好了……不好意思。」

靜奈接過小碗，用為難的表情對著我微微笑了。

隨後她雙手合十，說了一聲：「我開動了。」

不知道合不合她的胃口？我按捺著心裡的好奇，對飯鍋下達「煮飯」的指令，並用鹽先搓掉秋葵表面上的絨毛。

靜奈拿起筷子，夾了一口豆腐入口。

「好冰涼……非常美味呢，很適合氣溫微熱的夏夜。」

「妳還喜歡嗎？」

「是。乾炸過的魴仔魚乾口感非常棒，搭配豆腐滑順的口感，實在絕配……」

「……」

果然她還是有點無精打采。

我把用鹽與胡椒稍微調味過的豬五花薄片捲在秋葵外，下定決心開門見山地問：

「欸，雖然現在才問也有點那個……不過，靜奈妳跟剛剛那個折尾屋的人之間，發生了什麼事嗎？」

剛才他們之間那股非比尋常的氣氛，絕對藏著什麼祕密。當時的狀況看起來，也不像顧客糾紛或搭訕。

停頓一會兒後，靜奈輕輕點一下頭，開始說起來。

「那位大人……折尾屋的首席溫泉師時彥大人，是養育我長大的親人，也是我的師傅。」

「咦？親人？師、師傅？」

這答案實在超出我的預料。

「師傅的意思是、是他把妳栽培成溫泉師的嗎？」

「沒錯。我……原本在折尾屋工作，擔任溫泉師的學徒。」

「咦咦咦咦咦咦咦！」

這又是個驚人的事實。

到底是什麼樣的來龍去脈，讓靜奈向時彥先生拜師學藝，後來又離開折尾屋，進而來到天神屋呢……

是說銀次先生還有那位叫葉鳥的天狗也是類似狀況，天神屋跟折尾屋的員工怎麼還滿常互相流動的啊？不過畢竟是同一個業界，也許這種現象不足為奇吧。

此刻我的臉上應該完全流露出「讓人在意的點實在太多」的表情吧。

靜奈又吃了一口涼拌豆腐，停頓一下之後接著說：

「我是來自南方大地的濡女，出生在那邊的山間小村落，那是個連食糧都匱乏的貧瘠村子。」

這是靜奈的兒時記憶。

某一天，靜奈被迫在暴風雨之中前往深山摘取山菜。

那時候，她遇見在山中迷路受傷而無法動彈的時彥先生。靜奈對他伸出了援手——這就是兩人第一次的相遇。

「我沒有任何才能，只是個弱不禁風、骨瘦如柴的濡女，唯有感應能力特別敏銳。」

「感應能力？」

「地脈、水脈、溫泉脈等自然能源……可以統稱為『靈脈』，而濡女的能力就是能敏銳感應到這些蘊藏於大地之中的靈脈。當時動彈不得的時彥大人受困於杳無人煙的山崖下，我就是微微感受到他的靈力才發現他的。時彥大人當時正在進行溫泉脈的調查。」

「溫泉脈？意思是他當時正在尋找溫泉湧出的泉源嗎？」

「是的，沒有錯。遇見了時彥……師傅之後，我的命運才得以大大改變。」

時彥先生發掘了靜奈這項才能，並問她「要不要成為溫泉師」。

沒多久之後靜奈便被時彥先生收養，兩人成為師徒關係。

當時時彥先生在折尾屋效力，靜奈就待在他身邊學習，在嚴師的疼愛下成長茁壯……順帶一提，聽說剛才那招過肩摔是時彥先生傳授給她的防身術。

不過，既然如此，靜奈為什麼現在會來到天神屋呢？

「欸，我曾聽說銀次先生之前也在折尾屋服務過，該不會你們是同期的同事吧？」

「銀、銀次先生在折尾屋時也貴為小老闆，與其說同事，應該說是高高在上的長官才是。銀次先生在我還小時就離開了折尾屋，而我辭職……是在那之後的事。」

靜奈吃完涼拌豆腐後，嘆了一口氣。她把脆脆的魩仔魚乾也吃得一乾二淨。然而我瞥見她的神情，似乎比剛才更加沉重，並且帶著懊悔。
「我當時在折尾屋的職稱是溫泉師助手，然而不夠成熟的我，在某次事件中讓師傅身受重傷。」
「重傷……？究竟是發生了什麼事？」
聽到這裡，我覺得事態似乎頗為嚴重，於是停下手邊的工作仔細傾聽。而靜奈則用微弱的聲音繼續說下去。
「我……那時候正在尋找溫泉脈。」
「溫泉脈？就是時彥先生在找的東西嗎？」
「是的。折尾屋是一間面海的旅館，座落在絕佳的地理位置而廣受顧客好評，但論泉源的數量遠遠不及鬼門溫泉。而在溫泉的水質上，鬼門溫泉更是擁有壓倒性的優勢。也因此，折尾屋的溫泉需要透過溫泉師的泉術，來進行各方面的彌補。」
「咦……原來是這樣啊。天神屋的溫泉確實泡起來非常舒服呢。」
「是的。座落於鬼門溫泉之上的天神屋，擁有一等一的溫泉，泉質被譽為隱世第一……折尾屋不甘落於位處溫泉鄉的天神屋之後，耗費龐大資金探索旅館周遭的泉源。身為首席溫泉師的時彥大人，過去就是長年投身於這項調查工作。」
靜奈為我說明，隱世這裡所稱的「溫泉師」，似乎是對於某種術者或是學者的稱呼。他們利用「泉術」自由操縱長眠於地底、蘊藏靈力的溫泉，並以此為職。

隱世這裡的溫泉並不是單純泡舒服的奢華享受，而是一種具有靈力的崇高存在，能做為妖術的能量來源，活用於各方面。而溫泉師這份職業，除了為溫泉鄉與旅館效力以外，工作範疇也橫跨其他許多領域。

溫泉師握有專業的泉術與相關學問，而探索泉源是他們的任務之一。靜奈為了幫助師傅時彥先生，踏遍了南方大地尋找溫泉脈。

某一天，靜奈來到海岸外圍沿伸的岩洞，偶然發現洞穴內的深處湧現出一道無人發現過的小小泉源。

然而靜奈不知道自己找到的這片祕境，其實是運用溫泉的強大靈力，將邪鬼封印於此的不祥之地……

「師傅是一位優秀的溫泉師，早就明白湧現好泉的土地之下，可能藏著陷入長眠的『某些東西』，那是絕對不可以挖掘的。」

「……絕對不可以挖掘的東西……？」

「師傅總是再三提醒我，凡事不要強出頭，如果發現了什麼，不要想憑一己之力去解決。然而我輸給了欲望，以為自己遇見絕佳機會，連師傅的囑咐也全拋諸腦後……企圖隻身深入調查。」

正當靜奈使用泉術將溫泉水汲取上來，準備確認水質之時，長眠於這片地底下的邪鬼受到刺激而甦醒過來。

「那、那麼……為什麼時彥先生會受傷呢？」

「他找到了從邪鬼身旁逃開的我，掩護我，把我救了出來……然而那次意外，讓師傅的額頭留下永遠無法癒合的傷痕。」

「額頭的傷？這麼說起來，時彥先生的額上總是有一盞火焰呢。」

「那就是我害他留下的傷痕。凡是被邪鬼的爪子抓傷的部位，就算是高等大妖怪也無法避免留下詛咒的傷疤。額頭上的火焰，是體內靈力從傷口中洩漏而出的狀態，師傅現在成了殘缺不全的怪物……」

「原來……是這樣子啊……」

我並不太清楚那對於妖怪來說是多深的傷痕。

但既然靜奈會如此自責，那應該是頗嚴重的大事件吧。

「我讓折尾屋蒙受重大損失，在那之後就被解僱。這是理所當然的結果……只是，師傅拚了命地哀求折尾屋的大老闆亂丸大人饒恕我，但我心裡無法原諒自己，於是悄悄離開了折尾屋。」

「……然後就來到了天神屋？」

「是的。天神屋的大老闆收留了走投無路、無家可歸的我。大老闆對我恩重如山。」

「……這樣啊。」

我再次重新展開暫停的工作，捲成長條狀的秋葵豬肉捲共有八條，我在上頭抹了鹽、胡椒以及太白粉，再來只剩下鍋煎。

「欸，現在問這好像有點晚了，不過那位時彥先生是什麼妖怪啊？我乍看之下分不出來耶。」

「師傅是一種名為『不知火』的妖怪，在妖火中屬於最高等級。」

「不知火？咦……他原來是『火』喔。」

「沒錯，那是一種長生不老的高等大妖怪。我曾聽師傅說過，他一開始誕生時真的只是一團小火苗，經過積年累月的成長，才慢慢長出一顆、兩顆眼睛，手腳也一隻一隻增生，最終化身成人類的姿態……」

剛才那個人模人樣的妖怪，誕生之初竟然是一團小火苗，真是難以置信……

我想妖怪之中應該有些生來就是大妖怪，不過，也有些是像時彥先生那樣慢慢成長的吧。

妖怪跟人類是截然不同的生命體，除了同族之間的繁衍以外，我也曾聽說有些妖怪是從物體或思想之中誕生的。

另外，也有從人類化為妖怪的可能性……

天神屋上上下下的員工，究竟都誕生自何處呢？

靜奈對我說完自己的過往故事後，似乎感到很暢快；同時卻更為內疚所苦，因而表情顯得十分複雜。

咕嚕咕嚕——一陣肚子餓的叫聲，從垂頭喪氣的靜奈那邊傳來。

「……啊……不好意思，在講這麼嚴肅的話題我卻……」

靜奈的雙頰瞬間通紅。

「不會，沒關係啦。呵呵！果然妳很餓了呢。」

「是的……因為今天沒什麼時間好好吃頓飯……」

難為情的靜奈扭扭捏捏，果然很惹人憐。

「好！那妳等我一會兒，我馬上準備晚餐喔。」

我隨即燃起幹勁。

難得靜奈來店裡一趟，我希望她能吃得飽飽的，重新打起精神。

我將秋葵豬肉捲擺入熱好的平底鍋內，放著讓它慢慢煎出漂亮的焦黃色。豬五花的油脂發出滋滋聲響，在鍋面上彈跳著。這聲音讓人聽了更餓。

用味醂、酒、醬油與砂糖調成醬汁，下鍋拌炒均勻，甜中帶鹹的濃郁香氣瞬間四溢。秋葵豬肉捲在鍋面滾來滾去的樣子看起來真可愛。由於先抹過了太白粉，表面很快就沾染上醬汁。

等秋葵豬肉捲染上油亮的照燒色澤，便迅速起鍋，對半切成方便入口的大小。秋葵可愛的星形斷面在下刀瞬間露面，還牽著美味的黏液。這綠色真是鮮豔亮眼。我將成品盛裝在扁盤上。

隨後把剛煮好的白飯添入飯碗內。濃郁夠味的豬肉捲跟白飯一定很搭。

我另外將冰箱的常備菜——紅白涼拌蘿蔔絲也盛裝在小皿內，一起附上。蘿蔔絲的酸味拿來當成換換口味的小菜再好不過。

「來，久等了，這是『秋葵豬肉捲宵夜定食』，雖然只是些簡單的菜色啦。在這種大半夜別考慮熱量的事，大口大口吃吧！」

「……哇，好像很好吃。」

靜奈一瞬間沒意會我在說什麼而愣了一下。不過看到眼前的料理後，她不禁發出了未加修飾的驚呼聲。

我也真是的，人家妖怪本來就是夜行性生物，我在說什麼啊……

靜奈舉筷夾起一條秋葵豬肉捲，送入口中。

她露出些許驚訝的表情，用手掩住嘴，慢慢咀嚼。

「怎麼樣？」

「黏……黏稠的秋葵簡直跟豬肉融為一體……口感非常不可思議，很美味呢。」

「對吧？感覺就像在品嘗一大塊肉一樣，吃起來很多汁。」

蔬菜肉捲中間的蔬菜還可以改搭配紅蘿蔔、菠菜或蘆筍等，變化非常豐富，每一種都是不同的美味。不過其中就屬秋葵吃起來特別有肉的感覺，因為秋葵帶有黏黏的口感，跟肉汁與醬汁非常契合。

感覺好像在吃肉，其實中間都是秋葵，所以這道料理意外地不膩口，讓人一條接一條吃得一乾二淨，再搭配白飯簡直無敵。另外，也很推薦夏天中暑沒食欲時享用，或者帶便當也很適合。

靜奈陷入一陣無語，默默地吃著飯。

我也沒再針對剛才的故事多問什麼。

只是有一點我還是非常掛心。

靜奈的過往我已經清楚了解，只不過，那剛才……在澡堂後門走廊上發生的那一幕，究竟是怎麼回事？

時彥先生在對靜奈傾訴些什麼呢？

聽了靜奈的那段話，我實在不認為她討厭時彥先生，應該說我甚至還覺得，她把對方當成恩人，懷抱著敬愛之意才是。

但是靜奈當時對時彥先生表現出抗拒的樣子，並且逃走了……還賞了他一計過肩摔。

「餓肚子……果然……很難受呢。」

「咦？」

「光是吃到熱騰騰又美味的一頓飯，就覺得心裡好像多少舒坦一點。」

靜奈用呢喃般的聲量細語，低垂的眼眸中帶著些許寂寞。長長的睫毛在濡濕的纖細白皙臉頰上烙下陰影。

夏日的飛蟲啪噠啪噠地往妖火點亮的光源處聚集而來。

「這真是充滿家常味的一餐。最近老是吃冷便當，真的好久沒吃到剛做好的溫熱飯菜了。」

「靜奈……」

「我在折尾屋時，總是跟師傅一起做飯、一起用餐。師傅對吃算是頗有興趣的，還會利用溫泉的熱能來栽培蔬菜……尤其是夏天，他都會種番茄。」

「番茄？」

「師傅對於種植番茄特別投入了一番心力。」

當我聽見這個夏季蔬果的名字時，突然回想起一件事——這麼說來，我今天才剛做了個東西，放在冰箱裡等待成形。

「這樣啊～那你們都是吃自己種的菜囉？真好。」

「是的，用採收回來的蔬菜一起做飯吃……呵呵，雖然味道並不是多棒。我們的廚藝也不是說特別好，所以也常常以失敗收場……不過吃了葵小姐的料理，讓我有點懷念了起來，覺得親手做出來的味道果然是最棒的呢……」

靜奈回想起陳年往事，輕輕笑了笑。

我把冰在冰箱的那樣東西拿出來，裝碗後悄悄端到靜奈身邊。

「那個啊……靜奈，我可以問妳一個問題嗎？」

我將小碗藏在身後，坐上靜奈隔壁的位子。

我漸漸明白她藏在憂鬱底下的真心是什麼。

「如果我猜錯了，妳別介意喔。欸，靜奈妳是不是……喜歡時彥先生？」

「……咦？」

我這句開門見山的疑問，讓靜奈蒼白的雙頰一口氣轉紅。

「啊，哇……呃，葵、葵小姐……這……這怎麼……」

結果靜奈顯然徹底慌了手腳。她雙手捧上臉頰，兩眼淚汪汪的。原本濡濕的身子也四處散發著水蒸氣。看來身為濡女的她，在激動時真的會羞得「冒煙」啊……

「應該這樣問——你們是不是原本是一對戀人？從妳口中的故事聽來，實在覺得你們倆的關係也太過親密了耶。」

「這這這、這……怎麼可能呢～～」

「可是，剛才的時彥先生氣勢之猛烈，簡直就像在奮力挽回舊情人耶。」

「咦？怎怎，怎麼會呢……我這區區一介濡女～～」

靜奈的眼珠慌張地轉呀轉，眼皮快速眨動，整個人像沸騰似地激動不已。

真有趣，我忍不住露出了笑容。

「不、不是的……不是這樣的！葵小姐……」

「所以是？」

「時彥大人他是個非常……為弟子著想的師傅……而且把我當成親生女兒百般照顧……他真的只是把我當成小孩子罷了。只是至今……還是對我放不下心。」

「所以說？」

「所、所以，他要我回到折尾屋……回去他身邊……」

靜奈的眼神游移著，她緊緊揪起自己的手按在胸口前。雖然她努力嘗試平復自己的情緒，卻仍遭受我一連串的轟炸式提問。

「那麼，靜奈要回折尾屋去嗎？要回去他身邊嗎？」

「這、這怎麼行……我要在天神屋繼續工作。怎麼有臉再次回到時彥先生那邊拜師學藝……況且，我現在也有學徒要指導。」

嘴上雖然這麼說，但靜奈的表情五味雜陳，兩道八字眉的眉尾垂得比平常更低。

「可是，難道靜奈妳現在已經討厭時彥先生了嗎？」

「怎麼可能！師、師傅他、他的愛情表現確實有點誇張，而且對我過度保護，死腦筋又愛囉嗦，容易自己亂誤會又玻璃心容易受傷，基本上個性很灰暗又很難搞，但我還是一直對他……現在也依然打從心底仰慕著他……」

靜奈站起身，激動地評論起時彥先生，已不知道她到底是褒是貶。

隨後她猛然回過神來。

「……」

「……」

現場一瞬間陷入沉默，我再次露出了邪惡的笑容。

「您、您、是故意套我話吧……葵小姐。」

「哦？套妳什麼話？」

靜奈一屁股坐回椅子上，再次紅著臉閉口不語。

她那張不時變換顏色的臉蛋實在可愛極了。

但同時我也為靜奈擔心起來，畢竟她肌膚的水分已經蒸發掉大半。

「欸，靜奈，妳吃吃看這個。」

我總算把藏在身後的東西端到靜奈面前。

那是紅冬冬又圓滾滾的一球雪酪。

「……咦？好紅……是西瓜做的甜品嗎？」

「呵呵，這是一種叫雪酪的現世甜點喔，至於口味是什麼，妳嘗嘗看就知道囉。」

靜奈一臉狐疑地看著通紅的雪酪，不過還是用湯匙挖了一口放入嘴中。

「！」

然後，這味道令她大吃一驚。

她應該壓根兒沒想過番茄能做成甜點吧。

「這、這是……」

「沒錯，這雪酪是番茄口味的。我本來在思考能不能用夏天的蔬菜做點甜食，手邊正好有番茄就煮來實驗看看了。材料只需要番茄、砂糖與檸檬汁這三樣，就能輕鬆完成囉。吃點這個，讓妳熱得發燙的身子冷靜一下吧。」

「番茄……」

靜奈又挖了一匙番茄雪酪送入口中。

番茄甜中帶酸的天然滋味，原封不動地濃縮在冰涼的雪酪裡頭。

由於討厭番茄的人也不算少，這道雪酪並不是人人都能開心享受的美味。不過對於靜奈來說，這種夏日蔬菜的香氣與滋味應該是與眾不同的。

靜奈剛才激動的情緒已平復，現在正一邊品嘗著這股味道一邊陷入沉思。

時間沒過多久，我突然想起某件事而大叫一聲「啊」，隨後從懷中取出跟靜奈借用的藍色髮繩，輕輕放在她的身旁。

「謝謝妳借我用這條髮繩，真是幫了大忙呢。」

「……不會。」

「這繩子非常漂亮耶。」

「……是。這是師傅第一次買給我的禮物。在修行時，我的一頭長髮會帶來不便，因此師傅說綁起來比較好。從小我就是用這藍色髮繩綁成兩束馬尾……一直都是師傅幫我綁的。」

「你們倆真的就像一對父女呢。」

「……是的，師傅真的非常疼愛我。」

她將髮繩拿在手上，緊緊握在胸口前。

看著這樣的她，我又問了一個問題。

「欸，靜奈……妳明明這麼仰慕時彥先生，為什麼要躲著他？」

「……這是因為……」

靜奈低垂的雙眼沒有抬起，就這樣開口回答我。

「我想我大概……還沒有辦法重拾自信。」
「自信？」
「我一度高估自己的實力，狠狠慘敗一次。我傷害了賦予我溫泉師才能的師傅，還逃離他身邊……我背叛了他……仍是一顆沒有轉紅的綠番茄。」
「……綠番茄。」
雖然這比喻讓我有點一頭霧水，不過靜奈一臉嚴肅，所以我並沒有多吐嘈。
她突然抬起了臉龐。
「但是……就算如此，我還是恨我自己只能單方面接受師傅的幫助與呵護。於是我下定決心，直到修練至自己滿意的程度……直到我完全成熟為止，我都不會回去師傅身邊。」
靜奈雖然總是一副弱不禁風的樣子，但從這段話語中，我能感受到她毅然決然的覺悟。
我對靜奈這個女孩子的了解程度，也僅止於她透露給我的部分。
然而，我對她這股「想變得可靠又獨立」的心情，十分感同身受。
來到新環境，這裡沒有絕對站在自己這一邊的靠山，獨自一人面對寒風，在逆境苦撐時，我也這麼想過——站在這裡的我該怎麼做才能有所成長？
「我說呀……大老闆曾說過，許多常客就是偏愛靜奈妳所調配的溫泉，才遠道而來的喔。」
「……葵小姐？」
「那番話讓我很羨慕呢。」

再怎麼說，靜奈在天神屋交出了實際的成績單，受到大老闆的認可與信任，也因此才賦予她女性澡堂的溫泉師這樣一個幹部職稱。

而我，目前被大老闆認可了幾分呢……？

以一名天神屋員工的身分，他對我有過任何期許嗎？

「啊，靜奈！原來妳跑來這裡啦！」

此時，接待員春日慌慌張張地來到夕顏。

「靜奈，抱歉呀，打擾妳休息。快過來一下！上頭說要召開緊急幹部會議。一定是折尾屋那些傢伙的事啦～還有啊，那群獨眼的兒童房客，把擺放在大廳裝飾的插花作品給弄壞啦，那是大老闆插的耶！」

「……啊、是、是的！」

靜奈趕緊站起來。

她倉促地整理好身上裝扮，離開夕顏前向我低頭行了一次禮。

「那個……非常感謝您，葵小姐。享用了您招待的料理，還讓您聽我說這麼多……我的心情舒坦多了。飯錢我晚一點會送過來給您的……」

「喔喔，這就不用了啦……呃，已經走掉啦。」

靜奈還沒等我回應，便跟春日一起離開了夕顏，朝本館前進。

「不過話說回來……少女心真是海底針呀。」

我再度咀嚼了一遍靜奈剛才說的話。

她的心情我也不是不明白，畢竟我也曾有過類似的感受。只是總覺得哪裡有點疙瘩……

我邊洗著碗盤，邊心煩意亂地思考著——這股悶悶不樂的心情究竟來自何處？

原因就在於我目睹了那兩人重逢時，那個名叫時彥的妖怪，臉上露出了似乎非常難過又悲傷的神情。

靜奈認為自己過去傷害了師傅，因此堅持在有所長進之前，不願回到時彥先生的身邊，但對方真的明白這份心意嗎？

會不會誤以為靜奈只是單純地抗拒自己呢？

如果情況是這樣，我覺得心裡有點難受。

明明彼此都那麼珍惜對方的。

他們倆想必把對方視為「家人」般重要吧……

「時彥先生他……說是為了要迎接靜奈，才來到天神屋的對吧……」

我不禁開始思考，自己能不能幫這兩人改善一下這彆扭的師徒關係呢？

雖然明知這問題輪不到我這局外人來插嘴。

「咿啊啊啊啊！葵小姐～」

小不點突然揚起一點都不可愛的慘叫聲，從裡間跑了出來。

「怎、怎麼啦？你好像被嚇得半死。」

「有個怪東西一直吵個不停滴～」

「嗯？」

小不點吸著手指，身子顫個不停。

我心想會不會是什麼怪蟲，便拿著蒼蠅拍往裡間走去，結果是擱在小圓矮桌上的那個神社造型的便條本，激烈地震動著。

「您有新訊息，您有新訊息。」

確實一直吵個不停沒錯。小不點喊著「您有新訊息先生～」害怕地緊緊抱住我。

「什麼啊，這不是大老闆給我的信使嗎……我看看。」

翻開最外層的封面，第一張內頁的最上方出現了文字。是用端正的毛筆字體所寫成的短信。

天神屋的事情我已聽說了。

這次妳好像把客房讓給折尾屋的客人是吧？

沒能享受住宿服務真可惜，不過今夜就先好好休息吧。

「……是大老闆傳來的耶。」

他一定是從誰口中得知今天的騷動了吧，結果傳了這麼一封規規矩矩的信過來，我該怎麼回好呢？

「啊，對了。」

我靈光一閃，急忙拿起筆。

〈葵〉欸，大老闆，你已經到現世了嗎？

〈大〉是呀，想要什麼土產的話就說來聽聽吧。

回信馬上就傳來了，一來一往的確很像簡訊呢。

大老闆也真是的，是坐在信使前面待命嗎？

〈葵〉那我可以拜託你一件事嗎？

〈大〉什麼事？

〈葵〉也不是土產，應該說想請你跑腿一趟可以嗎？我想買點東西。

〈大〉當然好。我聽說在現世，跑腿是丈夫的職責之一。

〈葵〉我是不知道你從哪聽來的啦，不過就拜託你囉，幫我買巧克力回來。

〈大〉巧克力？要哪個牌子的？

〈葵〉批發超市裡頭賣的那種，一公斤裝的營業用大包裝就行了。幫我買三包。

〈大〉……原來如此，真像葵的作風。

〈葵〉還有，如果有酵母粉、泡打粉跟麵粉就太好了。

〈大〉我知道了，交給我辦吧！

〈葵〉那個，我可以再追加一些東西嗎？咖哩用的辛香料之類的。

〈大〉……咦？辛香料？

結果我東添西加，丟了好多購物清單給大老闆去採買。

感覺就像跟他互傳訊息一樣，總覺得很奇妙。不過氣氛也好像平時面對面的輕鬆閒聊，讓我感到一股莫名的安心。

果然我也多少受到折尾屋大小事的影響，變得很緊繃。

平常總是能幹可靠的天神屋員工們，都驚慌失措成那樣了，也許是他們的不安也傳染給我。

現在不但安心了點，心情還有些雀躍起來。

再怎麼說，總算成功拜託了大老闆去採買需要的食材啊！

〈大〉那麼晚安了，葵。明天我會努力跑腿的！

〈葵〉晚安，大老闆。不過你還是先把努力用在出差的工作上吧。

依大老闆那種個性，鐵定會把原本的工作拋諸腦後，全力完成跑腿任務，要是這樣可就不妙……我如此想著，於是在道完晚安後意思意思地再次叮囑他。

隨後我闔起了信使。

時間剛好跨過午夜。對於妖怪們而言，現在還是大宴小酌的活動時間。

插曲【一】

我是溫泉師「靜奈」。

在過去於折尾屋度過童年時，我是個討厭吃蔬菜的孩子，同時也是個骨瘦如柴的小鬼。

「靜奈，不吃蔬菜無法成為偉大的溫泉師喔。不管怎麼說，溫泉師每次使用妖術都會消耗靈力。蔬菜是來自大地的恩惠，不多補充一點怎麼行？」

我的師傅——時彥大人總是這麼說，逼著耍賴的我心不甘情不願地吞下去。

師傅進行著利用溫泉熱能來發展農業的研究，在折尾屋旁邊有一塊自己的田地，和年幼的我一起在那邊種植蔬菜。

春天種春蔬，夏天種夏蔬，秋天種秋蔬，冬天種冬蔬……

我們感受著四季遷移，翻著土壤栽培新生命。

這不但是成為溫泉師的修行之一，更重要的是，自己親手種植的蔬菜，嘗起來也更美味。

「喏，靜奈妳看看，這是沐浴在陽光下長大的夏季蔬菜——紅茄，也稱為番茄喔……現在似乎普遍叫番茄吧。」

「……番茄？」

「是呀。這是從現世傳來的。」

「哇，這蔬菜紅冬冬的，好可愛……」

我用雙手捧著帶有夏日熱度的番茄貼上臉，從果實之中傳來的是帶有呼吸、水分飽滿的一股靈力。

我喜歡番茄的理由，除了外表可愛討喜以外，更重要的是，番茄是師傅特別費心思照顧的珍貴作物。

顏色通紅的番茄在隱世也被稱為紅茄，含有豐富養分，並且從大地吸收了豐沛的靈力成長茁壯。由於利用了溫泉熱能，因此產季除了原本的夏天以外，在其他季節也能順利種植。這似乎都多虧了師傅的研究。

師傅所栽培的番茄特別甜，不用經過任何烹調，直接生吃就非常美味。那股甘甜的滋味正是師傅的象徵。

師傅身為溫泉師，研發了各種活用溫泉的新技術。

他強調隱世的溫泉還蘊藏著許多未知的可能性，等待我們去挖掘。

平常總是文靜又沉穩的師傅，只要一碰到與溫泉有關的事，就會變得充滿好奇心。他是個全心投注在溫泉上，懷抱著無限夢想的人。

也因為如此，我一直以來期許著自己能成為一位溫泉師，並且待在離師傅最近的地方支持著他的研究……

『我是來接靜奈的。為了見她一面，為了說上一句話，我大老遠來到這裡，然而……』

○

我的腦海中不停重複播放著師傅剛才那番話。

許久不見他的身影，看起來有點憔悴。一定是因為我那次害他受傷的緣故。我想他的靈力也受到影響而有些減弱了。光是看著那樣的他，就讓我好難受。

「靜奈大人，您還好吧？」

現在我正在座位上開著幹部會議。

坐在我隔壁悄聲關心我的，是溫泉助理長——和音。她同時是我的徒弟，是個非常幹練的姑娘，總是支持著我。

「您的臉色從剛才就很不好喔，看起來也完全沒在聽小老闆說話。」

「抱、抱歉……」

「也不用道歉啦……啊，會計長白夜大人一直瞪著我們這兒，不說悄悄話了。」

和音直直挺起背桿正襟危坐，裝出一副認真參與會議的模樣。

小老闆現在正在確認明天的工作，並討論今天光臨的獨眼團體客，其中一群小朋友毀損了大老闆擺在中央大廳的插花作品。聽說事發當時，大掌櫃曉的臉色非常難看，把小孩們嚇得嚎啕大哭。曉現在蜷縮著背，臉色鐵青。

接下來，小老闆又提到來自折尾屋的那些客人。他說不知道對方今後還會做出什麼舉動，因此吩咐大家要小心謹慎應對。大概就是這樣。

事到如今，師傅究竟為何要來找我呢？雖然至今為止，他捎來了無數封書信，但這是第一次親自上門。

和音能幹又可靠，能力也沒話說，就算我離開天神屋，她也能順利扛起溫泉師這份工作吧。但是在我有足夠自信，認可自己能待在那位大人身邊，並成為他的助力之前，我並沒有回去折尾屋的打算。

「……」

也許我剛才會逃跑，是因為害怕自己的這份決心，會輕易因為師傅一句「回來我身邊」而微微動搖吧。

第四話 「折尾屋」大掌櫃葉鳥

『等妳長大成人之時，必定還能相見。』

〇

隔天一大早，我猛然清醒過來。

「……」

這是我至今為止第一次體驗到這麼神清氣爽地起床，全身上下沒有任何一點異狀，身體非常輕盈。小不點早已醒來，在我身旁順著他的蹼。

「葵小姐，妳今天起得真早呢～」

「這……該不會是泡完溫泉所產生的效果吧？小不點也是一夜好眠嗎？」

「我本來就很早起滴～人家可優秀滴～」

「不過你都會睡午覺呀。」

「吃飽飯本來就會犯睏呀～我是河童小朋友耶～」

暫時就先不管這隻吸吮著長有蹼的大拇指，賣弄可愛的小不點。

想必這果然是溫泉的療效。真是深切感受到天神屋溫泉的厲害，以及溫泉師靜奈的能力有多了不起。

「……不過，總覺得好像做了場夢。」

究竟夢到了什麼呢……感覺是非常重要的內容。

也許是之前常常出現的那個夢境。

現在還殘留的記憶，只剩下一道模糊的身影。夢中的那個身影，好像回過頭來望著我。

這會不會也是經過靜奈調整的溫泉所發揮的效果？

「啊，對了，今天是那道料理的『公開日』，起個大早真是賺到了。好了，上工囉、上工囉。」

沒錯，今天從一大早開始就有堆積如山的工作等著我。換好衣服、盥洗完畢的我，立刻朝廚房前進。

馬上要來進行的工作是自製麵包粉。

把剩下的麵包烤到水分完全蒸發，呈現乾硬狀之後，再用磨泥器削成碎末。用手工麵包做成的生麵包粉(註3)更是格外美味。

「今天就用這個麵包粉做玉米南瓜可樂餅吧。想用來點綴一下那道料理呢～」

麵包粉完成後，接下來的工作是製作豬肉可樂餅的內餡，裡頭放了南瓜跟玉米。

我先嘗試性地做了幾顆，然後裹上剛削好的生麵包粉，下鍋油炸看看。
那麼就自己試一下味道，順便當早餐果腹吧。雖然一大早吃炸物有點罪孽深重。
我將可樂餅切成兩半……啊啊啊，熱騰騰的！
「啊，燙燙燙！」
生麵包粉經過油炸成了酥脆的麵衣，將南瓜的鬆軟與甘甜牢牢封在其中。剛起鍋的炸物果然是最棒的啦。
就在我嘴裡塞滿南瓜可樂餅的時候，一陣「嘎啦嘎啦」的拖車聲，今天也一如往常慢慢往夕顏靠近。
「唷～」
從店門口探頭進來的是一位身材高挑的女性，身上穿著印有「冰」字的法被。
她此行的目的，是幫忙把在這盛夏最重要的物資——「冰」運來我們店裡。
「啊啊～果然每次一過來，就會聞到誘人香氣從店裡飄出來耶～」
「啊啊，冰衣小姐！太好了，我們店裡的冰正好快用完了。」
「最近天氣熱，冰塊沒辦法撐太久的啦。多虧夏天來到，讓我們家的商品賣得可好的啦，嘻嘻。」

註3：將麵包烘乾後磨碎而成，與一般磨碎後再次乾燥的麵包粉相比，具有較多水分。

這位冰衣小姐來自天神屋愛用的店家「古賀冰堂」。身為冰柱女的她操著地方口音，直爽的個性大剌剌地像個漢子，個子又高。她負責把冰塊運來夕顏。

她的額頭上綁著藍白相間的頭帶。短褲底下露出的健壯體格，令我不禁看得目不轉睛。

我馬上端著扁平的玻璃盤，接過了每邊長約十公分的正方體冰塊，簡直就像在買豆腐一樣。

冰柱女所產的冰不同於一般的冰，能持續保持低溫，夏天只要放上一塊這種冰，就能讓店裡維持在涼爽的氣溫下長達三天。而只要把這冰塊敲碎成冰糖狀放置在店內各處，則能充分發揮冷氣的效果。

「冰箱還好嗎？要不要我檢查一次？」

「啊，可以嗎？如果能幫我加強一下冷度那就太好了。」

另外，需要隨時保持冷藏機能的冰箱，是由冰店裡的高等冰柱女來進行保養維修。隱世的冰箱外型類似日式傳統木櫃，裡頭用冰板劃分成各個區塊，透過冰柱女定期施行特殊的妖術來進行保養，保冷功能幾乎能達到永不衰退的地步。

冰衣小姐馬上開始檢查冰箱，邊用細細長長的竹筒往裡頭吹氣邊摸著冰板。

「這一片有點弱化了，換片新的會比較好的啦。我下次會帶專用的過來。」

「哇，多謝妳了。這台冰箱感覺也有點年代了，多虧有冰衣小姐妳的例行檢查，真是幫了大忙。」

「開食堂的夏天要是冰箱壞掉，那生意也不用做了啦～嘻嘻。」

冰衣小姐給了我一個爽快的露齒笑容。她真是個好相處又開朗的女生，讓人覺得很舒服。

「啊，那我差不多該走了啦，其實本來想在夕顏吃頓飯再離開的。」

「工作很忙呢……啊，妳要不要帶幾塊南瓜可樂餅走？這樣就能在路上吃了。」

「可以嗎？太好啦～」

冰衣小姐高興地彈響手指。我夾了兩塊厚實的南瓜可樂餅裝進炸物專用的紙袋裡，剛起鍋還熱騰騰的。

「啊～剛炸好的可樂餅，香氣真是逼死人啦～有食堂老闆娘這種客戶真是三生有幸～」

冰衣小姐搓著雙手，接過了裝有可樂餅的紙袋。這時，她突然高聲大喊：「啊！」似乎想起什麼事。

「欸，小葵呀，我有件事想問問妳啦，妳知道怎麼做出好吃的刨冰嗎？」

「好吃的刨冰？」

「妳瞧我們店裡不是還兼賣刨冰嗎？但是清冰跟糖漿的口味每年都一成不變，跟其他店家沒什麼差異，我一直很想改良創新一下啦。方便的話，下次不如讓夕顏跟我們家刨冰店一起合夥做筆生意吧！創立刨冰同盟！」

「……同盟。刨冰同盟……噢噢。」

冰衣小姐向我如此提案。即使說著滿口銅臭味的話題，她仍露出清新爽朗的笑容。

刨冰啊……確實是盛夏擁有壓倒性人氣的甜品。

「刨冰的話，我知道幾種不錯的口味喔。好，這門生意一定要算上我一份！我還是要先跟銀次先生報備一聲喔，不過他應該會樂得馬上答應吧。」

「噢，太好啦！小葵，這個夏天我們大賺一筆吧！」

「好呀！」

我們牢牢握緊彼此的手。此時此地，兩個女生的夏日刨冰同盟正式結成。

冰衣小姐開心地露出一臉燦爛笑容，拉著拖車前往下一個送貨地點。我目送她的背影離去，同時馬上構思起刨冰的品項。

在現世還有冰體本身就有調味過，再削成棉花狀的台灣雪花冰，那也蔚為一股流行；另外還有發祥自鹿兒島，稱為「白熊冰」(註4)的冰品等。若能活用這些靈感，也許就能在隱世推出前所未見的全新刨冰，而且只要在糖漿跟配料多下一點工夫，客人一定也能吃得更開心吧。嗯，這主意或許不賴。

各種刨冰點子浮現於腦海的同時，我在廚房的料理檯上把剛入手的冰塊用鐵槌敲碎。就在這個時候——

「……嗷呼！」

一陣奇怪的鳴叫聲傳來。我有點詫異地走到外面一看，發現夕顏的店門口有一隻小狗。是那個折尾屋的人帶來的小狗，即使基於禮貌也無法說這隻小狗的外貌可愛。

「你、你怎麼會……跑來這裡。」

「嗷呼！嗷呼！」

小狗有一對下垂的耳朵，臉上表情看起來狗眼看人低。他踩著輕快的小碎步踏入店內，一屁股穩穩坐上了吧檯的座位，神態簡直就像哪戶人家的大叔。

「欸，你啊，這間店是為妖怪所開的食堂沒錯，但現在還沒到營業時間，你這樣賴著不動我也很傷腦筋耶。」

「……嗷呼……嗷呼嗷呼！」

小狗發出嗤之以鼻般的聲音，吠了一陣子。

「……該不會你是餓了，想吃點什麼嗎？」

「嗚呼！」

小狗用力點頭，彷彿在訴說著「沒有錯」。

看來他是餓壞了。被那雙圓滾滾的黑眼珠注視，我也實在無法抗拒。

這隻小狗到底是怎麼回事啊……雖然實在稱不上可愛，不過該說長得很有性格，還是越看越討喜呢？恐怕是接近巴哥或法國鬥牛犬那種「醜醜的可愛」吧。

「真拿你沒辦法，你有什麼特別想吃的嗎？我聽說狗狗是不能吃巧克力跟洋蔥之類的東西的……啊啊，不過你既然是妖怪，應該吃什麼都沒問題吧？像後山那群管子貓也是沒在忌口

註4：將刨冰淋上煉乳，並加上罐頭水果與紅豆餡的冰品，發源自鹿兒島。

的……」

這麼說起來，這隻小狗到底是什麼樣的妖怪？

「……嗷呼！」

小狗舉起前腳，指著放在吧檯上剛炸好的南瓜可樂餅。

「嗯？你想吃南瓜可樂餅嗎？」

「嗚呼！」

他激動地擺動著捲成一圈的尾巴。

雖然臉上表情絲毫未變，但從顯而易見的喜悅舉動之中，實在讓我不禁開始覺得他是有那麼一點點可愛。一點點而已啦。

「好、好吧……剛才放涼了一會兒，現在正適合入口，應該沒問題吧。來，只給你一塊喔。」

「嗷呼！」

我將廚房內的可樂餅拿了一塊過來給這隻小狗，結果他猛一張嘴就從我手中咬走了可樂餅，一溜煙地就跑往店門口。

「……咦！」

他就這樣叼著我的南瓜可樂餅，露出看起來很壞心的笑容，颯爽地跑走。

「啊啊啊！你這傢伙！」

我也跑往店門口打算追上小狗的腳步，但他早跑到遙遠的中庭彼端。

「啊啊，找到你啦～阿信前輩。吼～別突然搞失蹤啊～你要是不見了，亂丸那傢伙就要拔光我這一身最自豪的美麗羽毛啦。」

而且那個折尾屋的天狗男還來迎接小狗。

他剛剛是在中庭散步嗎？天狗男抱起小狗後，似乎發現他嘴裡叼著的可樂餅，四處張望一番便發現站在夕顏店門口的我。

「……」

眼神跟他對上了，害我也稍微緊張起來。

然而天狗男就只朝我猛眨眼，不知道在使什麼眼色，最後就這樣離開現場。

「……唔嘔。」

被他猛送秋波的我，不自覺發出了厭惡聲。這種自戀男我真的不行。

盛夏的草木綠得耀眼，天狗已沿著中庭小徑遠去。在蒸騰的暑氣之中，他的背影雖然朦朧，氣派的黑色羽翼卻仍清晰可見。

「……啊，是銀次先生。」

正當我打算回店裡之際，就看見了銀次先生，他正從本館的連接走廊朝著夕顏的方向小跑步過來。

怎麼了？平常沉穩的銀次先生，不知怎麼有點難掩雀躍的樣子……還猛搖著毛茸茸的九條尾巴耶。

「嗯？葵小姐，有什麼事嗎？這麼熱的天氣，怎麼跑到店外頭來了？」

「嗯？沒有啦，就是那隻折尾屋的小狗，剛才跑來夕顏店裡。而且我一賞給他一塊可樂餅，他就一溜煙地跑了。」

「……喔喔，是信長先生啊。」

「那隻小狗原來叫這麼氣派的名字喔？折尾屋的那些人是叫他『阿信前輩』沒錯啦……」

「給狗狗取這啥名字啊？」這大概是我當下的表情寫照吧。

銀次先生邊走進店裡頭邊為我解說。

「信長先生是一種名為『送行犬』（註5）的妖怪，其實他是在折尾屋創建初期就存在的大老。別看他那樣，可是旅館裡的大幹部唷。」

「咦！那隻小狗是折尾屋的幹部？我還以為是寵物之類的……」

「嗯……該稱他為備受寵愛的店狗嗎？他擔任宣傳部長，負責迎接客人來館與送客人離館。有許多客人都是為了見信長先生一面才光臨折尾屋，因此折尾屋的員工們都尊稱他為阿信前輩，十分景仰他。」

「……哇，是喔。」

那隻目中無人的小狗竟然很受顧客寵愛，還被底下員工敬重。

不，也許就是那種跩跩的感覺最可愛吧？……我實在無法理解。

「不知道他現在是不是休假中呢……折尾屋會允許信長先生外出，實在也是很稀奇。」

聽銀次先生的口吻，他果然對折尾屋十分了解。

「信長先生最喜歡油炸物跟麵粉製品了，一定是循著香味跑來夕顏了吧。」

「狗狗吃油炸物沒關係嗎？」

「身為妖怪是沒問題的……接下來呢！」

銀次先生「啪」一聲闔起雙掌，切換了話題。

「葵小姐……終於來到今天了呢！」

他臉上浮現滿面笑容。

我終於明白銀次先生從剛才開始就格外亢奮的原因。

「嗯嗯，對呀，食材都備齊了……咖哩飯終於要在夕顏登場囉。」

沒錯，今天就是等待了許久的咖哩飯發售日。

為了調查隱世的妖怪對這道料理的接受程度如何，今天就讓咖哩飯以「本日特餐」的形式在夕顏開賣了。

孜然、薑黃、芫荽、薑、白豆蔻……簡直像是某種咒語。

註5：日本傳說中的妖怪，普遍形象為狼或犬，夜晚會尾隨山路中的旅人，趁其跌倒時上前襲擊。

製作咖哩所需的材料，在隱世無法全數湊齊，不過這次就利用上回在異界珍味市集買到的戰利品來炒咖哩糊。我以孜然為主角，搭上自己調配的獨門香料煮出來的咖哩，吃起來香辣夠勁又順口。

我跟銀次先生會如此狂推咖哩飯這道料理，首要原因除了我們倆都是咖哩愛好者以外，主要是我們推測跟白飯絕配的日式咖哩，一定也能大受隱世居民的歡迎。

今天夕顏的本日特餐是「夏蔬梨汁雞肉咖哩」。

自己親手炒的咖哩糊裡頭，除了放有食火雞肉、洋蔥、紅蘿蔔這些最經典的基本食材，還添加了夏天盛產的番茄以及磨成泥的梨子一同熬煮。咖哩糊本身口味雖然帶辣，但加了梨子泥之後會更添濃醇與甘甜，營造出溫和的水果風味。

雖然一般來說水果咖哩以蘋果和蜂蜜為主流，不過夏季收成的水梨含有豐沛的水分而且又不酸，口感也很好，能完成溫醇順口的味道。我想就連對於咖哩飯還很陌生的隱世妖怪們也能接受才是。

接下來終於要開張做生意了。

親手燉煮的咖哩飯散發著辛辣的香氣，不知道來天神屋住宿的隱世妖怪們會以為這是什麼料理呢？

這一天來夕顏用餐的客人，在鑽過店門口的門簾之前，便先露出一張不可思議的表情。

就算沒點咖哩飯，光是那股瀰漫在店內的香氣，也讓咖哩展現了超群的存在感。

而當店裡出現挑戰的勇者時，大家自然又更加在意。

「請問……這股香味到底是什麼料理？」

想當然耳，大多數妖怪壓根兒沒聽過咖哩飯這東西，原本來到店裡的目標也是別的料理。不過這股香氣幾乎讓所有上門的客人都不禁好奇地開口詢問，而每次一有客人問到，我就為他說明何謂咖哩飯，並推薦他嘗嘗。

有些妖怪就挑戰點來吃吃看了；有些妖怪雖然很好奇，但還是點了薑燒豬肉定食這種安全牌；也有些妖怪對於來路不明的料理敬而遠之。客人們的反應雖不盡相同，不過吃過的人都給予很高的評價，甚至還會要求再來一碗。

結果，今天準備的份量沒有賣完，還剩下一點點，不過客人點餐的意願已經比想像中還來得高了。

我雖然從未妄想過咖哩飯能一開始就大熱賣，成為人氣餐點，不過如果能像這樣慢慢融入隱世，被妖怪們所接受，那就太棒了。

「剩下的份就當成我明天的伙食吧。」

剛煮好的咖哩我也喜歡，不過沉睡一夜之後更入味又可口，堪稱一絕。啊，也許晚一點會有天神屋的員工上門，搞不好有些人願意嘗嘗看……

時間來到深夜，夕顏的打烊時間已近。店裡最後一位無臉妖老爺爺離去後，我想應該不會再有客人上門，便開始擦桌子、排椅子，慢慢進行著關店作業。

就在此時——

一片黑色羽毛翩翩劃過了眼前的視野，令我抬起頭。

「唷，小姐。」

站在夕顏店門口的，是那個來自折尾屋的天狗——葉鳥。

近距離觀察之下，我才發現葉鳥有著一頭髮尾外翹的黑髮與一雙鳳眼，神情充滿自信。外貌看起來約莫二十五歲左右，就像個時下的輕浮小哥。

「我是折尾屋的大掌櫃，葉鳥。」

「……」

「多多指教！」

他以一副威風凜凜的態度用大拇指比著自己，然後又拋了一個眨單眼的神祕媚眼。眨眼是他的習慣動作嗎？這還是頭一回有妖怪突然就向我自我介紹，因此我沒能馬上反應過來。

這男的是怎樣……是醉得很厲害嗎……

「呃……葉鳥先生？這樣叫你可以嗎？」

「就是這樣、就是這樣。」

葉鳥先生大剌剌地闖入夕顏，在吧檯客席的正中間坐下來。

然後他仰望著我，露出微笑說：

「現在還有營業嗎？」

「哪有人先坐下來才問的。算了……老實說，本來再過五分鐘就要打烊，不過在打烊前進來的客人我也歡迎啦。」

「那幫我也做點什麼吃的吧。史郎的小孫女，我聽說妳手藝很好喔。」

「……果然你也知道我是誰啊。」

「津場木葵不是嗎？人類的小姑娘，還是史郎的孫女、天神屋大老闆的妻子。畢竟妳的事情在折尾屋也蔚為話題啊……大家都稱妳為鬼妻。」

葉鳥先生雖然一副吊兒郎當的態度，但那雙試探般的眼神緊迫盯人，讓我稍微有所防備。

「妳知道嗎？我呢，在沒多久以前還是這間天神屋的大掌櫃喔。」

「我聽說過了。大家說你輕易就背叛天神屋，跑去投靠競爭對手。」

他邊快速翻閱菜單，邊輕笑了起來，不知道是覺得哪裡有趣。

「不過小姐妳也真辛苦呢～妳是史郎債務的擔保品對吧？畢竟那傢伙可把天神屋弄得一團亂啊～而且最後竟然還跟你們那大老闆說，要把自己的孫女送他。真是個糟糕到極點、荒腔走板的男人啊。」

我端了冰茶過去，葉鳥先生馬上豪爽地一飲而盡。我又去倒了一杯。

「欸……葉鳥先生，你認識我爺爺嗎？」

「嗯？這什麼問題，史郎可是我的好兄弟耶。因為我們的個性意外地合得來，彼此氣味相投吧。」

「……好兄弟是吧。」

喔喔，不過可以理解。難怪我打從一開始就覺得這人講話的態度跟口吻跟誰好像，原來是爺爺啊……

經他這麼一說，我才發覺得他們倆的確有相似之處，譬如說都很吊兒郎當。

「不過話說回來，欸，我說小姐呀，這股奇妙的味道是哪來的？感覺放了超多的辛香料……聞起來辣辣的耶。」

「喔喔，這是咖哩的香味喔，咖哩飯。是只有今日提供的特別菜單。」

「咖哩飯？現世的料理啊。名字我是曾經聽過啦，不過沒嘗過。」

葉鳥先生對這道料理頗感興趣。

「妳說只有今天才提供，莫名讓人心動啊。我對於限定商品最沒抵抗力了。嗯，那就給我來一份吧。現世來的新東西我都喜歡喔！」

「會有一點辣唷，你可以嗎？」

「我在天狗之中可算是會吃辣的。」

葉鳥先生單手托著下巴，臉上又浮現一張自信滿滿的爽朗笑容。

總覺得好輕浮啊……這種男人我無法信任……

心裡雖然如此想著，我仍接受他的點菜，開始準備咖哩飯。

我將已經預先炒好的咖哩糊重新加熱，等待的同時把蔬菜配料切好，放入平底鍋中煎出焦黃色。我用了茄子、秋葵還有紅椒。

將熱騰騰的白飯添入淺底的陶皿，再淋上咖哩糊，普通的雞肉咖哩飯便完成。而我在上頭又多點綴了豐富多彩的夏季烤蔬菜，讓料理搖身一變成為健康又清爽的夏日蔬菜咖哩。

然後再放上一整塊南瓜可樂餅……

炸物跟咖哩，這也是天生絕配呢。

「來，久等了。」

我趕緊把親手做的福神漬（註6）裝在小碟中，跟夏日蔬菜咖哩一起端到葉鳥先生面前。

「噢噢噢噢噢，這是什麼東西呀……」

葉鳥先生首先被咖哩飯的外觀嚇了一跳。

一坨咖啡色的黏稠液體蓋在白飯上，對於沒嘗過的人來說是會有些傻眼。

嗯，每個第一次見到咖哩飯的妖怪，都給了一樣的反應。

「完全無法想像吃起來是什麼滋味耶，不過這也更激發我的好奇心。」

葉鳥先生從各個角度端詳著咖哩飯，看來他意外是個好奇寶寶。

「這就是咖哩飯啦，在現世可是大人小孩都最愛的料理喔。雖然最有名的是印度咖哩，不過

註6：日本醃漬物，一般搭配咖哩飯食用。以蘿蔔、茄子、紅刀豆、蓮藕、黃瓜、紫蘇果實、香菇和白芝麻等七種蔬菜為原料，浸泡醬油、砂糖和味醂混合而成的調味液醃漬而成。

這種經過調整所誕生的和風咖哩飯，是日本人最熟悉的味道唷。」

「哦～不過看起來很燙口耶～這是夏天會上桌的料理嗎？」

冒著煙的咖哩飯一看就知道很燙，加上辛辣的口味，實在難以想像在大熱天能把這吞下肚。

不過事實絕非如此。

「哪有，咖哩飯就是夏天吃最好吃啊。咖哩的辛香料有促進食欲的功效，裡頭還加了大量蔬菜，營養滿分呢。夏天天氣熱，老是吃些生冷的東西或麵類對吧？正因為夏天容易有這種偏食傾向，所以才要吃咖哩飯啊。好啦，你就當作被我騙一次，嘗一口看看吧。」

「……這香味的確是很增進食欲。」

葉鳥先生沒用湯匙，而選擇拿起筷子，像吃蓋飯類料理一樣，夾了一口咖哩飯塞入口中。雖然一般吃咖哩飯都是用湯匙，不過我的版本放了大塊的烤蔬菜在上頭，也許用筷子是比較方便。

「哦……噢噢……這是怎麼回事？吃起來比想像中來得甜耶？」

味道似乎出乎他的預料。他雖然感到詫異，但馬上又吃了第二口。

「嗯！不對不對，還是會辣！」

葉鳥先生誇張地仰頭望天，拍響一下自己的額頭。

我所做的咖哩，剛入口時甜味最為明顯，不過辛辣的後勁慢慢就上來了。

葉鳥先生交替品嘗著烤蔬菜與福神漬，同時又將咖哩飯送入口中。

「嗯。雖然甜甜的，但還是會辣。不過很好吃！這是什麼東西……明明是從未見過的料理，卻讓人一口接一口，停不下來啊。哈哈，真好吃啊～」

「合你胃口的話就太好了，我有用一點點醬油跟高湯，把口味調整得比較溫和一點……畢竟這東西對隱世的妖怪而言，還是未知的食物。」

葉鳥先生大口大口吃著咖哩飯，同時配著冰涼的麥茶。

明明用筷子吃，他卻吃得非常乾淨。

隨後又咕嚕咕嚕地喝完麥茶，暢快地吐出一聲：「呼啊～」

「啊啊，真熱呀，必須多補充點水分呢，都猛冒汗了。」

「就是這股火熱讓人覺得痛快不是嗎？」

「說得也是，的確沒錯。」

悶熱的夏夜吃著熱騰騰的咖哩，大口大口灌水解辣，流了一身汗，然後又繼續享用——這就是夏日咖哩的醍醐味。

我將冰鎮得沁涼的濕毛巾遞過去，葉鳥先生接過之後，邊擦掉額頭與頸子上的汗水，邊直盯著我。

「幹嘛？想說我跟爺爺很像嗎？」

我再次幫他續了一杯冰麥茶，心想這男人一定也會說出那句所有妖怪都說過的台詞：「妳跟史郎真像。」既然他自稱是爺爺的好兄弟，更是如此吧。

「什麼呀？我是想說，曾聽我們家老頭子說他非常中意妳，現在才明白是怎麼一回事。」

「你們家老頭子？」

「朱門山的松葉是我老爹，我是家裡的三男啦。」

「……咦？」

原本正將麥茶往玻璃杯裡倒的我，維持這樣的姿勢僵了一會兒，而被葉鳥先生吐嘈：「茶要滿出來啦！」

這個人……是那位松葉大人的兒子……？

「我、我是確實聽松葉大人說過他有兒子沒錯，可是，他從沒提到他兒子曾在天神屋工作這件事啊。」

「這當然，因為他老早就跟我斷絕父子關係，把我轟出家門，放逐到山下啊！」

「斷絕父子關係？你幹了什麼好事？」

「我打破了朱門山天狗一族的家規。天狗對於規範可嚴格的，加上個性又頑強，一發起飆來沒有人能阻止啊。大吵一架的結局，就是我被打得落花流水，還被驅逐出山。」

「……呃，是喔。」

對我寵溺有加的松葉先生，原來對自己兒子如此嚴格啊。

「打破家規」到底又是怎麼一回事？這個人究竟做了什麼？

「算了，反正我也沒打算永遠待在那座窮酸的破山上，所以沒差啦。我後來就在隱世四處遊蕩，換了許多工作，認識了許多人，看清楚這個世界啦。然後，我終於了解那群朱門山的天狗根本是井底之妖，就只知道固守成規，裝出一副高高在上的樣子。」

在說話的空檔，葉鳥吃著擺在咖哩飯上頭的南瓜可樂餅，隨後「噢」了一聲，嘴巴張大成驚訝的O字形。

「這個炸物，就是阿信前輩叼著的那東西對吧？裡頭有南瓜跟玉米……是嗎？我家老媽子也常常燉玉米跟南瓜給我吃呢。在逆境中生活久了，能吃到這種母親的滋味，真是讓人感到一陣安心啊。」

「……意思是你在現在的工作環境待得很難過？明明是你自己辭掉天神屋跑去的不是嗎？」

「嗯？怎麼，小姐對我的身世很好奇嗎？」

「是有點在意沒錯。」

我點了點頭，沒特別否定他的話。

葉鳥先生也沒多賣關子，馬上自己說了起來：「那是距今約莫十五年前的事了……」話題轉換得也太快。

「嗯，反正就是我在天神屋待的時間太長，各方面都駕輕就熟，個性三分鐘熱度的我便開始對這份大掌櫃的工作感到枯燥。加上那時我也把曉拉拔長大啦～」

「……你是那種無法安居於一處的人嗎？」

「沒錯沒錯，要我永遠乖乖待在同一個地方，我可坐不住。安穩的生活從不是我的目標。比起這些，我更想去闖闖能帶給我刺激的新天地……看吧？我跟史郎的理念很契合對吧？」

「……呃，真的是耶。」

我已經聽過無數遍大家如此形容祖父了。

無法安居於一處，總是飄忽不定，活得像片浮萍般的人——大家是這麼說的……

葉鳥先生身上也有這種特質嗎？不過，他說自己是在十五年前離開天神屋、前往折尾屋，以妖怪的時間觀來說，算是近期發生的事吧？記得銀次先生說過，自己離開折尾屋已有五十年了。

「不過既然你厭倦了大掌櫃的工作，為什麼還要去折尾屋？結果你還不是重操舊業？」

我邊走回廚房，邊自然地追問了葉鳥先生。

同時我打開冰箱，取出了某樣東西。

「嗯～妳問得挺有道理。只是我被對方那邊的大人物挖角，一時得意忘形就……呃，別問啦！這是個人機密耶！」

葉鳥先生驚慌地將食指抵上嘴，眨了眨眼企圖敷衍過去。

我瞇起雙眼直直盯著他看，他的視線從我身上逃開了。

「我是沒差啦，反正我當時還不在天神屋，也沒特別被牽連到什麼……來。」

我拿著出產自妖都切割的小碗，從吧檯裡遞給他。裡頭裝的是抹茶口味的蕨餅。蕨餅上頭擺了一小球牛奶冰淇淋，上頭淋了黑糖蜜。

才剛吃完咖哩飯的葉鳥先生眼中散發出雀躍的光芒，彷彿在訴說著：「正想來點甜的。」

「哦哦，看起來真好吃。」

「這是招待的甜點，不嫌棄就請用吧，剩下來我也沒辦法。」

「妳可真大方呢，我也喜歡吃甜的。」

「……我心情好啊。」

葉鳥先生馬上拿起湯匙，挖了一大口冰淇淋。

「嗯～真讓人上癮啊。平常沒什麼機會吃到冰淇淋，沒想到竟然會出現在這種店裡。」

「只是簡單的牛奶口味罷了。不過原料是銀次先生幫忙從牛鬼牧場那邊找到的牛奶供應商提供的，非常新鮮又香醇，我就用食材天然的滋味做成冰淇淋。」

「味道非常濃醇，餘韻卻格外清爽，真不可思議啊，甚至可以說做為咖哩飯後的甜點恰恰好。」

葉鳥先生接下來吃起切成一口大小的蕨餅，上頭灑有抹茶粉。

蕨餅本身在製作時就有加入抹茶，所以呈現出甜中帶著微苦的Q彈口感。富含水分的蕨餅很好入口，是廣受喜愛的一道甜品。

「抹茶蕨餅是妳自己做的吧？彈性恰到好處，這股甜味頗為高雅呢。要是折尾屋也有這樣的商品就好了……這有在你們大廳的土產店販售嗎？」

「嗯？土產店？沒有耶，這買回去當土產也不耐放。」

「不是不是，是讓客人買回房裡吃啦。客人在客房裡悠閒放鬆的同時也會嘴饞，而下樓到大廳的土產店逛逛。能滿足這類客人的點心，就是這種小巧的輕食糕點啊。要是買土產用的盒裝點心，回房間把一大盒拆開來吃也有點怪吧？所以還是這種手工製作的小糕點好。天神屋大廳都設有土產店了，怎麼不去擺一點賣呢？」

「……」

這個點子我從來沒想到。

不愧是天神屋的前任大掌櫃，曾經擔任大廳門面的男人果然不一樣嗎？

確實，現世的旅館裡所設置的土產店，除了帶回家的盒裝點心以外，也常見到使用當地食材所做成的布丁啦、冰品啦或果凍什麼的，保存期限通常只到當日。像這種點心，就是外帶回房間一邊偷閒一邊享用的吧。或者是帶回家當天馬上吃掉。

這類型的商品，有些客人會從銀天街買了帶回旅館，不過應該也有人覺得拿著東西逛街不方便而作罷吧？這樣的客人，也許晚上會突然有點嘴饞，若旅館大廳能賣些方便客人買回房間裡吃的小點心，或許是個不錯的想法。

「說得對呢，也許確實是這樣……我下次跟銀次先生商量看看吧，賣些限當天享用的糕點似乎不錯。」

我將手指抵上下巴，頻頻點頭認同，並對吃抹茶蕨餅吃得很開心的葉鳥先生道謝。

「謝謝你，真不愧是天神屋的前任大掌櫃呢，對於客人的需求瞭若指掌。」

「這種事情，也只有我這種不用負責的局外人才好說出口就是了～銀次那傢伙想必也曾經考慮過才是。只不過，再怎麼說妳都貴為大老闆之妻，還有食堂要顧，總不能讓妳太過操勞吧？要是連土產販售的工作也讓妳一個人包下來，負擔實在太重啦。」

「……光就做菜這件事來說，我並不覺得是種負擔就是了。」

我認為這是理所當然的，所以一臉正經地如此說道，結果葉鳥先生「噗」一聲笑出來。

「呵呵呵！看樣子妳果真如傳聞中所說，是個愛料理成痴的傻子呀，小姐。」

「什麼傻子啊……我還好心招待你耶，小心我跟你收甜點的錢喔。」

「不是不是，我只是覺得妳真是個有趣的人呀。出現這麼一個人類小姑娘，不願嫁給那個大老闆，而誇下海口說要工作償還龐大的債務，我們折尾屋也是對妳這個人有點在意呢。畢竟事情牽扯到『史郎』的孫女與你們大老闆，對我們折尾屋絕對只有不利啊。」

「……咦？是這樣嗎？怎麼說？」

「還問我呢？你們大老闆的地位若上升了，天神屋也會成為話題不是嗎？」

「……地位？因為我是人類嗎？」

之前大老闆曾說過，娶人類姑娘為妻這件事，對妖怪來說是一樁能提升一定地位的喜事。

葉鳥先生所指的就是這麼一回事嗎？

「嗯，一部分是這樣沒錯，但妳不只是一般的人類姑娘，還是『史郎』的孫女，這一點任誰都會在意……」

葉鳥先生單手拿著湯匙晃呀晃的，語重心長地說道。

「再說，看來妳也並非是個言聽計從的傀儡。妳運用好手藝做出現世的料理，努力把史郎那傢伙欠的債務給還清。妳拒絕成為那位萬人仰慕的大老闆之妻，而大老闆也給予諒解，賦予妳這樣的工作機會……」

「……」

「實際上，妳這姑娘的手藝，也被人氣作家薄荷僧以及宮中王族縫陰夫婦所認可。有趣，這實在是很能吸引妖怪的聳動話題。」

「什、什麼吸引妖怪的聳動話題，我只是抱著盡我所能招待來客的心意而已……」

「這份心意當然很重要不用說，不過『能否製造出讓妖怪感興趣的新聞』也是做生意上不能忽略的關鍵喔，小姐。」

葉鳥先生瞇起了雙眼，「匡啷」一聲將湯匙放在吃得一乾二淨的蕨餅小盤上。

接著是一段短暫的沉默，他只是撐著下巴一味地注視著我的臉，隨後嘟噥道：

「史郎也真是個話題不斷的傢伙……」

「……爺爺？」

「明明是個人類卻擅闖入隱世，跟大妖怪們槓上卻能保住小命，最後還一躍成為隱世無人不知、無人不曉的黑暗英雄——他的存在與所作所為，都充滿故事性。現在的他是惡名傳遍隱世的敗類，也是留下眾多逸聞的傳奇人物。這麼有趣的傢伙，恐怕不會再有第二個了吧。」

「……」

我回想起之前大老闆在妖都作出結婚宣言時，在場那些妖怪們有多慌張。我是能稍微認同他所說的，當時大家的反應確實非常激動。

但是對於爺爺這樣的人，葉鳥先生卻用「有趣的傢伙」來形容他。我想葉鳥先生的看法也許跟松葉大人很相似。

「再說史郎他特別偏袒天神屋。雖然他跟大老闆之間有過種種恩怨，不過那傢伙深愛著你們這間旅館，對折尾屋簡直不屑一顧。」

「的確……他還收藏著一張大家在天神屋門口拍的合照呢。」

在祖父去世後，我整理遺物時發現了一張在天神屋拍的照片，上頭映著祖父年輕時的身影。

意思也就是說，他從那麼久以前就頻繁進出天神屋囉？

「不過為什麼偏偏是天神屋？明明說他跟大老闆有許多過節，這又是怎麼樣的一段緣分？」

「因為史郎跟大老闆一直沒有分出個高下。簡單來說，他們是彼此永遠的『可敬敵手』。」

「分出高下？他們是經歷過什麼生死決鬥嗎？」

「不……總之他們各方面都要爭個勝負。史郎雖然是無敵的人類，不過遇上大老闆卻常常以打平收場，也因此大老闆便成為妖怪們所景仰的英雄，史郎則是扮演紅透隱世的大反派。那兩人在當時的隱世可說是成對的存在，於各種騷動之中成為隱世的話題。」

「成對的……存在……？」

「是啊。多虧了史郎，天神屋的名聲炒得可熱的。這齣好戲會走了味，都是因為折尾屋的大老闆『亂丸』出現的關係。他對天神屋大老闆抱有非比尋常的競爭意識。」

「……」

「哎呀……這一段故事就先別提啦，要講的話講不完。講不完就算了，還又臭又長，糟透了。」

葉鳥先生明明一臉津津樂道、看起來很想講八卦的表情，卻猛地伸手掩住了嘴巴，就此打住。看來這一段往事真的很不妙。

故事在此告一段落，於是我去端了熱茶過來。

「這麼一說，我曾聽說銀次先生是被大老闆挖角，才從折尾屋來到天神屋的耶。」

「喔喔，銀次啊……他在我進入折尾屋前，就從那邊跑來天神屋了。我跟銀次曾經是戰友，也曾經互相為敵呢～那傢伙外表看起來善良，其實是隻讓人摸不透的狡猾老狐狸。」

「可是銀次先生他真的是個溫柔善良的妖怪啊，幫了我好幾次。」

「哦～看來妳完全信任他呢，真意外。」

「……」

這到底有什麼好意外的？無法理解。

葉鳥先生單手拿著茶杯，繼續說下去。

「在銀次還身為折尾屋小老闆的時期，經商手腕可是一流的，是個與大老闆亂丸不分軒輊的人才，幾乎成為了天神屋的威脅。而且他也是個非常嚴苛的傢伙。」

「咦……這一點才比較讓我意外。」

銀次先生從以前就是能幹的小老闆，這點是能理解。
但是「嚴苛的銀次先生」，我實在想像不太出來啊。畢竟他是個那麼溫柔又穩重的紳士。
「……不過呢，他長久以來對於折尾屋的經營方針一直有所不滿吧。結果就離開了那邊，轉來你們天神屋工作。也許有一部分也是因為你們大老闆的邀約吧……啊，這件事妳可以問問銀次本人囉，畢竟別人的私事我也不好多嘴。」
「沒想到遇到重要的關鍵部分，你倒是意外地守口如瓶呢。」
還以為葉鳥先生是個沒什麼操守的聒噪男，結果口風這麼緊。
不過對於天神屋與折尾屋之間的關係，我總算漸漸有點眉目了。簡單來說，並不是純粹在生意上較量的競爭對手，而是有一段剪不斷理還亂的恩怨情仇吧。
銀次先生當初聽到「折尾屋」三個字時，為何會露出那麼為難的表情，我現在似乎也有點能明白了……
「啊啊啊啊啊啊啊！找到了！」
這時，夕顏外頭出現一個人影，直直指向我們並用高分貝的音量大喊。
是天神屋的大掌櫃，曉。
不知怎地，曉看起來狼狽不堪。身為大掌櫃，該打理得乾淨俐落的髮型也呈現一團蓬亂。
「噢～這不是曉嗎～」
葉鳥先生的聲音十分悠哉，反觀曉則帶著充滿威迫感的表情，粗魯地直闖入店裡，二話不說就揪住葉鳥先生的衣領，企圖把對方拖出夕顏外。

「呃，欸欸欸，曉！你對前上司這樣是什麼意思……痛、痛痛痛！拖地了！腳跟都磨地啦！」

「沒什麼意思。葉鳥先生，可以別對我們家大老闆的未婚妻動手動腳嗎？你現在可是敵對陣營的大掌櫃耶！」

曉把前上司狠狠摔往地上，站在我跟對方中間。

葉鳥先生邊揉著撞到的部位直喊「疼疼疼」，邊仰頭望向曉，露出了令人惱火的笑容。

「哇，好可怕喔～曉。你就是長得這麼恐怖，才害客人的小朋友嚎啕大哭呀。」

「……現在不是講那件事的時候！」

「哇，嚇死人了～噗呵呵。」

葉鳥先生還是一屁股坐在地板上，擺出握拳掩口的少女姿勢，連連喊著「好可怕喔」。實在讓人滿火大的。

「曉，你把小朋友弄哭了喔？」

「小姐妳聽我說，曉這個傢伙啊，昨天看到你們大老闆放在大廳的插花作品被小朋友弄壞了，就板著一張猙獰的面孔逼上前去，害得小朋友哭啦。尤其是最小的那個女孩子，嚇得可慘了。」

「是這樣喔？」

我仰頭望向曉，發現他慘白著一張臉，狂冒冷汗。啊，原來是真的……

「我、我只是詢問客人有沒有受傷而已……」

「我就說～都怪你的臉太恐怖了嘛。當大掌櫃的，有良好的第一印象最重要，你可是旅館的『門面』耶～我講過幾次了，要常保笑容呀。噗呵呵呵。」

「唔……」

「曉從以前就是那副德性呢，長得一臉兇神惡煞，淨把小客人嚇哭，每次都是我負責去哄他們開心。畢竟我這雙自豪的黑色羽翼超帥氣，可受歡迎的呢～稍微抱著小朋友飛高高一下，就能讓他們開心極了，沒錯沒錯。」

曉對葉鳥先生的這番話有印象嗎？

曉的冷汗又流得更厲害。一度退卻的他，不一會兒終於開口回嘴。

「說夠了沒……好了，請離開吧！大老闆有要事外出，你這樣亂來我們很困擾的。」

曉應該分明知道對方是在挑釁，但滿腔怒火卻依然被點燃了。現在他的躁怒程度即將要破表了嗎？

「夕顏的營業時間應該早就結束了，你這樣為難我們的員工，我很傷腦筋。麻煩你快點回去自己的客房，乖乖地睡死！」

「什麼睡死，真過分啊……嗯，不過也是～在打烊後還麻煩小姐上工，這點是我不對呢。」

葉鳥先生一副事不關己的態度，站起身子並拍了拍那襲氣派的深紅色和服。

「曉，我這次就看在你的面子上，老實地回房囉。啊，小姐，餐錢我放在這裡。」
「呃，好。」
葉鳥先生從懷中掏出錢包，邊斜眼望著猛瞪自己的曉發出輕笑聲，邊把超出餐費的金額放在桌面上。
「啊，還沒找錢。」
「喔喔，不用啦。身上零錢太多我也嫌麻煩，再說還勞煩妳打烊後招呼我。咖哩飯跟蕨餅都很美味喔，謝啦，小姐。」
葉鳥先生在離開之際，轉身給了我一個爽朗的笑容。
隨後他雙手架在後腦杓，帶著好心情哼著歌，消失於中庭的夜色之中。
真是個奇怪的客人啊。此時的夏夜總算回歸一片寧靜。
「……葵。」
「嗯？」
「妳傻子嗎？」
「咦？」
還以為終於安靜下來了，結果我馬上被曉臭罵。這是今天第二次被說傻了。
曉用那雙兇惡的眼神狠狠朝我瞪了過來。
「那傢伙可是來自敵對陣營耶！都不知道妳這條小命何時何地會被他取走，這種危險關頭，妳還在那邊開心地招呼他用餐啊！」

「可、可是，他是以客人的身分上門來啊……而且我不怎麼覺得折尾屋是敵人。」

「沒有什麼可是！真是的，毫無防備也該有個極限吧……妳對於自己身為大老闆未婚妻這件事，真的缺乏足夠的自覺。」

曉大吼大叫，把我罵得狗血淋頭。雖然以前也有被曉這樣怒吼的經驗，不過我還是被他的氣勢嚇到，忍不住倒退了一步。

說什麼「身為大老闆未婚妻的自覺」，我本來就沒有那種東西吧……

不，在曉徹底氣炸的此刻，這句話還是先藏在心裡吧。

「再說葉鳥先生那傢伙吊兒郎當的，男女關係又很亂，真的跟史郎是同一個模子刻出來的……啊，頭開始痛起來了。」

「欸，你還好吧？」

曉用手壓著額頭，看起來真的頭痛欲裂。

「可是，葉鳥先生給了我很棒的建議耶。他雖然看起來很輕浮，但其實頗精明能幹的。」

「……我知道，這種事我比誰都還清楚。」

「……」

「那個人雖然那副德性，但是在顧客心中的形象非常好。他是一位能讓客人留下深刻印象、備受喜愛的大掌櫃。」

曉低聲呢喃著，我幾乎快聽不見他的聲音。

他緊緊皺著眉頭的表情雖然一如往常，但此刻似乎還多了一些更複雜的情緒，又有點像鬧彆扭的小孩子在賭氣。

果然曉心裡還是十分在意那位身為前任大掌櫃的葉鳥先生吧。

站上大掌櫃工作崗位時的曉，也總是戴上笑容的面具接客，我想那正是拜葉鳥先生的指導所賜吧。

「曉……你要吃頓飯再走嗎？」

於是，我開口問他要不要吃飯。

能讓我走進對方內心的方法，果然只有這個了。

「啥？吃飯？」

「反正我看你也餓著肚子吧？我可是很清楚的喔，你就是太過拚命了，在工作搞定之前一定不會吃飯。」

「……」

「咖哩飯還有剩一點，如何？」

「咖哩飯？在這熱死人的天氣吃咖哩？」

曉也跟葉鳥先生一樣，露出詫異的表情反問我。

「哎呀，夏天吃咖哩才能振奮精神啊。」

「妳……應該不是打算用食物堵住我的嘴，好岔開話題吧。」

「呃，哪有……哈哈。」

曉真了解我呢。剛才我也許確實有點缺乏防人之心了。

不過跟葉鳥先生聊過之後，我也得到很多新的體會，還得知了在我尚未存在的過往時代，天神屋是什麼模樣、爺爺是什麼模樣、大老闆是什麼模樣，銀次先生又是什麼模樣。

「不過話說回來，我說曉啊，你為什麼一身破破爛爛的？」

「還不是那群小鬼頭害的。他們不知怎地把我當成壞蛋，拿著用紙折成的刀朝我砍了過來。要阻止他們胡鬧真是費了我好大力氣，今天累死了。」

「呃，這樣啊。」

實在很像活蹦亂跳的小孩子會做的惡作劇。

我盛了一大碗夏季蔬菜咖哩飯，上頭擺了南瓜可樂餅與剩下的炸雞塊。

曉應該很餓吧？雖然嘴上念了我一頓，他還是大口大口全吃光了。

「啊～累死了～葵，幫我做點什麼吃的。今天我想吃牛丼，還要放溫泉蛋。」

「小葵～我餓啦～我想吃麵類。」

「葵小姐，辛苦您了。不好意思這麼晚來打擾……話說今天有什麼料理呢？我實在餓壞了……啊，請問咖哩飯還有剩嗎？」

上門的分別是阿涼、春日以及銀次先生。

「知道了、知道了。阿涼要牛丼加溫泉蛋是吧。春日則吃蘿蔔泥蕎麥麵，配雞胸肉與小黃瓜好嗎？啊，銀次先生，咖哩飯我有保留你的份，別擔心。」

一如往常的深夜時分，下班後的天神屋妖怪們，今天也一樣三三兩兩來到夕顏找我蹭飯。

插曲【二】

天神屋客房內寬闊的外廊。

我——折尾屋的首席溫泉師「時彥」，正仰賴鬼火搖曳的光輝，眺望深夜的山景。

我緩緩啜飲著茶水陷入沉思。

「……靜奈。」

手上緊握的是一條色彩亮麗的藍色髮繩。這是我送給過去的徒弟——靜奈的禮物，原本是兩條一對的。她在離開我身邊時，留下了這一條。

今天來到天神屋，為的就是那苦無機會相見的徒弟。然而就算碰了面，連話也沒能順利說上一句。

當我問她是否願意再次回到我身邊時，她的表情完全僵住了。

她也許心想事到如今何必重提舊事，況且過去我身為人師卻無法保護好弟子，她或許早就不認我這種師傅……

不，靜奈不是那樣的孩子，她只是至今依然很自責。

自責在我額頭留下的傷……

「嗷呼……嗷呼……」

在我膝上熟睡的，是折尾屋的宣傳部長信長，通稱阿信前輩。他睡得都冒出鼻涕泡。

我撫摸著阿信前輩一身短短的毛皮。

阿信前輩因為最近氣候酷熱，完全喪失身為宣傳部長的幹勁，也不出來見客。大掌櫃亂丸為此傷透腦筋，於是命我負責照顧阿信前輩，並給他一段假日好好靜養。

葉鳥則是因為目前斷絕親子關係中的那群朱門山天狗來到折尾屋渡假，所以慌慌張張地申請了特休，跟著我們一起出來。幹部之中，恐怕也只有葉鳥一個人能耍任性到這種程度。

擁有壓倒性高人氣的大掌櫃葉鳥竟然不在館內坐鎮，折尾屋上下現在應該一個頭兩個大吧。

我站在總管溫泉師的立場，加上身兼調查天神屋溫泉的任務，而被派來這次的旅程。

折尾屋裡還有其他溫泉師在，澡堂的營運應該沒問題吧。

「……嗯？鬼火，怎麼了？」

聚集到我身邊的鬼火，不知怎地開始向我搭話。

——你好，你來自哪裡？

——你額頭上的青色火焰好酷喔！

「……很酷嗎？」

都是這傷痕的關係，讓靜奈離我遠去，而我的靈力也漸漸衰退……然而對這些事一無所知的幼小鬼火們，卻天真無邪地稱讚我。

這群小鬼火綻放最耀眼的火光，燃燒著他們極短的壽命。

而數萬鬼火之中，僅僅只有一簇能成功進化成不死之身，並逐漸化為人形。

過去的我，原本也曾是如此天真無邪又虛無縹緲的妖火……

「我回來了～」

一陣惱人的聲音響起，劃破這片舒適的閑靜。

聽起來似乎是葉鳥回到客房來了。

「葉鳥，你跑去哪裡了？」

「我去會了會大老闆的未婚妻。」

「……津場木葵？」

那位津場木葵，在折尾屋時常被提起。

這麼一說，在我和靜奈對話之時，也是她挺身保護害怕的靜奈。

靜奈一定在這裡結交了許多可靠的夥伴，而樂在工作吧……

「果然如同傳聞一般，料理手藝了得，貼心又機靈。唯一的缺點就是個性有點好強，不過很有器量。而且呢……」

葉鳥一屁股坐在外廊的靠椅上，朝著旁邊的鬼火「呼」地吹了口氣，隨後對我露齒一笑。

「那女人是『亂丸』最討厭的那種類型，她跟史郎簡直是同個模子刻出來的。」

「……有這麼像嗎？我倒無法想像。」

「那當然，因為你跟史郎又沒什麼瓜葛，我可清楚得很。」

「……」

葉鳥隨性地敞開兩隻腳，隨便拿起房裡的仙貝吃，還帶著好心情哼著歌。

這傢伙的食量真了得，吃完客房服務的晚餐，又大喝了一攤，還能跑去食堂續攤。

「我第一次嘗到一種叫『咖哩』的現世料理喔。啊啊，入口滋味甘甜，隨後又冒出一股猛烈的火辣……越吃越上癮，完全停不下來。對妖怪而言，簡直跟『人類姑娘』一樣令人為之著迷。」

「那到底是什麼？會端那種怪東西上桌，看來她是對你恨之入骨吧。」

「少亂說了，那道菜好吃得驚為天人，她才拿出來的。在吃香喝辣之後再來道甜點，又是另一個層次的美味了。你也去吃吃看啦，你對現世的料理不感興趣嗎？」

「……」

面對露出一臉少女般的噁心表情、彷彿置身天堂般的葉鳥，我回答了：「沒興趣呢。」

我對吃這件事並沒有多大的興趣。因為在靜奈離開之後，只剩我獨自一人的餐桌時光，寂寞得令人食之無味。

「真是個陰沉的傢伙，要磨磨蹭蹭到何時才甘心啊，被靜奈拒絕有這麼難過嗎？」

「……唔。」

舊傷隱隱作痛。

「你真的是喔，滿腦子只有靜奈一個人耶。徒弟這種東西，本來就勢必有一天會學成出師、展翅離巢吧。」

「……」

「嗯，不過我可以了解啦。在師傅心中，弟子永遠是弟子，會掛念也是無可奈何的……」

葉鳥掏出短短的菸管，開始吞雲吐霧。

他仰望著從林間探頭而出的一輪白月。

今晚接近滿月之日。

「您說……賣刨冰嗎？在夕顏店外的柳樹下？」

隔日，我趁著冰衣小姐送冰過來的時間，跟她一起去找銀次先生提出企劃案——關於販售刨冰的那個點子。

「沒錯，我想跟冰衣小姐一起開個刨冰攤，在店外擺設椅子，讓客人可以坐在外頭享用。在配料上多用點心思，我想應該可以端出不錯的商品。」

「這真是個好主意！冰衣小姐的冰所製作成的刨冰，本來就甘甜美味又順口，廣受好評。這個案子無庸置疑，一定可行呢。冰衣小姐，感謝您提供了這麼棒的點子。」

「好說好說～我也多謝你們，才有這次的機會能大賺一筆的啦！」

得到了銀次先生的首肯，冰衣小姐之後就會在傍晚來到夕顏外的柳樹下幫忙刨冰。她喊了聲：「那晚點見囉！」充沛的活力似乎更勝於以往，隨後便拉著載滿冰塊的拉車，往下一個目的地前進。

「……話說回來，葵小姐，您打算做什麼樣的刨冰呢？」

在冰衣小姐離去後，銀次先生向我詢問詳細的刨冰品項。

「這個嘛，我打算做『白熊冰』，在刨冰上頭擺上用糖漿醃漬過的水果、煉乳、還有紅豆泥。」

「白熊冰……是發祥自鹿兒島的現世冰品對吧？」

「嗯嗯，就是你說的那個。我還會在刨冰裡頭放一些隱藏版配料喔。」

「隱藏版配料……？」

「呵呵呵，就是呢……」

我走向廚房，拿出昨晚就開始準備的神祕配料。

那是一種乳白色的半透明物體，四四方方的，接近方糖大小。看起來Q彈又滑溜。

「這是什麼呢？寒天凍？不過看起來頗具彈性呢。」

銀次先生似乎無法辨識出這東西的真面目。

「你吃吃看吧。」

他照我所說的，拈起其中一塊神祕物體入口。

「！」

超乎想像的口感令他詫異地望向我。我露出邪惡的笑容，心想這驚喜太成功了。

「這、這……該不會是蒟蒻吧？」

「賓果。我加了砂糖，把白蒟蒻煮成甜的。口感比寒天還來得好多了，很新奇吧？在現世有種叫做蒟蒻果凍的東西，大概就接近這口感吧。不過這裡用的是真材實料的蒟蒻，嚼勁又更好。

一般人應該不會想到刨冰裡會放這種東西，吃到時也許會嚇一跳吧。」

「真不錯呢，實在太棒了！甜蒟蒻凍實在是劃時代的新發明啊。」

銀次先生非常激動，我自信滿滿地朝著他點頭回答「沒錯」。

「所以呢，就用這四方形的甜蒟蒻墊底，鋪上冰衣小姐軟綿綿的刨冰，再擺上夏日水果與紅豆泥。最後在上頭淋上手工自製的煉乳，就能完成一道夏日的最佳甜品了。」

蒟蒻凍刨冰。

這道不可思議的冰品，是祖父過去帶著還小的我，在一家懷舊老冰店吃到的。一般的蒟蒻果凍是用蒟蒻粉加果汁製成，那家店卻是直接把蒟蒻煮得甜甜的，我當時對此感到非常訝異。不過這樣的做法正能完全享受蒟蒻本身彈性十足的口感，實在美味。

「還有啊，我另外烤了一些餅乾，你嘗嘗看吧。雖然不是刨冰要用的配料。」

接下來我將某樣東西遞給銀次先生——裝著扁平餅乾的一只小盤子。

「這是……仙貝嗎？」

「算是類似的東西吧，是用豆渣做的餅乾喔。」

「豆渣做的餅乾……是嗎？」

就連對現世有一定程度了解的銀次先生，似乎也無法想像這東西的味道如何。這是我利用剩餘的豆渣加上鹽、天婦羅粉所做成的鹹餅乾。

「在現世會運用豆渣做出健康取向的點心，還能變化成各式各樣的食譜喔。而且光吃刨冰不是很冷嗎？吃太多頭就會痛起來，所以我想說可以吃點這個休息一下，換換口味也不錯。」

「原來如此，的確。如果能附上一些帶點鹹味的小東西，想必客人會很開心吧。」

銀次先生說了句「那我就不客氣了」，拿起一片餅乾入口。

「嗯！味道雖然樸實，不過我想這爽脆的口感非常適合搭配刨冰輪流享用。再說隱世居民對於豆渣的味道也很熟悉了。」

「餅乾上頭若擺些糖漬水果或淋點蜂蜜，也很好吃呢……嗯～豆渣餅乾感覺也是個具有各種變化性的品項啊，值得嘗試。」

「夾紅豆餡一起吃似乎也很可口呢。」

「啊，這組合很棒！一定好吃的！」

主題明明是刨冰，我們倆卻早已忘記正事，熱烈地討論了起來。

不，這次還是讓刨冰做主角，豆渣餅乾就請善盡配角的本分吧。

「小老闆！小老闆！大事不妙啦！」

就在此刻，一陣呼喚小老闆銀次先生的聲音傳來。

是女接待員春日。春日擔任緊急時刻負責通報幹部的工作，所以我們倆光看到她慌慌張張地跑來找人，心裡就已有不祥的預感……

「春日小姐，怎麼了嗎？該不會是葉鳥先生又幹了什麼好事！」

「不是不是！葉鳥大人他只是纏著嫁為人妻的菊乃小姐，這還算小事，現在有更緊急的狀況！那群小客人啊，在天神屋裡不見了！現在行蹤不明！」

「咦咦？」

「目前櫃檯、庭園師還有接待員正合力搜索中，但完全找不著他們的人影啊！」

春日應該是竭盡全力衝刺過來的吧，說明完畢後整個人氣喘吁吁的。

看她那條狸貓尾巴都露出來了，想必相當焦急。我端了杯水過去給她喝。

她口中的那群小朋友，想必就是天神屋原本就高度戒備的獨眼團體客所帶來的那群「惡童」吧。身為小老闆的銀次先生，臉色也頓時慘白。

「這這這、這是怎麼回事？這下可不得了，客人的小朋友竟然在館內失蹤……現在必須全力找出他們的下落，刻不容緩，畢竟天神屋裡頭危險的地方也很多……我馬上就趕回櫃檯去！」

銀次先生與春日兩人正要踏出夕顏，而我慌忙地追在他們後頭。

「銀次先生，我也幫忙去找那群小朋友！」

「可是……」

「反正離開店還有時間。再說，要是沒找到那群孩子，天神屋跟夕顏也得關門大吉了吧？」

「這……您說得沒錯呢，那就麻煩您了。」

即刻趕到櫃檯後，發現大廳早已騷動不已。好幾位成年獨眼房客在現場憂心忡忡地來回走動，應該是小朋友們的家長吧？女掌櫃正在安撫他們。

站櫃檯的曉露出一臉難色，正與員工們一起看著天神屋的地圖，分配搜索區域。

「曉，可以為我說明目前狀況嗎？」

「小老闆！呃，是……」

曉發現小老闆趕來之後，看起來似乎稍微鬆了口氣。只不過緊張感還是沒解除，他急忙為小老闆說明經過。

「行蹤不明的客人是三位小朋友，兩位男孩與一位女孩。據家長陳述，在起床時就發現孩子們不在客房內了。由於他們知道爺爺當時去澡堂泡溫泉，所以原本以為孩子也許是跟過去了，結果事實並非如此。我想小朋友們有很大的機率正躲在館內某處遊玩，但也不能全然排除遭綁架的可能性……只是若有可疑分子進出旅館，庭園師不可能沒察覺到，所以我認為在天神屋遭綁架是不可能的。」

「……原來如此。若假設他們躲起來玩，你對於他們藏匿何處有什麼線索嗎？」

「沒有，毫無頭緒。中庭區域目前正請庭園師他們找一遍，館內也請女接待員與櫃檯接待員分別搜索。澡堂則由溫泉師負責……再來剩下的就是……」

「我明白了，接下來只剩上空的渡船口與地下對吧。」

「是的。」

「上空那邊由我過去找吧，另外也要派人出去天神屋，搜索一下外部周邊環境以防萬一。女掌櫃，方便跟我一起去一趟嗎？」

「……我明白了，沒有問題。」

被銀次先生點名的女掌櫃無奈地嘆了一口氣說：「事態真是越來越嚴重了。」隨後兩人便快步走上中央階梯。

「曉，地下就交給你了。」

「呃，是！」

銀次先生在上樓時快速地吩咐了曉。曉接令後，對在場員工分別下達指示，隨後獨自倉促地邁向某處。

「等、等一下，曉。我也一起找！」

「啥？這件事與妳無關，快回去夕顏。這是天神屋……櫃檯的疏失。」

「這……這話什麼意思啊，昨天還教訓我說要多一點身為大老闆未婚妻的自覺，現在又說我是局外人？我好歹也是天神屋旗下的一員啊。」

神經緊繃的曉說出那番話就好像要跟我撇清關係一樣，讓我有點火了。

然而他仍一語不發，大步大步向前邁進。於是我狠狠嗆了他。

「……再說你這傢伙，就算千辛萬苦找到小朋友的下落，他們一定又會被你嚇哭，要是拔腿就逃該怎麼辦啊？你現在的臉色又比平常更嚇人了喔。」

「這、這種事……」

「那群小朋友不說別的，就只有逃跑的腳程最快了。兩個人一起找絕對比較保險啦……呃，哇！」

就在我碎碎念的同時，走在前面的曉突然停下來，我的臉直直撞上他的後背。

鼻子好疼……

「你、你幹嘛啊？突然停下來是怎樣？」

我從曉的身後探出頭，看見一道黑色的門扉豎立在前方。

我們好像完全走進了天神屋的深處。回頭一望，只有無聲的走廊一路往前延伸，路上一個人影也沒有。

「……妳看，果然。」

「嗯？」

曉在門前蹲下身子，手指向門的下方。

上頭印著小小的手印，簡直就像玩了泥巴之後，整隻手掌貼上門而留下的髒汙。

「小鬼們就是從這裡闖了進去。沒料到他們一大早就起床活動，是我們太大意。被擺了一道！被趁虛而入了！」

「趁虛而入哩……」

曉的口氣簡直把獨眼小朋友們當成敵方派來的間諜。

不過話說回來，眼前這道巨門給人十足的壓迫感，就像會計部的大門一樣。

「這道門通往哪裡啊？」

「地下。接下來就要下去了。」

「地下？」

「妳想跟的話就跟上吧，只不過……」

曉轉過頭來，卻將眼神飄開，嘴裡含糊地呢喃道。

「要是那群小孩看到我又哭了……妳要給我上前幫點忙啊，葵。」

「呵呵，我知道啦。」

曉雖然死鴨子嘴硬，但還是很擔心自己會不會嚇到小朋友吧。

他打開門，踏上往地底無限延伸的螺旋階梯，前方一片漆黑。

「欸，等等。我又不是妖怪，在這麼黑的地方看不見啦。」

曉一副理所當然的樣子快步往下前進，我則一邊仔細確認腳下，一邊扶著牆壁慢慢走。

「……嗯？」

然而我發現一道微微的亮光，從自己的胸口散發而出。往衣服裡一掏，我拿出以前大老闆送我當護身符的墜子。封了一簇綠色鬼火的那條項鍊。

「妳那是大老闆的鬼火……」

「對啊，之前他給我的。據他所說這鬼火的壽命好像已盡了，但我還是捨不得丟掉。你看，裡頭還有小小的火光啊，總覺得好可愛、好漂亮。」

「……」

「嗯？曉，怎麼了嗎？」

曉似乎對這道火光感到詫異。

「壽命已盡的鬼火本來應該熄滅的，它還能繼續燃燒，也就是吸收妳的靈力來保持火焰吧。妳是刻意養活它的嗎？」

「咦咦？是這樣喔？」

「果然……妳完全不知情啊。」

曉的口氣聽起來對我很無奈。我捧起胸前這顆小小的玻璃球，認真端倪其中的綠色火焰，為了它還沒熄滅這事感到欣喜。

我倚賴這道綠色的火光，跟隨曉的腳步往地下走去。

「不過話說回來，曉，我從不知道天神屋還有地下設施耶。下面有些什麼東西？」

「天神屋的工廠。」

「工廠？蓋在地底？」

「是啊。負責開發一些天神屋的旅館備品，並加以量產。比方說適合搭配鬼門溫泉水質的肥皂與洗髮精，還有住宿時必要的拋棄式盥洗用品。再來就是獨家的土產紀念品之類的，不同樓層所生產的產品也不同。這裡還放有動力照明設備，利用汲取自地底的溫泉所蘊含的靈力來發動，以維持全天神屋的鬼火運作。另外也有溫泉師進行溫泉研究所需的設備等。目前正全力進行藥泉的研究。」

「是喔～在這不見天日的地底，原來藏著這麼大一門學問，真驚人。」

「地下有一群無名英雄，要是沒有這地方，天神屋也不存在。」

伴隨著曉的說明，我們走到一塊明亮的地底空間。

這裡非常寬敞，圓圓的燈籠從天花板的岩面垂吊而下，裡頭點著暖色的鬼火，火光正緩緩照亮這片空間。

低沉的機械運作聲正轟隆轟隆地響著。還有……

「那、那邊有東西……」

我被嚇得瞠目結舌，因為我看見一大群外型可愛的老鼠，個頭大約到我膝蓋的高度。老鼠們穿著工作服，團團圍在一座巨大的烤窯前。有些老鼠負責烤著圓圓扁扁的東西，又在烤好的成品上灑滿閃閃發亮的東西，有些則圍在類似古式輸送帶的設備四周，進行裝箱作業。

「他、他們是誰？好大隻的老鼠喔。」

「這間工廠的員工──『鐵鼠』。這層樓負責生產天神屋自家研發的梅味冰糖仙貝，並進行裝箱作業。我們家的仙貝是由鐵鼠一片一片親手烤出來的。有提供客戶訂購服務，也有在銀天街的土產店販售，所以每天需要頗大的量。」

「……哇，是喔。」

可愛的老鼠們被迫在這樣一個地下工廠賣力勞動……

正當我臉色一陣鐵青時，發現角落還有一群老鼠員工正在打桌球，或是悠哉地玩著撲克牌。看來這裡的工作型態意外地鬆散。

「吱，這不是大掌櫃嗎？」

一隻毛色為褐色的鐵鼠，發出啪噠啪噠的腳步聲從旁邊走上前來。他身上穿著天神屋的法被，脖子上垂掛著一個名牌，上頭寫著「廠長」。

「廠長殿下，聽說今天一樣有大批的訂單湧入，似乎讓您忙翻了。」

「吱，梅味冰糖仙貝的銷量很不錯呢，只不過溫泉饅頭的訂購量明顯下降，開發部長現在正絞盡腦汁構思新產品～」

鐵鼠廠長抬頭望向曉，一雙小手在胸前微微抓動著，用超可愛的聲調進行說明。

「溫泉饅頭……訂購量減少了？」

「吱，是呀。利用溫泉蒸氣蒸熟的溫泉饅頭，以前曾是天神屋的人氣名產，但是最近銷量不佳呢。現在正全速開發全新的溫泉饅頭中。」

「這麼一說，客房裡有招待茶點跟梅味冰糖仙貝，我當時還正疑惑怎麼會沒有溫泉饅頭耶。」

「啊，喂！葵！」

身旁的曉猛拍了我的肩膀。他的眼神直瞪往某個方向，伸手一指。

「妳看！是那群小孩！」

看來他發現了有三個小朋友混入鐵鼠群中，正在偷仙貝。

是那群獨眼小朋友——兩個男孩跟一個年紀比較小的女孩。

「糟了！」

「那個長得好恐怖的大掌櫃找到我們啦。」

「哥哥，我們又要被罵了啦。」

小朋友們發現了我們的存在，馬上咬著仙貝往地下更深處逃跑，他們嬌小的身軀跑起來可靈活了。

「喂！給我站住！」

「呃，欸，曉，你這樣破口大罵，只會適得其反啦！」

「啊……真是的，所以我才受不了小鬼頭！」

正當我們想追上那群小朋友的時候——

「吱，請讓讓，請讓讓！」

「吱，生產線都快忙不過來啦！」

鐵鼠們在我倆面前毫不客氣地橫衝直撞，數度阻擋我們的去路。我的腳還被踩到了，好痛。

我們努力撥開這群手忙腳亂又毛茸茸的老鼠，總算從中脫困而出，往前方邁進。

然而小朋友們早已不見蹤影，前方只剩下一條漫無盡頭的暗路。

「又給那群小鬼逃掉了！」

「至少確定他們就在地下了，繼續往前面找吧。」

「可惡！逮到人之後，要用蜘蛛絲把他們全五花大綁再倒吊起來。」

「要是這麼做可就不妙了，你會被炒魷魚的。」

雖然我心裡很清楚曉也只是嘴上說說。把貴為房客的小朋友吊起來？他絕對不可能做出那種有損天神屋名譽的事情。

我一邊安撫著憤怒的曉，一邊確認著前方狀況。仔細一看，才發現有座通往更下層的螺旋階梯。看來那群小朋友應該已經先下樓了。

追在後頭的我們也走下階梯。

抵達樓下，我發現這裡跟剛才的工廠截然不同，四處掛著輝煌明亮的白光燈籠，看起來像是一間中規中矩的實驗室。

這個空間非常廣闊，眾多看似實驗桌的平檯直直併排成列。

實驗桌上散落著看起來像是燒杯、燒瓶與試管的物品，上頭標有漢字。櫃子上還陳列了一些神祕的乾燥物、粉末還有礦石什麼的。

「……嗯？」

然後我發現最深處的黑板前面站著一個人影。

人影發出了「嗯……嗯……」的呢喃聲，連我們這都聽得一清二楚。

那個人身穿著類似白袍的長外套，頭髮綁成三股辮垂在背後，臉上戴著圓圓的墨鏡，一身造型實在非常詭異。

對方體型很嬌小，有一對尖尖的耳朵，皮膚非常白皙，讓人分不清是男還是女。

「不對呢～嗯……問題不在外皮呢～嗯……還是內餡呢～可是溫泉的要素要放進哪邊才好呢？嗯……」

他自言自語地嘟噥著，在黑板上草草寫下各種辭彙、算式與圖表。

「他是誰……？」

「那位是掌管整座地下設施的負責人——開發部長『砂樂』博士，同時也身兼天神屋幹部之一，但他不太常現身於地表之上，所以妳可能沒見過吧。」

「他、他是妖怪嗎？」

「是呀，是一種名叫千年鼴（註7）的妖怪……我記得是這樣沒錯。老實說，我也沒跟那位大人打過交道。據說他是從天神屋創立初期就存在的大老之一……不過性別與年齡皆為不詳。」

是因為這個緣故嗎？

曉屏息一陣後，用有點委婉的口氣跟那位名叫什麼砂樂博士的人物搭話。

「呃……開發部長，百忙之中前來打擾，十分抱歉。」

「嗯……不過還是有點老套嗎～好像不符合現在的時代需求耶？搞不清楚耶，這時代需要的到底是什麼哩？是說我好幾年沒去地上瞧瞧了。」

「呃……請問……」

曉出了好幾次聲，然而對方絲毫沒有察覺我們的存在，一個人喃喃自語。

他也真是的，對我明明一副頤指氣使的態度，現在到了老幹部的面前，果然還是軟掉了呢。

身為最小的菜鳥幹部真辛酸呀……

開發部長只顧著用手指抵著眉間繼續自言自語。

曉朝對方走近，在他耳邊提高音量大喊：「開發部長砂樂博士！方便說話嗎？」

「嗯？……哎呀呀，這不是大掌櫃老弟嗎？跑來這地底深處有什麼事呢？」

那位開發部長砂樂博士，一度將墨鏡挪下鼻梁，露出那雙淡褐色的眼睛，抬頭仰望著曉。

「博士，不好意思，請問您有沒有看到一群小孩子跑來這邊？」

「嗯？小孩？這個嘛～我不清楚耶。你看，我視力這麼差，再說怎麼可能有那種好奇寶寶會跑來地底下。就連天神屋的自己人，都幾乎不想來這個悶不透風的地方了，頂多只有大老闆偶爾會帶點慰勞品過來。」

「……呃，這個……十分抱歉，這次兩手空空就跑來打擾。」

砂樂博士不知道究竟有沒有把曉的賠罪聽進去，他發現了待在後頭的我，不知怎地露出一臉開心的表情走近我身邊。

「噢，這位小姐是？啊，什麼嘛，大掌櫃老弟～原來你是帶著美嬌娘過來報告喜事的啊。」

「絕非如此，這實在萬萬不可開玩笑，您這麼說等於是賜我死。」

曉當場直接否定一切。

註7：日本傳說中的妖怪，普遍形象為似犬的雷獸，長有土撥鼠般的尖爪，以利冬天挖洞潛入土中。

對於被誤會與我成親這件事，他露出宛如世界末日的表情。

「那麼，我們還有找人的要務在身，就先告辭了……」

曉當然一心掛念著那群小客人的事，打算趕緊就此告退。我也一邊東張西望著，確認小朋友們有沒有躲在這一帶，一邊跟著曉行動。

「啊啊！不會吧！該不會妳就是傳說中的大老闆未婚妻？那位名叫津場木葵的人類姑娘？」

然而就在此時，砂樂博士的口氣像是終於想起正確答案一樣，緊緊握住我的雙肩挽留我。他扭著我轉過身去，從正面觀察著我，然後興致勃勃地將臉湊了上來。

「我嗅嗅。這股氣味……這股靈力……啊啊，果然是人類女孩子呢！沒錯吧！」

「呃，是……」

我正是那個津場木葵沒有錯。

聽到我如此回答，他便用那雙從墨鏡上緣露出一半的淡色眼眸，把我整個人從頭到腳打量了好幾遍。

「人類女孩子是一種很有趣的生物，就像蒙著一層神祕面紗。身上不但散發出讓妖怪難以抗拒的香味，最重要的是細皮嫩肉又惹人憐愛。嗯~真可愛呢，有著與眾不同的存在感，令人無法忽視。這就是妖怪為什麼莫名著迷於人類姑娘，這長久以來成謎的真正原因嗎？妳覺得呢？」

「呃……你這樣問我，我也……」

「這一切實在太神奇了！我想徹底調查清楚！」

開發部長砂樂博士漸漸變得越來越激動，再這樣下去彷彿會把我全扒光，真的徹頭徹尾進行大調查。我如此想著，身子不由自主地打顫。

曉發出了聽起來很刻意的咳嗽聲清了清喉嚨，擋在我與砂樂博士中間。

「博士，不好意思，我們正在尋找一群失蹤的兒童客人，情況緊急。」

「喔喔……這樣啊。」

「請別一副事不關己的口吻，這是天神屋的緊急狀況耶，是說如果他們在地下工廠發生了什麼萬一，您也有責任喔！」

「咦！這樣啊～那我下令鐵鼠們也幫忙搜索吧～」

砂樂博士站往設置在黑板一旁的機器前面，不知道按下了什麼按鈕。

「叮～咚～噹～咚～」──廣播聲響徹了整個空間，我嚇了一跳，看來他正在通知地下所有員工。

「呃～咳咳，工廠的同仁們，聽說目前有迷路的孩子跑到地底下來了，第二小組請先暫停手邊作業，幫忙尋找孩子～若尋獲目標，請聯絡開發部長砂樂……」

砂樂博士用興致缺缺的口吻，透過廣播對鐵鼠們下達指示。

「這樣總行了吧？」

「呃，不是行不行的問題，我們還是得告辭了。」

焦頭爛額的曉急著想趕快找到人，但他身上的外褂被砂樂博士一把捉住。

「哎喲，等一會兒嘛，我這也有點困難想找人幫忙呢。」

「……嗯？有什麼事嗎？這麼一說，你剛才似乎在呢喃著些什麼……」

我不假思索地開口發問。曉狠狠瞪過來並伸手堵住我的嘴，然而為時已晚。

砂樂博士開始侃侃而談。

「其實呢，我一直在構思新的『溫泉饅頭』。因為目前為止只有普通到不行的黑糖口味這一個品項。大老闆對我下了指示，說希望能利用溫泉效能，研發更美味、更加劃時代的饅頭，做為天神屋的全新土產商品……」

位於上一層的鐵鼠廠長，剛才也提到目前的溫泉饅頭銷量不甚理想。

所以說負責構思新溫泉饅頭的，就是這位砂樂博士囉？

「梅味冰糖仙貝呢？我聽說那很受歡迎耶。」

「嗯，那可是我開發的人氣商品啊！畢竟梅味冰糖仙貝使用的冰糖，原料與銀天街象徵性商品『金平糖』一樣，而且能長時間保持良好風味，不用搶剛出爐的也好吃。保存期限也長，賣相可愛、滋味也不在話下，價錢也不貴，所以人氣長紅。」

砂樂先生喜孜孜地分析著梅味冰糖仙貝熱賣的理由。

那仙貝確實很好吃，而且融入了這塊土地的特色，擁有成為「土產紀念品」的價值，也是其強項之一吧。

「只不過呢，因為我們這裡畢竟是溫泉鄉，還是希望同時主打溫泉饅頭做為土產，當務之急是把目前的溫泉饅頭改良成更能代表天神屋、更嶄新的商品。但是我完全想不到什麼好點子呢～不知道該調整外皮的成分，還是針對內餡來改良才好……」

豆沙餡要帶有顆粒感好，還是滑順的比較好？要做成白饅頭（註8）還是鶯饅頭（註9）好？嗯……這些問題真令人苦惱。

他似乎從各地訂購了五花八門的甜饅頭來進行研究，桌面上堆了大量的饅頭包裝盒。

「啊啊，對了。說到這，我曾聽聞嬌妻大人妳廚藝過人唷。大老闆他曾跟我大力讚賞妳做給他的便當真的是人間美味。」

「……大老闆？啊，但我並不是他的什麼妻子。」

「那家店叫什麼呢？我聽說妳在天神屋的中庭開了食堂對吧？」

「……」

我的修正被他完全忽略了，而且這人對於我的消息有點慢半拍。

「欸，嬌妻大人呀，妳願意助我一臂之力嗎？讓我能開發出代表天神屋的溫泉饅頭。什麼都好，來點靈感吧……給我溫泉饅頭的靈感！」

「咦？」

註8：包有白豆沙餡的日式甜饅頭。
註9：日式甜饅頭的一種，綠色內餡由豌豆製成。

砂樂先生緊緊握住我的雙手，猛烈地懇求著。我不由自主往後退縮了一步。

能代表天神屋的溫泉饅頭……靈感……？

「啊啊！那群小鬼原來給我躲在那種地方！」

此時，曉猛力拉過我的肩膀，我隨著他的視線方向望過去，發現那群獨眼小朋友躲在並排成列的桌子之間的空隙，正企圖偷偷摸摸地匍匐潛逃。

小朋友們嘴裡還叼著甜饅頭的參考樣本，他們放聲大叫「糟了啊啊啊」，急忙站起來逃跑。他們打開距離最近的一扇門往外離開。曉為了不讓他們溜掉，便跟著追了上去

「啊啊，等等啊，曉！啊，博士，甜饅頭的事情我會再想想。」

我在離去前對博士留下這番話，便跟在曉身後追上去。

小朋友們與曉已踏往門的另一端，此刻我發現前方的空間與剛才全白的研究室截然不同，是一道充滿異國風情的走廊，整條路上鋪著幾何圖樣的地毯。

「這裡是哪裡？好奇怪……」

這地方實在有違天神屋的風格，令我感到狐疑。

我究竟踏上了什麼地方？曉與那群小朋友的身影也不見了。

「唉……這找起來可費工了。只能一間一間房間找，進行地毯式搜索嗎？」

這時，漫長走廊的最前方，緩緩浮現出一道小小的身影，我以為那是其中一個小朋友而嚇了一跳。

然而那身影實在太小了，定睛一瞧，覺得越看越像四隻腳的動物。

「嗯？小狗……信長？」

那身形輪廓，百分之百是折尾屋的當家招牌犬——信長。

為什麼信長會出現在這裡？

「欸，你跑到這地底下來，會害葉鳥先生很擔心……」

「……嗷呼！」

我一接近他，他便朝我吠了一聲。

信長臉上浮現欠打的露齒笑容，踩著蹦蹦跳跳的步伐往走廊前方而去。

「欸，等等！站住啦！」

信長看起來只是隻普通小狗，但好歹是來自折尾屋的幹部，還擔任宣傳部長。讓他跑進來工廠這種機密要地，站在天神屋的立場來看，應該是不太妙吧……

身為天神屋員工之一的我抱著盡忠職守的念頭，決定追在信長後頭。穿越了漫長的走廊，最後來到的盡頭是一扇裝飾門，西式的風格與天神屋完全不搭調。那扇門微微開了一道縫隙。

信長是跑往門裡頭了嗎？

我像是受到無形的牽引一般，不由自主地推開那扇門走進去。

「……」

裡頭是一間帶有懷舊氛圍的小房間，就好像古老洋館裡會有的那種。

這暖色的照明，究竟是以什麼做為光源呢？

房內明明沒有類似鬼火或妖火的物體，然而掛在牆上的眾多畫像與照片，卻都被朦朧的光芒點亮。

「這張照片……」

在其中我發現了一張黑白照片，實在無法假裝沒看到。

這張照片沖洗成很大的規格，正中央站著年少的祖父——津場木史郎，而他的身旁就是大老闆。這畫面我再眼熟不過。

「這是……爺爺留下來的那張照片耶。」

是我在祖父去世後，整理遺物時所發現的那張照片。

時至今日，我真懷念當時那個還一無所知地看著那張照片的自己。

「啊，銀次先生也在，還有曉跟菊乃小姐……哇，連葉鳥先生也在！」

現在的我，能認出多一點點的人了。

然而讓我感到奇怪的是，這張照片的構圖，跟我以前所看過的有點不一樣。

祖父留下的那一張，上頭的大老闆跟銀次先生全都藏起了尖角與狐耳，完全喬裝成人類的外貌；然而現在這一張，上頭的兩人則有角、有耳朵，維持妖怪的原貌。

這是怎麼回事？難道從隱世帶去現世的照片，就顯現不出妖怪的樣子嗎？不過現在一看，這張合照還真是齊聚了各方神聖……

「呃！」

我的視線轉移到貼在隔壁的一張照片，不禁大叫了一聲。

黑白照片裡只有一位少年，穿著立領制服加黑披風，頭戴學生帽，腳下踩著高腳木屐，伸手一指，比著耍帥的姿勢。

「這該不會是……不，這一定是──爺爺學生時代的照片……？」

相較於剛才的合照，這少年的面孔更多了一分稚氣。然而照片中的主角無庸置疑就是我的祖父，津場木史郎。證據在於那狂妄又邪惡的所有人格特質都一清二楚地浮現而出，那張冷笑的表情讓人火大，右眼下方的淚痣也如出一轍。嗯，這不是爺爺還會是誰？那身弊衣破帽的蠻殼族（註10）造型，也充滿濃濃的黑暗英雄感……爺爺他不是昭和時代的人嗎？

不，比起這些，更讓我恐懼的是──我覺得這張照片中的爺爺，好像真的跟自己長得有那麼一點像。

我又沒擺過那種拍照姿勢，也沒做過那樣的表情，而且男女的骨架根本不同，但是爺爺這張少年時期的臉龐，果然跟我有點像。眼睛、鼻子、就連嘴型都……

這甚至讓我不得不同意，過去第一次見到我的妖怪，為什麼都異口同聲地說我跟津場木史郎

註10：明治時代抗拒西化的族群，相對於當時崇尚西化、穿洋服的「高領族」之稱呼。以粗鄙的造型與言行舉止表現出「不為外在所惑，一心探究真理」的理念。

很像了。

「我、我還是當作沒看過這東西好了……」

這畫面我大概想忘也忘不掉，不過要是繼續看下去，感覺雙眼會受不了，所以我硬是將視線轉往隔壁一張照片。

這張照片比前兩張都來得小，不過被裱在氣派的相框中。

「……咦？」

當我看明白這張照片上是什麼東西後，我瞠目結舌了一會兒。這比剛才祖父的全身獨照還讓我吃驚。

這張照片給我的感覺特別古老，影像有點模糊不清，讓我聯想到明治大正時期的年代感，就像會出現在歷史課本上的照片。照片中是一位貌似大老闆的青年，以及一名年幼的小女孩。

我見過這個女孩……

相片中的孩子，長得跟之前來訪夕顏的那位金髮座敷童子一樣。

「黑白照片無法分辨出髮色……不過，絕對沒有錯，畢竟五官一模一樣啊。」

這到底是怎麼回事？內心感到一陣不安的騷動。

上次去東方大地時，我也發現了她的身影而追上前去，結果因此被關進地窖，那次又是怎麼一回事？

那女孩究竟是誰？這張相片中的「妳」，又是誰？

「怎麼會跟大老闆合照呢？該不會他們倆認識？」

我一直以為那個金髮女孩年紀還小，但若照片中的女主角真是同一人，那就代表她從這麼久遠以前就存在了。

對方是妖怪啊，這也不無可能。

畢竟有些妖怪的外表跟實際年齡完全無關。

「……嗷呼！」

身後傳來信長獨具特色的吠叫聲，我回過頭去。

現在才發現，這房間角落有一扇門可以通往隔壁。

信長推開了門，企圖往前。他那條捲成漩渦狀的尾巴跟屁股一搖一擺的。

「啊，信長！」

雖然很在意這張照片，但我仍追在信長後頭穿過了那扇門。

「哇！」

一陣強風忽然颳向我。

「咦？為什麼？這裡明明是地底下啊……」

我踏入的空間是一條看起來無人使用的通道，充滿廢棄感，跟剛才房內優雅的氣氛截然不同。這裡擺放著生鏽的神祕土管、圓柱還有老舊的器械。

「咿！」

突然聽見一陣驚呼聲。我仔細一看，發現土管後頭躲著那群獨眼小朋友，信長就站在孩子們的旁邊。

「你、你們！原來躲在這種地方啊。」

「姊、姊姊，妳剛才到底從哪兒冒出來的啊？」

「……咦？還有哪裡，不就從隔壁房間……」

我納悶著他們到底在說什麼傻話，並回過頭去——

然而我剛才通過的門扉已消失無蹤，在我身後的只是同一條寂寥的通道，唯有遠方盡頭處有一座生鏽的螺旋階梯。

「咦……咦？」

這是怎樣？從剛才到現在，一切的一切都太沒道理了，就連我也開始感到混亂。

「嗷呼嗷呼！」

因為信長難得狂吠，我猛然撇頭往小朋友的方向一看，發現那群孩子竟然又蹦蹦跳跳地打算逃跑了。

「欸，你們等等！別再鬧了，該回去上面了喔！」

我慌張地追趕在後，然而小朋友們的腳步並沒有停下。

「才不要！我們在找小千的腰飾！怎麼可以被妳抓回去。」

「……腰飾？危、危險！」

我看見通道的前方泛著淡淡的陽光，風又颳得更強勁。

這……不會吧？

這條路究竟通往何處，我終於有點眉目了。

「停下來！危險！前面很可能是包圍天神屋周遭的深谷！」

我再度喊叫。

往前奔跑的同時，盡頭處的光點也越來越大，率先跑在前頭的其中兩個男孩，在接近那道眩目光芒的前一刻放聲哇哇大叫，停下了腳步。

前頭的景色逐漸可見，我望著懸崖邊緣與另一頭的岩壁。兩個男孩似乎有發現前方沒路了，所以在懸崖前急踩了剎車。

然而才剛鬆一口氣——

「等等啦～哥哥～小千已經跑累了啦～」

年紀最小的那個女孩，被兩個哥哥丟在後頭，後來才跟上。她正哭哭啼啼地胡亂擦著臉。

接下來的畫面讓我心臟快停止。小女孩絆了一跤，整個人重心往前傾，單腳跳呀跳地停不住，就這樣往懸崖邊掉了下去。

「咦咦咦咦咦咦！」

這這這、這不得了啦！我臉色頓時慘白，不要命地只顧伸出雙手，什麼也沒多想就往深谷一躍而下，抱住小女孩。

接著迎來的果然是一陣懸空的感覺。啊啊……

餘光瞥見的是那兩個小男孩，他們的嘴巴跟單一隻眼都張得老大，手指向我這邊。

所有畫面正用慢動作掠過我的視野。

現在身體總算感受到襲捲而上的強風。然而面對無力挽回的墜落感，我才終於明白自己現在的處境。

「呃啊啊啊啊啊啊啊啊啊啊啊！」

我這聲慘叫還真夠淒厲——但現在不是說這種話的時候。

我現在，正墜下懸崖。

底下是不見底的深淵，眼前只有一片黑暗，我不知道下面等待的究竟會是什麼。小女孩則緊緊抓住我的胸口。

啊啊，再這樣繼續往下墜，肯定會沒命，必死無疑……

夕顏好不容易上了軌道，開始有熟客上門，我跟天神屋的妖怪們也多少有點交情了，正覺得現在的生活有點樂趣。而且赤字才剛轉黑，正要開始努力工作還債……

不知怎地，腦海中浮現那張照片中爺爺輕佻的笑容。一如往常，在面臨危機時，我總會想起爺爺的臉。啊啊，真不開心。

不不不，現在重點根本不是這些。就說了再這樣下去必死無疑啦！

腦海中掠過各種念頭，我又緊緊抱住女孩，咬緊牙關。啊啊，我有預感人生跑馬燈要開始打轉了……

「唔？」

然而，墜落感在一股猛烈的拉扯力道出現後，突然停止了。我都還沒看到人生跑馬燈耶。

我戰戰兢兢地睜開雙眼——發現我們倆被白色的蜘蛛絲纏住身體，正懸在半空中晃呀晃。

確認目前的狀況後，總算鬆了口氣。雖然放心了，但身體的顫抖還是止不住。

望向上方，我看見站在崖邊俯瞰的曉，伸手朝我們噴出蜘蛛絲。他也一臉鬆一口氣的樣子。

真難得看見他露出那樣的表情。

「曉！你來得真是時候！」

「妳、妳是蠢蛋嗎……掉下去就沒命了！」

「我、我也沒辦法啊。」

「夠了，我都明白，別說了……真是的。」

「曉……」

曉看來已經了解事情的經過，而且他才剛放下心中大石，似乎沒有餘力像往常那樣狠狠臭罵我一頓。

被曉拉上去的同時，我再次往深谷下方瞧了瞧。

「……」

轟隆隆的風聲從底部響起——這就是平時包圍天神屋的聲音。

底下究竟有些什麼呢……？

無論我怎麼看，都只有一片漆黑。腳底感受到詭譎的氣息，讓我為之戰慄。是因為一想到剛才要不是曉出手相救，我就必死無疑了嗎……？還是因為我從這片無盡的黑暗中，感受到另一股冰冷的氣息，而心生畏懼呢？

「嗚、嗚哇哇哇哇～媽媽～」

「啊、啊啊！妳還好吧？有沒有哪裡受傷？」

被我抱在懷裡的獨眼小女孩小千，在獲救後總算放聲大哭。

碩大的淚珠從獨眼中滑落。

這也不能怪她，剛才那絕對是出乎意料的恐怖體驗。

「哇噢～蜘蛛絲好帥喔～」

「超帥的～大掌櫃好酷喔～」

妹妹還在嚎啕大哭，兩位小哥哥卻為了曉的蜘蛛絲興奮不已。曉將蜘蛛絲拉了上來，我們倆總算得救。

腳踩在踏實的地面上，我總算能徹底放心。

「呼……謝了，曉。你的蜘蛛絲在這種時候還真好用呢。」

「把我說得好像是萬事屋打雜的……妳這傢伙實在是喔……」

曉投來兇狠的目光，似乎想更嚴厲地狠狠訓我一頓，然而他馬上顧慮起在我懷中顫抖哭泣的小千。

「嗚哇哇哇～」

小千哭個不停，男孩們一直「小千」、「小千」地喊著。在我們折返看不見深谷的通道深處、回到地面之後，小千仍然無法忘懷剛才的恐懼，黏著我哭泣。她的哭聲絲毫不輸給從深谷往上吹起的那陣強風。

「……好了，別哭了。」

曉蹲下身子，把一個黃色牡丹花飾品遞給小女孩。那是花朵造型的腰飾。

「這是妳的腰飾沒錯吧？」

「……」

見狀，小女孩頓時停止哭泣。她伸出小手，接過曉遞上的牡丹腰飾，隨後終於笑逐顏開，雙頰染上可愛的緋紅。

兩個男孩子也驚訝地大喊：「那就是小千的腰飾！」

「曉，你怎麼找到的？」

「我在追這群小孩的途中發現的。因為她之前路過櫃檯時，腰上都別著那個腰飾，所以我有印象，馬上就知道是那孩子掉的東西。」

「哦～你果然對每一位客人都觀察入微，真不愧是大掌櫃。」

我用手肘頂了頂曉。

曉雖然一臉詫異地回以「啥？」的不耐聲，不過我總覺得好高興。
嘴上說討厭小孩子，果然還是隨時關懷著客人。曉就是這樣。
乍看粗手粗腳的，其實意外細心，一有狀況就貼心應對。
也許這並不是亮眼的長處，但絕對是身為大掌櫃必備的能力。
正因為如此，曉才受到認可，以最小的年紀坐上大掌櫃的位置吧。
「呃，那個……大掌櫃～」
獨眼女孩小千扭扭捏捏地仰頭望向大掌櫃曉。
「謝……謝謝你，大掌櫃。」
「咦？」
曉的反應簡直就像不敢置信自己會被感謝。
大吃一驚的他發出了呆愣的聲音，這反應實在太逗趣，害我笑了出來。
「欸，人家小千跟你道謝唷。」
「咦？啊，呃……嗯，別再弄丟了。」
曉的不知所措在臉上表露無遺，他朝小千擠出難以言喻的扭曲笑容。
平常坐鎮櫃檯時總是不忘掛上待客用笑容、充滿服務精神的曉，面對這種突發狀況卻無法好好表現。該說真像他的作風嗎？
我倒認為這一點正是曉有別於葉鳥先生的個人優點。

「欸，曉。」

「幹、幹嘛啦？」

「以後在小千心中，印象最深刻的『大掌櫃』肯定是你了吧。」

「……啥？」

曉又露出一副詫異的表情，兩顆眼睛瞪得圓圓的。

我輕笑著穿過他身旁，朝小朋友們拍了拍手。

「好了！大家，現在該回去地上囉。你們的爸爸媽媽還有親戚們都在擔心唷。還有，回去之後我就做好好吃的刨冰給你們吃。」

刨冰這個關鍵字成功吸引了他們，這群小朋友露出充滿期待的眼神，舉高雙手大喊著：

「耶～～」

小千已精疲力盡，所以就由我再次抱起她，把她帶回地面。

而曉則為了避免調皮的男孩們在回去的路上又亂跑而迷路，一路緊緊監視著，在他們走歪時便揪住領子拉回來。

結果回到地面上後，這群小朋友被家長狠狠修理了一頓。雖然理所當然，不過畢竟有一部分是出自兩位哥哥心疼妹妹小千，為了幫她找弄丟的腰飾才會亂跑，所以這次事件最後便以一句「平安回來就好」順利告一段落。

不過，為什麼小千的腰飾會掉在地底下呢？

在那之後我回到夕顏，與早已開始架設刨冰攤位的冰衣小姐，一同提早準備開張賣刨冰。

妖都切割出產的圓滾滾冰碗充滿清涼的氣息。在碗裡鋪上一層輕如雪花的刨冰，灑上煮得甜甜的蒟蒻凍，上頭再次蓋上刨冰，便完成一座小小的雪山。

在雪山表面擺上之前做好的蜂蜜漬鮮果，旁邊放一球紅豆餡，再淋上滿滿的手工自製煉乳，便大功告成。

這就是用料豪華、口感創新的夕顏獨創版「白熊冰」。

獨眼的小朋友們早已忘記剛才被教訓的事，陶醉地享用刨冰。

「好酷喔！裡頭好像放了很酷的東西！」

「裡面吃起來ＱＱ的，好神奇～」

男孩們發現了蒟蒻塊，嶄新的口感讓他們連連驚呼「好神奇」，拚命地往底下挖，吃得樂不可支。

這碗冰冰甜甜的刨冰，應該能有效紓緩剛才那場地底探險的緊張刺激吧。

「辛苦啦，曉。你也吃刨冰吧？剛才讓你幫了我一把，這就當作謝禮囉。」

「我討厭甜膩膩的食物。」

「你放心，煉乳就不幫你加了，改成低糖的水果糖漿，而且還有附豆渣餅乾，要是吃膩了就可以換個口味。」

「……」

我將甜度降低的刨冰跟豆渣餅乾，一同端去給在柳樹下看著小朋友們的曉。不知為何他一臉彆扭。

「……好吧，畢竟今天很熱。」

他用絲毫不討喜的態度接過刨冰，大口大口地吃著，同時眼睛仍呆呆地望著小朋友們的一舉一動。

「大掌櫃～」

獨眼小女孩小千似乎已經對曉敞開心房，把刨冰上頭的櫻桃遞過去給他。

「這個送給大掌櫃～」

「咦？呃，哈哈……謝謝。」

「啊～嘴巴張開～」

「……呃，啊～？」

曉雖然一頭霧水，但不忍拒絕小女孩的心意，便一口吃掉櫻桃。

這副畫面實在太過溫馨可愛，讓我完全止不住臉上的笑容，結果不小心淋了太多煉乳在另一碗刨冰上。

此刻，背後突然傳來一陣熟悉的叫聲。

站在桌子前弄配料的我回頭一看——

「啊，果然是你……信長。」

「嗷呼！」

身後出現的是那隻來自折尾屋的小狗，信長。當時在地底下發現他時，他馬上就消失了蹤影，現在又出現在這裡。真是一隻神出鬼沒的怪狗。

「嗯？你嘴上叼著什麼東西？」

信長口中叼著一個東西。定睛一看，竟然是隨刨冰附上的烤豆渣餅乾。

「啊啊！你又偷吃！」

信長露出邪笑，隨後蹦蹦跳跳地從中庭離去。

老是偷人家東西吃，真是沒規矩的送行犬……

在小朋友歡樂的嘻鬧聲、水果的清爽香味以及刨出雪白冰花的輕快聲響中，我突然回想起位於天神屋地底的那間房間——迷路的我不小心踏入的詭異洋房。

果然還是讓人很在意。

——相片中那名金髮座敷童子，究竟是什麼人？

這一天夕顏的甜點，就只專賣刨冰這一項。

這道白熊冰受到熱烈好評，由於聽見了天神屋眾員工也想嘗嘗看的聲音，於是我接了幾份打烊後的外送訂單。

「我看看……女接待員有阿結小姐跟京花小姐、會計部的美鶴小姐，還有澡堂的和音小姐……」

我將裝滿夕顏特製版白熊冰的冰碗放在托盤上，勤快地送貨去。

依照訂購的部門，我把刨冰一一端往服務部與會計部的休息室，最後朝澡堂前進。

「啊……」

我又再次撞見同一個場面。

站在走廊上的是一位青髮男子與一頭黑長髮的嬌小少女。

折尾屋的時彥先生正拚了命向對方傾訴著什麼，而靜奈正在拒絕他。

「我說過了！我沒有臉再回去師傅的身邊！」

「唔啊！」

靜奈用前所未見的高分貝音量說完，對時彥先生使出一記過肩摔。

然後她哭著跑過我身邊，離開了現場……

「靜、靜奈……」

當我回過頭時，已不復見她的人影。

在場只剩下倒地呻吟的時彥先生一人。

「靜奈……以前明明是那麼柔弱的女孩子……現在已鍛練得這麼強而有力……嗚嗚～」

吃了對方第二次過肩摔的時彥先生，五味雜陳的語氣似乎充滿樂見徒弟成長茁壯的喜悅，同時又帶著遭對方拒絕的悲傷。

真是撞見了尷尬的場面……而且對方還倒地不起。

「呃，你還好嗎？」

我湊上前去窺探時彥先生的臉，然而他口中好像在呢喃著什麼。

「我是不是徹底被她討厭了呢……也許她已經對我感到厭煩了吧……或者覺得我糾纏不清……還是嫌我噁心呢？」

「呃，那個……」

「靜奈已經不需要我了……嗚哇哇哇哇哇！」

隨後他放聲哭喊，在地上打滾。

要是他額頭上的火苗延燒到地板上怎麼辦……我擔心的是這點。

「請振作一點，還有不要哭天喊地的。啊，對了，這裡有豆渣餅乾給你吃，請別鬧了。」

「……啥？豆渣？」

想讓時彥先生站起身的我，從圍裙口袋中掏出一包餅乾遞給他。雖然我帶來的本意是隨刨冰附上的小點心啦……

「妳是……津場木……葵？」

時彥先生總算緩緩站起身子。

看來他已經知道我的名字。

「謝謝妳如此親切招待。不過我跟葉鳥不同，對於吃沒什麼特別的興致呢。」

時彥先生板著一張充滿不信任與防備的臉，對我如此說道。他的口吻聽起來似乎知道我會做料理這件事。

「不過靜奈好像曾提過，她的師父是一位對『食物』很感興趣的人耶……」

「咦……靜奈這麼說？」

「她還說你們會一起做飯。」

「……」

端出靜奈的名字，時彥先生的表情一度亮了起來，隨後又好像回憶起剛才發生的事，再次蒙上一層陰影。

他接過了我遞出的餅乾……

「總之我先收下了。雖然最近沒什麼食欲……」

是我的錯覺嗎？他額上的火焰變得好微弱。時彥先生拖著蹣跚的腳步離開，時不時還狠狠撞上牆壁……現場只留下格外陰濕的氣息。

我擔心地目送他離去的背影，在原地愣了好一會兒。

「啊，來啦來啦！妳是來送刨冰的對吧？」

一陣充滿雀躍的明亮聲音，忽然在這飄蕩著沉重氣氛的走廊上響起。

一名短髮女子從澡堂員工專用的休息室中探頭而出。

「啊，那個，請問是澡堂的和音小姐嗎？這是妳點的刨冰。」

「耶～謝謝妳～大熱天吃刨冰果然沒錯～」

和音小姐接過刨冰後，把錢遞給我。

「那個，剛才靜奈她，呃……」

「喔喔，靜奈大人從後門繞回來了，不用擔心。」

和音小姐似乎明白原委。

「不過走廊上的空氣還真沉重。因為靜奈大人跟那位名叫時彥的折尾屋溫泉師都一個樣，全身上下散發出消極又陰沉的氛圍呢。澡堂這裡水氣又多，讓濕氣更嚴重了。」

和音小姐說起話毫不留情。

「話說回來，那對師徒真的很相似呢。」

隨後她呵呵笑出聲，闔上休息室的門。

「唉，累壞了。」

把各部門訂購的刨冰全送去本館了。我回到夕顏之後，疲憊感一口氣爆發。

我回到裡間一屁股坐下來。小不點則喊著：「『您有新訊息先生』過來了～」並把信使拖來我面前。

我翻著信使的內頁，讀了最新頁面上傳來的最新一則訊息。

〈大〉我預計明天深夜回去。

上頭如此寫著。想當然這是大老闆傳來的。

明天是他回來旅館的日子，這我早就知道啦……

腦中雖然想著如此掃興的回答，我還是寫了回信。

〈葵〉回來之後想吃什麼？

〈大〉我想吃葵做的便當呢。

〈葵〉只要便當就好？菜色想要什麼？

〈大〉交給葵決定，我負責滿懷期待踏上歸途就好。

〈葵〉你還是不打算告訴我喜歡吃的東西喔，大老闆。那就算放了你討厭的菜，也得通通吃完喔。

〈大〉只要是葵做的，我什麼都喜歡。

〈葵〉啊，說到這，今天我碰到地下工廠的砂樂先生囉。他請我幫忙想想土產溫泉饅頭的新點子。

〈大〉哦？葵也去了地底呀？我是有接到通知說那群孩子在地底迷路了……不僅要設計夕顏

的菜單，現在連土產都要構思，妳已經完全成為天神屋的一員了呢。

〈葵〉被對方拜託，才幫忙想一下而已。

〈大〉我很期待妳的成果唷。

光靠文字一來一往，雖然讀不到大老闆的表情與情緒，不過字面上所見的語氣很溫柔，感覺他平常的嗓音猶在耳邊。

原來他對我還是有一點「期待」啊……

〈葵〉啊，大老闆，之前你答應我的跑腿，有好好完成了嗎？

〈大〉有呀，當然有！

大老闆傳來的訊息，不知為何突然充滿自信。

〈大〉妳可以好好期待我凱旋歸來！

〈葵〉明白啦。那明天等你回來，就用便當跟你交換戰利品。

我的回應雖然只有無情兩個字可形容，不過老實說，心中正為了「大老闆會不會早一點回來呢？」而感到坐立難安。主要是為了跑腿的東西就是了。

〈大〉晚安，葵。

〈葵〉嗯嗯，晚安，大老闆。

然後我們結束了對話。

第六話 夏日和風涼食

今天從一大早就特別炎熱。

然而，在這種酷暑天，我依舊站在熱氣蒸騰的大鍋子前，一股腦兒地燉煮著鮮紅色的液體。

咕嘟咕嘟的煮沸聲響徹廚房。

「呵呵呵……」

我不禁發出了巫婆一般的詭異笑聲。

問我在煮的是什麼東西，那就是一大鍋熟透的番茄。

「啊啊，我心心念念的番茄醬就快完成啦。用夏天收成的番茄做出來的自家番茄醬，顏色既豔麗，口味又香濃，非常好吃呢。」

之前從經營水卷農園的長頸妖六助先生那邊，收到了好多賣相不佳的番茄，所以我一直放著等它們熟透。真的是放到爛掉前的最後一刻。雖然紅冬冬的熟透番茄不適合生吃了，不過拿來做成「番茄醬」可是首選。

番茄醬做好可以存放很久，所以我一次就煮了一大鍋。

將洋蔥、大蒜還有番茄全倒進隱世的調理機中打成泥，倒進大鍋子裡熬煮。加入砂糖、鹽、胡椒、紅辣椒等辛香料，再放入肉桂葉，接著反覆撈除鍋面上的浮末，耐心等待。

不過話說回來，這熱氣可真不是蓋的。

就連原本放置在一旁的冰柱女碎冰，都早已徹底融化了。

「今天冰塊的消耗速度看起來會很快呢，向冰衣小姐多採購一點可能比較好。」

將冰柱女的碎冰裝入小碟，在室內各處都擺上一些，就能營造出舒適的低溫空間。

在隱世用這種方法做為冷氣，是非常普遍的習慣。

「葵小姐，不好了！」

就在我與鍋內熱氣奮戰的此時，銀次先生一臉慌張地來到了夕顏。

要來到這間別館，就得經由貫穿中庭的連接走廊走過來。然而光是這段不算長的距離，就讓銀次先生臉龐汗如雨下。看來外頭的溫度跟濕度都不得了。

話說回來，看銀次先生焦急成這樣，我猜大概又沒好事了。

「銀次先生，怎麼了？又發生什麼狀況啦？」

「這、這個呢……剛才接獲通知，冰店說今天可能沒辦法送冰過來了。」

「咦？」

我第一時間沒能聽懂他話中的意思，而發出了呆愣的疑惑聲。

然而銀次先生的表情非常凝重。

「據聞冰店裡的冰柱女們，似乎因為食物中毒而臥病在床什麼的。」

「咦、咦咦咦咦咦咦?也就是包含冰衣小姐在內嗎?她們還好嗎?」

冰衣小姐前幾天才跟我一起開心地賣刨冰耶。

該、該不會是我在空檔時招待她吃的燉煮夏季蔬菜壞掉了吧……

「啊,不是的,葵小姐。冰店內的全數員工集體食物中毒,所以問題並不在於您的料理,聽說是店裡提供的宵夜飯糰壞掉了。因為全裝成一大盤,放置在常溫下太久的關係。」

「原來如此……畢竟這種熱天氣,飯菜很容易就餿掉了呢。」

這件事我可不能聽過就算了。

身為餐飲工作者的我,心想必須多加注意衛生才行,不禁屏住氣息。

「我想這樣的狀況下,夕顏今天可能就賣不成刨冰了。之前還廣受客人好評的,真可惜。」

「這也沒辦法,刨冰鋪要開張,也要等冰衣小姐恢復健康才行。」

根據銀次先生的轉述,以冰衣小姐為首,冰店裡的冰柱女們食物中毒的症狀似乎算輕微,預計休息一天就能康復。

「不過店裡少了冰柱女的冰塊,什麼事也做不成了。畢竟夏季時完全倚賴冰塊作為室內空調。我現在就去安排跟東方大地提出需求,請他們盡快把冰送來天神屋。不過再怎麼說那邊的冰鋪現在也一樣忙碌吧,不知何時才能送達。請問夕顏這邊現有的冰量還足夠撐上一陣子嗎?」

「是還有剩一點點……不過大概撐不了多久。」

「說得也是呢,畢竟夕顏都是少量多次採購。那麼今天食材的前置作業,就請暫時先觀望一下狀況，等能確定調到冰塊再說，這樣也許比較好？」

「的確，這樣應該比較妥當……欸，天神屋沒問題嗎？本館的客房裡頭也是靠冰塊來降溫的對吧？」

「儲備的份量似乎還足以供應所有客房，廚房也勉強過得去。只是像員工休息室、走廊以及大廳這些區域本來就消耗得快，要是有什麼萬一，就無法保證了。畢竟現在是酷暑……今天有很多場宴席的訂位，如果不能確保足夠的冰塊撐到一切結束，狀況應該就棘手了呢。」

「呃，果然啊。」

本館裡頭冰塊的採購與消耗量之龐大，簡直不是這間夕顏可以比擬的。

「這麼熱的天氣，如果客人或員工有什麼狀況……唯獨這點必須確實避免。雖然有些妖怪很耐熱，但也有些完全受不了高溫。」

銀次先生手抵著下巴面露難色。平時做事總是優雅俐落的他也如此不安，讓我不禁也有點擔心了。

試想銀次先生的心情，他站在小老闆這樣的立場上，應該比我更緊張吧。

況且，不知怎麼地，總覺得他的臉色有點差……

他沒事吧？會不會是身體狀況不太好？

「呃，欸，銀次先生，要不要稍微吃點東西？我做一頓活力早餐給你。雖然現在事態嚴重，但還是得先墊墊胃。」

「啊，不了……抱歉，葵小姐。老實說，我今天……食欲不太好。」

銀次先生露出帶著歉意的笑容，婉拒了我的提議。

平常食量總是大得不像個纖瘦男性的銀次先生，現在卻……果然他有點不對勁。

在這之後，銀次先生便倉促地離開夕顏，去通知各部門目前的狀況。

「他還好嗎……天氣又這麼熱……」

不過話說回來，這下可真頭大了。

夕顏庫存的冰量很吃緊，備料作業只能抓準時間完成最低限度。

今天限定供應某幾道菜也許比較好……

我絞盡腦汁思考對策，同時仍再度展開手邊工作，繼續做剛才煮到一半的番茄醬。

「啊，對了。分一點番茄醬給靜奈好了。」

當我正在構思番茄醬煮好要拿來怎麼運用時，突然靈機一動。

畢竟前幾天靜奈與時彥先生的事也讓我很掛心……要是她能打起精神就好了。

「番茄醬保存期限長，而且靜奈也說過她喜歡番茄嘛。」

我將剛完成的番茄醬裝入小瓶子裡，封上蓋子。再來把整鍋番茄醬一一分裝到瓶子裡。必須讓裡面保持真空才行呢，這樣一來就能擺上一陣子。

接著我把番茄醬的瓶子與包有豆渣餅乾的紙袋一起裝入束口袋之中。

「大功告成。」

我馬上啟程前往澡堂，從中庭一路往前，走後門小路過去。

之前晚上經過時都沒發現，原來這條路上開滿了向日葵，好高又好大朵。

豔陽下的一輪輪金黃色令人目眩神迷。果真是無盡華麗輝煌，象徵太陽的花朵啊。

「……嗯？」

就在此時，我聽見了一陣細細的耳語聲傳來。

聲音的來源似乎是向日葵花圃的另一側。

我悄悄從縫隙中窺探，發現竟然是葉鳥先生與銀次先生，兩人正站在樹蔭下交談。

「……所以我說啊……銀次……黃金……」

「……這怎麼行……」

「五十年……該醒了……」

他們兩個一臉嚴肅，不知道在談些什麼？蟬鳴聲籠罩著整片花圃，我根本聽不清楚對面的談話內容。

不過先不說別的，那個可惡的臭葉鳥先生，竟然在這麼熱的天氣下把身體不適的銀次先生拉來外面……

「……嗯？」

葉鳥先生把一封類似書信的東西遞給銀次先生。

銀次先生雙耳低垂，果然整個人無精打采的，呆呆地凝視著接過的信。

葉鳥先生自顧自地突然換上笑臉，說了聲：「先這樣囉～」便猛力振翅，從原地升空起飛。振翅時颳起的強風吹得向日葵東倒西歪，也讓我一度閉緊了眼睛。當我再次打開眼皮時，他已在遙遠的天空彼端了。

銀次先生則急促地從我眼前離去，往本館的方向前進，絲毫沒發現位於花圃另一側的我。他的側臉看起來果然很苦惱的樣子。

本館後門樓上有個禁止房客出入的陽台，從後門員工樓梯就可直達。靜奈正在這裡晾著大量的長毛巾。

今天是個適合洗衣服的好天氣。曝曬在陽光下的純白長毛巾隨風搖曳，讓佇立其中的靜奈比平常更美得如夢似幻。不過這種天氣果然還是令她滿身大汗……

「靜奈！」

「啊……葵小姐。」

靜奈發現我後，快速地向我行禮。她看起來有些不好意思，用圍在頸子上的長毛巾慌張地擦了擦汗水。

「妳現在，好像很忙呢……」

「咦？啊……」

她身旁的籃子裡堆積如山的衣物，正洗好待晾。

靜奈被我一問之後變得不知所措，而在旁邊的曬衣架晾著衣服的和音小姐開口了。

「還剩一些就曬完了，這裡由我來就好，靜奈大人請去休息吧。」

她體貼地催靜奈先離開。雖然我心想那堆衣物看起來實在不像是「一點」耶……不過和音小姐的動作熟練俐落，一件接著一件曬，彷彿一氣呵成。

「不好意思，那就交給妳了，和音。」

靜奈也對和音快速地點頭致意，才朝我走近。

「不、不好意思呀，在工作中打擾妳。和音小姐她一個人沒關係嗎？」

「沒問題的……和音是我的徒弟，能力非常優秀……甚至可以說我這個師傅反而常常仰賴她幫忙……」

靜奈凝望著和音小姐工作的模樣，那雙眼睛就像在看著自己引已為傲的弟子。

那副身手確實很厲害，況且和音小姐本來就是個率直又充滿活力的女孩，看起來確實值得人信賴。

「葵小姐……昨天真的非常抱歉，讓您看見了那樣不堪的場面……」

「才不會呢，妳還好嗎？那個……」

「嗯嗯，我沒事的，一切都很好。」

靜奈的微笑中似乎帶著落寞。隨後她引領我前往澡堂一旁的空中庭園，那裡有座亭子。

這庭園空間被高大的樹林所包圍，長有嫩綠色的青苔，風景優美又幽靜。聽說房客們在澡堂享受完溫泉後，回房前都會來這裡散步兼納涼。

「葵小姐，請問您剛才找我有什麼事呢……」

「……啊，就是呀，有點東西想分給妳啦。來，這個是番茄醬唷。」

我從東口袋中拿出小小的瓶子，瓶身內裝滿了正紅色的果泥。靜奈嚇了一跳，隨後直盯著瓶子看。

「番茄醬……是什麼東西呢？」

「是一種現世的調味料唷，用熟透的番茄一直煮一直煮所熬成的醬。隱世似乎沒有這東西呢。」

「番茄做的……調味料是嗎？」

靜奈將小瓶子捧在兩手手心，隨後疑惑地歪著頭。我靜靜地露出微笑，開口問她：「要不要嘗一點看看？」

在她回答「好」之前，我早已動手打開了裝有豆渣餅乾的紙袋。

「可以幫我打開番茄醬的蓋子嗎？啊，不過那封得很緊，可能沒辦法輕易轉……開。」

結果完全沒這回事。靜奈不費吹灰之力就把蓋子打開了，就像是在轉著早已鬆開的保特瓶蓋一樣。

「咦？您剛才說什麼？」

「沒有……沒有，沒事。」

光從外表來看，靜奈容易給人柔弱無力的印象，但她不愧身為溫泉師，日日夜夜工作的歷練似乎練就了驚人的臂力。

也對……畢竟都能輕鬆賞時彥先生兩個過肩摔了啊……

「哇……這顏色實在太美了。的確有番茄的香味呢。」

靜奈露出天真無邪的表情，就像個少女一般，看著瓶身的內容物發出高分貝的驚嘆聲。

我掏出湯匙，往瓶裡撈了一匙鮮紅色的手工番茄醬，塗在豆渣餅乾上。

「來，靜奈，嘗嘗看。」

我將餅乾湊近她的嘴前，她便雙手捧著豆渣餅乾，張開櫻桃小嘴咬了下去。

喀滋喀滋的清脆聲響連我也聽得到。

「！」

靜奈瞪得圓大的雙眼眨也不眨一下，無言地緩緩吃著餅乾。

隨後她一邊嚼著，一邊垂下視線，看往斜下方空無一物的地面。

「怎麼樣？番茄醬的味道如何……」

靜奈依然不發一語。

該不會味道很糟吧……

我被她的反應弄得慌了，也拿起一片豆渣餅乾塗上番茄醬入口。

「嗯，做得甚至比往常還要好。」

或許是因為水卷農園出產的番茄味道特別濃郁，做成番茄醬依然保留了原本的番茄風味與清爽的酸甜，呈現爽口又和諧的滋味。辛香料也確實發揮了襯托的功能，卻不會搶走主角的風采。

「這世上……這世上竟然有這種調味料！」

「咦？」

「凝聚了整顆番茄的美味，無論何時何地，無論什麼料理都能配上這個，讓人一入口就能確實品嘗到番茄的美味……這調味料實在太美好了！」

剛才那一陣沉默彷彿從未發生，靜奈難得像現在這樣激動地高談闊論。

然後她又拿起一片豆渣餅乾，塗上一匙番茄醬入口。

番茄醬已完全攻陷她的心。靜奈的雙頰染紅，一臉沉浸在愉悅中的表情，宛如戀愛中的少女。她再次捧起裝著番茄醬的小瓶，凝視著裡頭濃醇滑順的鮮紅果泥。

「葵小姐，這調味料究竟要搭配什麼料理，才會更添美味呢？」

「嗯——這個嘛……可運用的範圍很廣耶。像蛋包飯原本也是以番茄醬口味最為經典；而用手工番茄醬做拿坡里義大利麵更是絕品美味。再來還有……番茄濃湯也能輕鬆做得出來；另外像是漢堡排的醬汁，如果有番茄醬就能更省事了。是一種萬能調味料呢。」

「呃，請問……那個，葵小姐，若您方便的話，下次可以教教我……用番茄醬做料理嗎？」

「咦？」

這幾乎可以算是靜奈第一次主動對我提出懇求。

平常明明那麼低調又不強調自我主見的女孩子，卻……

「咦咦……嗯嗯！當然好！」

這番請求讓我開心得不得了，不假思索握住了靜奈的手。

真沒想到番茄醬能勾起她這麼大的興趣，而且還說想跟我一起做料理！

只是不知怎麼地，靜奈的雙眼從剛才就泛著濕潤的光澤。

我馬上領會她的心思。

「靜奈……妳很喜歡番茄，對吧？」

「是的，非常喜歡。」

「是因為這蔬菜會讓妳想起師傅嗎？」

「……咦？」

靜奈瞪大了雙眼，愣愣地直盯著我。我也直望著她那對白得泛青的清澈眼珠。

「抱歉，問了很奇怪的問題呢。」

「葵小姐……」

就在此時，曬完衣服的和音小姐過來叫了靜奈。

我們站起身子，再次約定好下回一起做料理，便原地解散了。

「仔細想想，跟女生朋友一起做料理，這似乎是頭一遭呢……」

雖然許多擔憂還掛在心頭，不過我好期待這一天的到來。

要選擇什麼料理和靜奈一起做好呢？好想運用番茄醬與她攜手完成最棒的佳餚，讓她打起精神來呢。

「嗯？夕顏前面的地上怎麼有坨東西？」

在我回到食堂時，發現一團毛茸茸的白色物體橫躺在店門口前。

起初我還沒看清楚那究竟是什麼，越走近之後物體的輪廓越來越清晰，我的嘴巴也隨之敞開。接著我臉色大變，衝上前去。

「銀次先生！」

那是變回小狐狸外型的銀次先生。

「銀次先生，你這是怎麼了！振作點啊！銀次先生……」

我抱起倒在地上的小狐狸，確認他的心跳。

總覺得呼吸聽起來很紊亂，好像有發燒。我將他帶往裡間，鋪好床被讓他休息。

銀次先生現在非常虛弱無力。以前曉也曾經因為靈力減弱，無法化為人形而變回一隻小小的蜘蛛。現在的狀況就類似那樣。

「哎呀呀，狐狸先生奄奄一息滴～」

原先在房裡順著蹼的手鞠河童小不點，也慌了起來。

小不點莫名很親近銀次先生，所以拿了圓扇過來，拚命幫病懨懨的小狐狸銀次先生搧著風。

「……銀次先生。」

我輕撫著小狐狸的後背。

銀次先生從今天一早就因為天氣酷熱而沒有胃口進食，恐怕也沒時間好好吃東西吧，所以靈力才耗盡了……

我以前聽過，妖怪進食的目的就是為了補充消耗掉的靈力。

再加上銀次先生本來從今早就有點不舒服的感覺，還被那個臭葉鳥先生帶去外面曬太陽，不知道說了些什麼，又交給了他什麼。雖然這一切經過我還一頭霧水，但至少銀次先生看起來頗為低落是真的。

我讓小狐狸版的銀次先生躺下休息，旁邊放了冰柱女的碎冰。現在已沒空去在乎冰塊存量夠不夠店裡使用了。

我用沾了冰水的長手巾幫他擦拭身上的毛皮。由於體溫升高的關係，當務之急是趕快降溫。必須讓他在涼爽的空間裡睡一覺，醒來後再做點東西給他吃……

「啊啊，我這個大笨蛋！銀次先生明明總是幫我這麼多忙！」

我明明都看在眼裡，明明有察覺到他的不對勁，卻……

無法原諒自己的我，往自己頭上一敲。

銀次先生富有責任感又成熟穩重，所以我擅自認定這麼可靠的他一定沒問題的。但現在大老闆不在，又遇上了冰塊短缺的問題，也許眼前狀況比我想像得還更讓他勞心費神。畢竟銀次先生還扛著一份「我不好好控制住場面怎麼行」的責任感，而繃緊了神經吧。

況且還有折尾屋那行人的事情，大概也令他掛心，疲勞又更多了一分。這幾天他也許都沒什麼睡吧……

各種狀況層層疊疊之下，最後終於把銀次先生壓垮了。

「……銀次先生，對不起。」

眼眶裡的淚水不由自主地決堤。

來到隱世這地方，自從下定決心在夕顏努力工作的那一刻起，我幾乎沒什麼哭過。

「怎麼辦……銀次先生他……得叫人來幫忙才行。」

我對於妖怪的健康管理毫無概念。

雖然之前也遇過阿涼發燒昏倒的事件，但那時是春日把她帶來這裡，交給我照顧後就離開了。也就是說春日判斷當時的阿涼是我這樣的凡人也能應付的狀態。

可是這次的情況如何，我根本沒頭緒。要是銀次先生有個什麼萬一，我……

「葵……小姐，非常抱歉，我……沒事的。」

就在我正準備踏出房裡時，聽見了銀次先生的聲音。

我轉過身去，馬上回到他的身旁。

銀次先生維持小狐狸的外型，快速地站起身，隨後仰望著我。但是他看起來站也站不穩！

「實在萬分抱歉，在您面前露出此般醜態……」

「才沒有這種事！好了，你好好躺下休息。你一定是中暑了，現在身體與心靈的狀態都變得比較虛弱。」

「哈哈。我似乎……害葵小姐您操了不少心呢。」

「啊、呃、還不都是……」

銀次先生依然維持可愛的小狐狸外貌，又原地趴下身子。

「真抱歉，我好一陣子都沒病倒過……近三十年來。」

「三十年？還真厲害……呃，先別說這些了。銀次先生，你得吃點東西才行。大老闆曾經說過，吃飯就是恢復靈力最好的辦法。」

「不過……我還是，沒什麼胃口……」

「不要緊，我做點夏天中暑或感冒時也能輕鬆入口的東西，所以你好好休息一下，起來再吃。」

「葵小姐……」

「躺著睡一下會比較舒坦點喔。拜託了……拜託你。」

我望向銀次先生的雙眼，說了好幾次「拜託」。

銀次先生回望了這樣的我，保持趴下的狀態輕輕點了頭。隨後將那毛茸茸的九尾捲往身軀，輕輕闔上眼皮。

「小不點，幫我看著銀次先生。我會幫你帶黃瓜過來的。」

「……我知道惹，畢竟我可是葵小姐的眷屬～」

小不點精神抖擻地向我擺出敬禮手勢，隨後馬上跑去銀次先生的枕邊雙手抱膝坐下。看見他的舉動，我便起身往廚房走去。

要做的料理已經決定好了，我將材料擺往料理檯上。

「小黃瓜……味噌，還有番茄……青紫蘇葉跟洋蔥也還有。再來就是冷凍保存的竹筴魚……其實如果有新鮮的會更好。」

我一個人喃喃自語，一邊準備煮燕麥飯，並馬上把冷凍竹筴魚解凍後以炭火火烤，並利用空檔將小魚乾與白芝麻粒以研磨缽磨碎，再加入味噌攪拌均勻。在平底鍋上薄薄塗上一層混合好的味噌，開火乾烘至出現焦黃色。一陣濃郁的香氣馬上飄蕩在整間廚房中。

烤好的味噌裝進大容器中再次攪拌，少量逐次加入廚房內常備的高湯，讓味噌徹底溶化。調好味噌口味的高湯後，在周遭放上冰塊使其稍微冷卻便完成。

接下來將配料小黃瓜切成圓片，搓鹽殺青後擠乾水分備用。番茄也切成方便入口的小塊，並將蘘荷、洋蔥及青紫蘇葉等調味佐料切成末。最後就剩冷凍竹筴魚烤好上桌了。等魚肉確實烤至熟透，再取出骨頭。

問我現在在做的究竟是什麼料理，那就是「冷湯泡飯」。

這道菜也就是將冰涼的味噌湯與小黃瓜、去骨的竹筴魚肉一起淋在溫熱的白飯上享用，是宮崎縣很有名的地方料理。

而我的步驟跟道地口味不太一樣，不過這樣的做法比較簡單，任誰都能輕鬆完成，做出配料豐富的冷湯泡飯。

「再來把熱騰騰的白飯盛入碗中，將去骨的竹筴魚肉、殺青過的小黃瓜、番茄塊與各式佐料滿滿擺在飯上，最後淋上冰鎮完畢的芝麻味噌冷湯，就……」

完成這道料多味美的特製冷湯飯了。

「啊啊……先把味噌乾烤過一遍，香氣果然更明顯了。」

由於是熱飯配冷湯，吃起來不熱不冰，溫度恰恰好入口。在食欲不振的盛夏，這道菜也以特別見效的驅暑料理聞名。

我將成品放上托盤，順便一道放上要給小不點的小黃瓜，端往裡間。

「銀次先生！」

我拉開了拉門，急急忙忙走往床褥旁，結果銀次先生變成了小少年的外型，正熟睡著。

這意思是有稍微回復一點了吧？

而受我之託幫忙看著病人的小不點，也趴在銀次先生的枕邊睡著了。

我在床被旁坐下，拿冰涼的毛巾幫少年外型的銀次先生擦了擦額頭。

「……葵小姐？」

「啊，對不起，吵醒你了？」

「不……不會，不好意思。」

銀次先生坐起身子，以沉著的態度用手抵上額頭，長長吐了一口氣。
隨後他的臉上綻開了一如往常的笑容。
「讓您操心了，葵小姐……我已經沒事了。」
「真的？不再多躺一會兒嗎？你現在還是小孩子的姿態耶。」
「我剛睡了一下，精神已經好多了。」
銀次先生雖然擠出了笑容，但靈力果然還沒有完全恢復吧？
看他雙耳還壓得低低的，九尾也無精打采地低垂著。
這明確顯示出他還沒有完全恢復健康啊……
「欸，銀次先生，雖然我想你現在可能沒什麼胃口，不過把這吃掉好不好？」
我從放在身後的托盤上端起了冷湯泡飯的碗，送往銀次先生面前。
「……這是？」
「這叫冷湯泡飯，在白飯上擺滿小黃瓜與去骨的魚肉，再淋上加了味噌的高湯。雖然白飯是熱騰騰的，不過配的是冷湯，所以叫冷湯泡飯。我想，這道料理一定很好入口。」
「冷湯泡飯……」
「你不用起身，就坐在床上吃吧。慢慢嘗一點看看。」
我將湯匙遞給直直盯著飯碗看的銀次先生。
他一度抬起那張可愛的稚氣臉龐仰望我，表情中卻帶著些許茫然，好像有點驚訝似的。

「啊，還是說讓你自己用湯匙舀來吃有點困難？那不然讓我來餵你——」

「不、不用了，我可以自己來。」

銀次先生此時倒是馬上開口，斬釘截鐵拒絕了我。

隨後他單手捧著碗，用湯匙舀起湯飯送入口中。坐在床上緩緩咀嚼的用餐模樣，真的就像生病的小孩子一樣。

而我簡直就是個媽媽，在一旁用眼神緊緊守護著。

「唔，有小黃瓜的味道～」

就在此時，嗅到小黃瓜香氣的手鞠河童小不點清醒了過來。

「葵小姐，我也要吃小黃瓜，我也要吃～」

「你喔，明明要你看好銀次先生的，自己卻睡著啦。」

「啊～啊～小黃瓜～～」

「知、知道了啦！別大呼小叫的。」

我把一同端來的半條小黃瓜給了發出怪叫，張開雙手揮舞的小不點。那是做冷湯泡飯時剩下的材料。

小不點接過小黃瓜後將其緊緊抱住，疼愛地用臉頰磨蹭，簡直就像對待寶貝的布偶一樣。看來小黃瓜之於河童，並非只是單純的美味佳餚而已，還傾注了自己的愛意……

「你在幹嘛啊，不快點吃一吃嗎？」

「不用您說我也會吃滴，葵小姐真是囉嗦～」
「欸！」
「噓～葵小姐您再囉嗦，會讓狐狸先生的病情又惡化滴～」
小不點一屁股原地坐下，從小黃瓜的切口咬下，不發一語地啃了起來。
「呵呵。」
吃著湯飯的銀次先生，看見小不點與我的反應而露出微笑。
剛才注意力完全被小不點吸了過去，不過仔細一看，銀次先生手上的湯飯已經吃了一半了。
「銀次先生……怎麼樣？還吃得下嗎？」
「嗯嗯，這道冷湯泡飯，非常好下嚥又美味。我今天從一早就食欲全無，不過現在每吃一口，就覺得胃口慢慢回來了。味噌的風味特別棒呢……您有先乾烤過一次嗎？」
「嗯嗯，沒錯。味噌裡還加了磨碎的芝麻與小魚乾末，營養滿點唷。再加上小黃瓜有降溫的效果。雖然不是什麼精緻的豪華料理……」
「不……這道料理有一股令我懷念的滋味。而且還能感受到其中充滿葵小姐溫柔的靈力。」
「……我的靈力？」
銀次先生一直以來都當我的試吃評審，但是從未對我提過關於靈力的事情……
他又繼續吃起冷湯泡飯，用湯匙一口接著一口下肚的同時，銀次先生原本低垂的耳朵開始精神抖擻地挺立，尾巴也輕快地擺了起來。

他咕嘟咕嘟地大口喝著常溫的茶水後，吐了一口氣。隨後他的視線停留在空中的某一處放空，小小聲地呢喃道。

「果然厲害……」

「嗯？這道料理你還中意嗎？」

「是的，菜餚本身不用說，對於現在的我來說是最對味的，更重要的是……葵小姐，我覺得自己似乎總算切身體會，您的料理所蘊含的力量了……」

銀次先生發出高鳴，在一陣煙霧瀰漫之中，床褥上的他變回了青年外型。

他的臉色好多了，銀色的狐耳也輕快地抖動著。

「您的料理不但能幫助靈力快速恢復……同時也讓妖怪的身心靈都受到充分的治癒。我明明早知道這一點，卻沒想到效果大大超乎我的預料。想必是因為過去也在不知不覺中受到您的諸多恩惠吧。」

眼前出現的是一位俊美的狐妖，長著氣派的九尾——是往常的銀次先生。

「你、你已經沒事了嗎？銀次先生。」

「是的，多虧葵小姐您的料理，我已經完全恢復活力了。」

「真的嗎？」

我湊近銀次先生逼問他，就是為了好好確認他是否真的康復了。

「沒錯。所以，請您別露出那樣的表情了。」

「……咦？」

銀次先生面向我，輕輕拭去我眼角的淚水。

他白皙的手指好溫柔，卻又好冰冷……白皙的……手指。

「……」

這一瞬間，「某些回憶」好像差一點就在我腦海中甦醒。

我覺得此時此刻的這一個畫面，好有既視感……

銀次先生皺了皺眉頭，微笑的表情中帶著一點為難。

「真難得看見葵小姐眼眶含淚的表情呢……我嚇了一跳。」

「對、對不起。我一部分也是因為恨自己無能為力，看到銀次先生那麼痛苦的樣子，眼淚就忍不住了。一想到要是你有個什麼萬一，我就……」

我完全沒發現自己竟然在啜泣。

我舉起手揉了揉自己的雙眼。

「不過太好了。銀次先生終於康復了。」

「真的非常抱歉……讓您為了我如此費心……」

「你說這什麼話呀，銀次先生總是支持著我與夕顏這間店不是嗎？要是沒有你，我無法想像自己能在這地方努力工作。」

我對滿臉歉疚的銀次先生傾訴了自己的心意。

「我總是受到你這麼多關照，把一切大小事都丟給你扛，卻連你的身體狀況都沒關心到，我真是忘恩負義啊……」

我現在完全像個洩氣的皮球般垂頭喪氣。

銀次先生停頓了一會兒，隨後用溫柔的聲音對我說：「葵小姐，請抬起頭來。」

「總覺得好榮幸，沒想到葵小姐竟然如此看重我……」

「咦？這、這是當然的呀。全天神屋上上下下應該也都認為銀次先生是個可靠的小老闆吧。」

「……」

然而我的這番話讓銀次先生微微壓低了視線。

「才沒有……這種事呢。」

隨後他輕輕搖了搖頭。那藏著些許落寞的表情令我十分在意。

「我在天神屋的資歷尚淺，加上又是從折尾屋過來的員工，我想大家果然還是無法完全信任我吧……沒錯，畢竟站在天神屋的立場，折尾屋可是生意上的勁敵呀。」

銀次先生說著這番話，突然露出了苦笑。

他的表情彷彿在責備著自己「我到底在說些什麼呀」。

這種接近洩氣話的傾訴，很難得從銀次先生口中聽見。

「果然……銀次先生你從葉鳥他們跑來之後，就一直很掛心折尾屋的事情吧？」

「……在葵小姐眼中的我，看起來是這樣嗎？」

「對呀，總覺得你好像很沮喪。」

雖然沒有表露在臉上，但是能感受到他現在也正為了某些事而苦惱。

銀次先生凝視了我一會兒，馬上又垂下視線。

「我為了一己之私，拋下了折尾屋內『只有我能勝任的工作』，來到天神屋。」

「……」

「天神屋的經營狀況，不論有沒有我都堅若磐石。我認為，這間旅館實質上真正的支柱，是那些長久以來在這裡效力……將旅館精神傳承至今的員工們之間的信賴關係。一度拋棄原本棲身之處的我，是永遠沒資格得到這般信任的。」

銀次先生的眼神空洞。身為一個被挖角過來的外人，也許他經歷過許多質疑的眼光，所以切身體會到這一點吧。

可是……

「才不是這樣呢！」

我不自覺提高音量，大聲否定銀次先生的這番話。

「夕顏這間店就絕對絕對不能沒有銀次先生！」

「葵小姐……」

「我是不知道旅館之間的恩怨情仇啦，但是對我而言，在我身邊一路支持我最久的人，就是銀次先生啊！」

也許我的這番發言，根本就是牛頭不對馬嘴。

不過我還是激動地強調著。因為我有一些話，一定要說給認為自己不被天神屋視為必要的銀次先生聽。

他從剛才就一臉愣住的樣子。

「呃……算是前輩？上司？師傅？嗯……好像全都不太貼切耶……不過，就像每個部門都有不同的上下關係，對我來說，銀次先生有點像老師，又有點像指引我方向的人。在夕顏的經營上，銀次先生是我最依賴的顧問了。沒錯，銀次先生是我的嚮往！」

「……」

我好像做了非常大膽的告白……連我都覺得自己像是在對銀次先生全力示愛。話說完後才開始覺得有點害臊。

但是他對工作的熱忱與投入，還有誠實的態度，在任何危急狀況下也不離不棄，努力幫助夕顏度過難關的這份溫柔，果然還是讓我非常景仰。

這種心情，跟曉把葉鳥先生這位前輩當成「總有一天要超越的目標」，有一點不同。

也不像靜奈把時彥先生奉為「終生良師」那樣。

而是站在同樣的高度，在身邊陪我一起苦惱，幫助我解決當下每一個課題——一位溫柔又完美的上司。

這份感謝的心情必須訴說出來，然而卻沒能好好傳達。

唯獨面對銀次先生時，我總希望自己能更坦率一些。

「呵呵。該怎麼說呢，葵小姐您……果然真厲害呢。」

不一會兒後，銀次先生開始輕輕笑出了聲，就像之前大老闆笑到停不下來一樣。然而他的笑容更天真無邪，就像個少年。

「我、我只是說出真心話啊。」

「是，我都聽見了，所以很高興。我真的發自內心愛著夕顏……這間與葵小姐一同打造的天神屋小食堂。」

「……」

這句話對我來說是無與倫比的震撼，同時又讓我感動得內心緩緩洋溢出喜悅。

「我也是。我也最喜歡夕顏這個地方了，在這裡我可以跟銀次先生一同工作！」

這間店絕不是屬於我一個人的食堂。有銀次先生在，才成就了夕顏。

我不由自主把身子往前傾，急著對他訴說。

銀次先生又發出輕笑，並對我深深鞠躬道謝。

「葵小姐，各方面都十分感謝您。這次讓您操心了。」

「咦？呃，不會啦。我也很謝謝你，銀次先生。」

我也跟著低頭，重新道了一次謝。

從旁人的角度來看，這幅光景一定非常詭異。

就連小不點也露出一愣一愣的表情，對於我們倆的舉動歪頭不解。

抬起臉時，總覺得這畫面有點好笑，我跟銀次先生便雙雙笑了出來。

氣氛回到以往般和諧，就像我們平時的相處模式。

「啊啊！」

然而銀次先生突然大喊了一聲，好像想起了什麼。

「對了！我原本來夕顏的目的，是為了報告關於冰塊的事情。」

銀次先生的表情變得精力充沛，握拳拍了一下掌心。

「目前似乎成功採購到冰塊了，與北方大地那邊的店家交涉過後，似乎剛好有多餘的量，預計能趕在夕顏開店前送達。」

「太好了～我正煩惱著不知道冰何時送來，所以拿不定備料要做到什麼程度好。畢竟才剛聽到食物中毒的事情，有點擔心。」

「嗯嗯，現在您可以盡情用完現有的冰了。」

問題已經解決，我跟銀次先生都放下心中大石。

天神屋跟夕顏都可以順利開張，不用擔心冰塊短缺了。

我們離開裡間，來到了店內空間，確認著今天提供的菜單。

本日特餐就定案為冷湯泡飯套餐，畢竟難得做了這道。在這麼熱的天氣，能品嘗這麼清涼爽口的料理，客人們應該也會吃得很開心。

「葵小姐，今晚就是大老闆回館的日子囉。」

「啊，對喔！他總算要回來啦。」

「您開心嗎？」

「對呀！」

今天的我果然很坦率。銀次先生的表情一臉驚奇，嘴巴成了O字形。

「因為我託他跑腿買東西呀，有巧克力啦、酵母啦、還有好多雜七雜八的。」

「啊啊……大老闆……」

然而銀次先生在聽完我的回答後，不知為何轉身背對我，低頭嘆息。

該不會是「託大老闆跑腿」這件事太荒謬了嗎……？

「啊，對了。我一直在思考，也許隱世這裡有材料可以代替做麵包時必須的酵母。」

「咦，真的嗎？是什麼？」

「酒母。」

「……酒母？那是什麼？」

「釀酒時必需的一樣材料，可以說是在酒麴上大量繁殖酵母菌而成的東西吧。在製作酒粕饅頭時也會使用到酒母。」

銀次先生為我說明了酒母這樣東西，可以用來代替在隱世難以入手的酵母。聽說酒母在現世除了拿來製作酒粕饅頭以外，也能運用在麵包上。

「太棒了吧，釀酒的酵母竟然也可以用來烤麵包。」

「加了酒母所烤出來的麵包，口感似乎會更富有彈性，完全可以替代酵母菌的功效。下次我去酒窖請那邊的人分一點吧！只要跑一趟把酒母拿回來，好好保管之下就可以自行繁殖。這樣一來，要在店裡供應麵包也沒問題囉。」

「嗯嗯，好！真期待呢。用酒母烤出來的麵包……會是什麼滋味呢。」

都拜託大老闆跑腿了，現在卻成功找到替代品。

銀次先生總算恢復成平常的樣子，完全進入工作模式，與我討論完諸多事項後，他便快步離開夕顏。

雖然病才剛好，但銀次先生管轄的部門很多，還有堆積如山的工作等著他。

「如果我做的飯有多少為銀次先生補足一些活力就好了。」

接下也得開始準備夕顏的開店作業，時間已經晚了。

我也得提起不輸銀次先生的幹勁，捲袖工作了。

第七話 大老闆的旅途見聞

如同銀次先生所言，冰塊在傍晚時分送達。

果然因為天氣炎熱的緣故吧，今天鮮少有房客從中庭走來夕顏，因此店裡生意比較不忙。時間來到接近打烊的深夜，我走往店外準備把門簾收起來。

正當我心想今天天色怎麼特別漆黑，才發現一艘拖曳著無數鬼火的龐大黑船，正停在天神屋上空，把月亮全擋住了。

「那是大老闆去現世時搭的黑鶴丸耶，原來他剛剛回來啦。」

我自然而然地湧起一股雀躍。一部分是因為拜託他跑腿沒錯，不過更重要的是「大老闆回到天神屋」意外讓我感到安心許多。我想不只是我，全天神屋上下應該都抱著一樣的心情吧。

工作到現在，我也漸漸開始有「身為天神屋一員」的自覺了嗎？

「啊，對了。大老闆的便當該做些什麼好呢？」

用信使對話時，大老闆曾說過回來之後想吃我做的便當。

比起熱騰騰的飯菜，他竟然比較想吃便當，大老闆這個人也真奇怪呢。是因為想挑自己喜歡的時間在房裡享受嗎？

「說到便當，雞蛋捲是不能少的菜色吧？再來呢，茄子跟青椒都還有剩，就做個番茄醬口味的糖醋夏蔬雞肉。再加上小黃瓜與鹽漬昆布兩道醃漬小菜、煮羊栖菜、奶油醬油炒培根菠菜這道今天也有做起來放。啊，頗受好評的秋葵豬肉捲，也想讓大老闆嘗嘗看……然後今天的主食是燕麥飯。」

我一邊在腦海深處回想現有的食材與小菜，一邊快速設計便當的菜色。

嗯，沒問題。內容都整理好了，可以開始著手進行。

明明過了關店時間，我卻又回到廚房站著，做起便當的配菜。

夕顏雖然已經打烊了，不過天神屋此刻還在營業中，可聽見宴會的喧囂聲與歡樂的祭典奏樂此起彼落。

銀次先生提過今天有很多組宴席的訂位呢。

我將剛完成的便當用大方巾包起來揣在懷裡，穿越大廳的櫃檯前。待在櫃檯裡的曉看起來一臉泰然自若。其他在場的員工也是，散發出一種安詳的氛圍。

是因為大老闆回來了嗎？

「辛苦了，櫃檯工作快告一段落了吧？」

「喔喔……是妳啊。哎，今天總算順利過關了。」

曉發現我之後，態度便不再緊繃，還故意把雙肩垂得低低的給我看。

看來他果然累壞了。

「在我聽到今天沒辦法送冰來時，還以為完蛋了。」

「本館這裡還好嗎？」

「多虧了那個。」

曉伸手指向大廳正中央的一座大酒桶。我湊上去往內一看，發現裡頭堆著半融化的雪，上頭疊著切成塊狀的冰。

「白天靠阿涼的雪勉強撐過去了，不過雪女做出來的雪降溫效率還是沒有那麼高。而且，阿涼才製造一酒桶的雪就已經累倒了。」

「咦？她沒事吧？」

「剛才有睡了一會兒，現在已經恢復了。」

「這樣啊。那她今天還真努力呢……我再做點冰涼的甜品給她好了。」

我能想像阿涼會被這天氣熱得渾身沒勁，但即使如此，她還是為了天神屋賣命呢。畢竟再怎麼說，對天神屋這份工作，她確實還是有一份自尊心的。

「葵，妳要去哪裡？」

「去找大老闆啊，我們約好了要以物易物！」

曉皺起眉頭，露出不悅的表情。

「大老闆已經很累了，妳不要去打擾。」

「你還是一樣討人厭耶，愛找碴。什麼打擾，你以為我會做些什麼啊。」

「比方說把拉門吹掀了之類。」

「我又不是妖怪，哪來的蠻勁啊。你這人原來也會說這麼逗趣的笑話喔。」

曉的擔憂實在太無厘頭，我輕輕笑著踏上中央的階梯。

大老闆的房間位於頂樓。

我穿越了員工們穿梭來往的昏暗小徑，在大老闆房外的拉門前停下腳步，果然聽見裡頭傳來談話聲。

「……啊哈哈，大老闆你果然一點都沒變啊。」

這聲音是……葉鳥先生？

他竟然待在大老闆的房裡。

拉門原本就開了一點縫隙，我不禁往房內窺探。折尾屋的大掌櫃葉鳥先生，究竟跟大老闆兩人在談些什麼，做些什麼？

「來者不拒，去者不追這種性格喔，真是天真啊～」

「葉鳥你才是，要是眷戀天神屋，這裡隨時歡迎你回來唷。」

「哈！饒了我吧。天神屋現在有曉了不是嗎……這裡已經沒有我的棲身之處。這趟回來住過一次，我更清清楚楚地明白了。曉成長了很多，已經是個能獨當一面的大掌櫃了。」

在葉鳥先生輕浮的笑聲停止後，房內響起了有節奏的「啪嚓」、「啪嚓」聲。

這兩人似乎正在下圍棋。大老闆是黑子，葉鳥先生是白子——我能得知的只有這些了，連哪方處於優勢都毫無頭緒。

「再說，折尾屋要是少了我這樣的角色坐鎮，可就完全失衡啦。天神屋再怎麼說至少很穩定，畢竟有你在。」

「……那折尾屋是怎麼回事？葉鳥。」

「這個嘛……」

葉鳥先生陷入短暫的無語。他看著大老闆放上棋盤上的黑子，皺緊雙眉、盤起雙臂喃喃自語著，隨後再度開口：

「折尾屋是不允許失敗的。因為這種體制的關係，員工們隨時處於緊繃狀態，幹部的流動率也很高。怎麼說呢～就是部門裡頭很難建立起深厚的團隊意識，員工也無法受到良好培育。而對亂丸這番管理方針提出異議的，就是銀次。」

「確實是這麼一回事呢。」

「雖然亂丸本身是很有手腕沒錯，也總算把折尾屋拉到幾乎能與天神屋平起平坐的地位，但依然有許多員工無法跟隨亂丸，而選擇離開。位階足以開口表示意見的老幹部也沒幾個……要是沒有像我這樣的傢伙在他身邊給予忠告，那怎麼行？」

「……」

「啊，你不必操心，再怎麼說我也是一流的大掌櫃人才……就算唱反調到最後被砍頭了，換個旅館也能繼續混口飯吃，哼哼。啊，不過要是真的被『砍頭』，可就沒戲唱囉？這在我們旅館不無可能啊。」

葉鳥先生伸出自己的手抵上頸子，做出砍頭的手勢胡鬧嘻笑著。

「葉鳥，你真是沒變啊，我想你也幫了亂丸許多吧。」

「是這樣嗎？那傢伙對於我的做法只會抱怨個不停。」

「但你也不會因此妥協，改變自己的方式與意見吧？像你這樣的人，確實是那家旅館所需要的人才。就連我也很清楚，折尾屋得以維持平衡，全是因為有你在。」

「……」

葉鳥先生沉默一會兒。他的表情看起來有點害羞，又似乎有點寂寞，就像是緬懷著過去的棲身之處。

「嗯，亂丸是很獨裁，不過那也是一種領袖類型啦。深深景仰他的員工也不在少數，大家也卯足全勁，就為了達成目標——『超越天神屋』。」

「啪嚓」，葉鳥先生在棋盤上下了一枚白子。

大老闆微微抖了抖眉毛，手拄著下巴呢喃。

「只不過呢，那傢伙不喜歡和平共存，南方大地上的其他旅館，大多數下場不是被亂丸擊潰，就是被吞併。」

「……這件事我時有耳聞。」

「要是能跟天神屋採取正正當當的良性競爭該有多好。這一點我實在……不是很喜歡啊。亂丸他對天神屋抱有非比尋常的敵意，現在一定正打著什麼算盤……畢竟他對這間旅館的執念特別深。一部分原因大概也是因為銀次被天神屋搶走吧，所以讓他有種輸人一截的自卑感。」

「哦？是這麼一回事嗎？」

「哈！你還有臉裝出一無所知的樣子呀，不就是你本人猛搧風點火嗎？大老闆。」

葉鳥先生抬起臉，哈哈大笑了好一陣子。

「不過也罷啦，話就說到這裡為止，剛才提到的什麼算計啦恩怨啦，全都忘掉吧。我也不清楚他的打算，再怎樣我現在好歹是折尾屋的一介幹部。以上全是不知來自何人的自言自語。」

「我當然明白。」

大老闆的態度一如往常地令人難以捉摸。

葉鳥先生一度露出安心的笑容，又立刻換上嚴肅的表情說著悄悄話。

到底在談些什麼呢？

葉鳥先生的聲量突然降到極小，所以我努力豎起耳朵仔細聆聽。

「只不過銀次的事情……你要小心。」

從葉鳥先生口中聽到的只有這些隻字片語。

銀次先生……？他究竟說銀次先生怎麼了？

然而我好像把全身的重心全放在拉門上了。

「哇哇哇、哇啊！」

「？」

我整個人連同拉門一起往大老闆的房內倒下，突襲登場。大老闆與葉鳥先生下到一半的棋盤也一口氣被掀飛，黑子白子飛散四方。

「匡啷匡啷——」「唰唰——」聽見各種聲響傳來，我已經能想像房內的慘狀。

「痛痛痛！」

整個人倒在拉門上的我，想必是一副超狼狽的模樣吧。我抬起頭，揉著剛才撞到的額頭。

大老闆與葉鳥先生兩人露出瞠目結舌的表情看著我。

「……是葵嗎？沒想到妳連人帶門進房，作風還是一樣大膽呢。」

「大、大老闆，這是，呃……」

曉剛才的擔心竟然幾乎完全成真了。要是這件事被他知道了，我準被他笑個半死，不然就是被罵個臭頭吧。

「啊、便當。」

我現在才擔心起便當。

剛才先放在拉門外了，所以似乎是平安無事。

太好了，還好剛剛沒有揣在懷裡。我不由自主順了順胸口，鬆了一口氣。

「噗！哈哈哈哈哈哈！」

葉鳥先生不禁被眼前的狀況逗得噴笑，拍著榻榻米地板哈哈大笑。

「真有妳的！我壓根兒沒想過小姐妳會用這麼強而有力的方式突襲登場啊。就連我都有點，不對，是完全嚇到了。」

「我的未婚妻最擅長的就是給妖怪驚喜，畢竟可是鬼妻呀，這算家常便飯了。」

大老闆也故意起鬨，隨後將臉撇向一旁，用衣袖掩口偷偷笑著。

我有這麼常嚇到妖怪嗎？不過這次的狀況確實如他所說沒錯，我不禁羞紅了臉。

「我、我是來拿便當給大老闆的啦！你要是再笑得那麼誇張，就不給你了。」

「……咦？咳咳，我哪有笑。」

「現在才擺出一張酷臉也太遲了啦！」

在鬥嘴的同時，我開始將剛才倒下的拉門扶起，重新卡回去。

拉門不但很重，還有點難收進門框裡，我折騰了好一會兒。看不下去的大老闆最後出手幫了我。結果我又讓風塵僕僕剛回旅館的大老闆幹了雜活。

唯獨葉鳥先生一個人看著我們倆七手八腳把拉門卡回去，一點都沒打算給予協助，他只是懶懶地喝著酒，愣愣地望著。

「所以，葵，妳帶了便當過來對吧？」

把拉門歸回原位後，大老闆轉向我，臉上很明顯洋溢著滿滿的期待。

「你現在肚子餓嗎？我看你正在跟葉鳥先生喝酒，下酒菜也不缺呀。」

我瞥向榻榻米地板，剛才我就一直很在意那東西。

他們的下酒菜似乎是來自現世的土產——形狀長得像香蕉的那個東京名產甜點。軟綿綿的海綿蛋糕裡頭包著香蕉口味的卡士達內餡，小巧可愛的長條狀，非常美味的那個某知名甜點。

「再說，對於剛從現世回來的大老闆來說，我的便當可能有點食之無味吧。畢竟你這一趟應該也享受了不少山珍海味吧？」

「葵親手做的菜是裝在另一個胃裡喔，尤其是便當。」

「大老闆你真的是怪人耶，都是你說喜歡便當，老是給我找碴。我連你喜歡吃的菜都不知道。」

我擺出眉頭緊皺的不爽表情，偷偷瞄了瞄大老闆，而他仍然只給了耐人尋味的微笑，讀不出他的真心。

看來他到現在還是不打算告訴我最喜歡吃的菜是什麼。

「什麼什麼？小姐，妳替大老闆做了便當帶過來呀？哎喲～超羨慕的。」

「這就是所謂的愛妻便當！」

大老闆一臉正經，握緊拳頭強調著。

「不是那樣好嗎……」

我的吐嘈好像完全沒進到他耳裡。

「算了，畢竟答應你了。大老闆，你也沒有忘記跟我的約定吧？」

「那當然，從現世買回來的戰利品都在那裡。」

大老闆伸手指向房內一隅，那裡排放著諸多來自現世的商品。氣派的外盒包裝跟這間充滿日式風情的榻榻米房間完全不搭。

「啊～原來那堆就是從現世買來的啊。我就覺得這房裡怎麼會擺了些散發詭異氣氛的可疑東西。」

葉鳥先生似乎老早就十分好奇那堆戰利品。

「是我拜託大老闆去幫我跑腿的。」

「拜託大老闆？去跑腿？唔哇～小姐妳真有兩下子啊，不愧是傳聞中的鬼妻。」

葉鳥先生往後退一步，他是真的很吃驚。

果然叫大老闆幫忙跑腿這件事，一般來說是天方夜譚吧？

「葉鳥先生你跑來這裡有什麼事？」

「我在跟大老闆下棋呀，雖然小姐妳半路殺出來，把棋盤整個掀了，讓棋局被迫中止了。今天本來有望能贏大老闆一局的～」

「抱、抱歉……」

「葉鳥從以前就是我的棋友。因為我聽說他人來到天神屋了，就邀他來下一局。」

「是喔。」

葉鳥先生雖然已離開天神屋，但似乎仍與大老闆保持良好的關係。剛才的對話也是，聽起來就像舊識之間的交心。

其他的員工對於葉鳥先生的防備心似乎比較重，大老闆卻反而好像歡迎他來作客一樣。

「繼續賴著不走似乎也像電燈泡，那我差不多該回房啦。」

葉鳥先生拿著酒瓶俐落站起身，把身上的浴衣整理好。

「大老闆，剛才那番話可要謹記。」

「是呀，我知道。葉鳥你也是，繼續住到你心滿意足再離開吧。」

「我當然是這麼打算。不過旅館大概也差不多要把我叫回去了吧～」

隨後葉鳥先生又對我拋了個一如往常的媚眼。

「我走啦，小姐妳也保重。」

他從大老闆房外的外廊展開雙翼，振翅離去。

葉鳥先生的身影一瞬間便融入夜色之中看不清楚了。天狗那對翅膀還真方便，輕快地飛去哪都不成問題呢……

「總覺得有點不好意思，好像打擾了你們難得下棋的快樂時光。」

「沒什麼，明天還能下呀。」

「葉鳥先生明天也會待在天神屋？明天起不是休館日嗎？」

「他不想回去折尾屋。因為現在退位的天狗大老正去那邊光顧了。」

「你說松葉大人？我聽說葉鳥先生就是松葉大人的兒子耶。」

「是呀，沒錯。從好久以前起了一次爭執後，他們就再也沒見過面……」

這番話我從葉鳥先生口中聽過。

不過，事隔至今還沒能和好，那次爭執的原因究竟是什麼呢？

「所以呢，麻煩把便當交過來這裡。」

「你……話題還轉得真快啊。算了……好吧，畢竟本來就說好以物易物。」

我將便當遞給大老闆，他則對我說：「現世買回來的東西可以隨妳使用。」

我一項一項清點著。拜託他買的營業用大包裝巧克力有好多袋，酵母似乎也有成功買到。做麵包用的麵粉也買了，不過，不知道為什麼還多買了鬆餅粉跟可可粉……

「為什麼會有鬆餅粉跟可可粉？」

「嗯～老實說，就是我自己想吃吧。啊、可可粉是跟巧克力搞錯而誤買的。」

「哦？大老闆也會有搞錯的時候啊。我還以為你在隱世妖怪中算是對現世很了解的……」

「當然難免啊，畢竟有所耳聞跟實際採買完全是兩回事呀。」

大老闆突然開啟了另一個話題。

「話說啊，葵，現世現在很流行鬆餅這種東西，只是那種店面實在過於華麗閃亮，外頭都是年輕女子大排長龍，我跟才藏兩個大男人實在不方便踏進去……」

「的確是這樣沒錯呢。」

「所以呢，我想說下次請妳做給我吃。」

「所以就買了鬆餅粉回來？好吧，雖然用麵粉也可以做，但有調好的鬆餅粉就方便了些……不過還真無法想像大老闆你吃著那麼少女的甜點會是什麼畫面呢。」

雖然嘴上如此吐嘈，我仍開始在腦海中思考起隱世所吃習慣的鬆餅長什麼樣子？先不管上不上得了菜單，有時光是這樣單純想像，就會湧現一些能運用的點子，是一場有趣的腦力激盪。

還有，造型要讓大老闆吃起來不減威風比較好吧……

「不過話說回來，花了我最多工夫買齊的，是做咖哩的材料。若是市面上賣的現成咖哩塊我還清楚一點，但從辛香料開始採購，我就一竅不通啦。總之就先倚賴妳在信使上寫的那些神祕名稱，派半藏跟無臉三姊妹跑遍各店家，絞盡腦汁才湊齊的。」

「哇！謝謝你！這樣一來又能做咖哩了！」

大老闆把咖哩所需的原料確實買齊了。

我是不知道他在哪裡採購的，不過光想像大老闆站在現世的超市或商店裡，煩惱著不知該買哪個才對，就覺得有點好笑。

「對了，大老闆，你在現世也用一樣的外貌跟打扮四處溜達嗎？」

「怎麼可能？俗話不是說入境隨俗嗎？我完全化身為普通人類啦。畢竟現世中的妖怪大多也是化為人形生活的。」

「是喔，那你打扮成什麼樣子在現世閒晃呀？」

「根據見面的對象與場合做不同的變化，有時一樣穿和服，或是換西裝、休閒的T恤配牛仔褲，又或者是白袍、運動服、草帽配農夫裝。」

「……」

不覺得……最後三項哪裡怪怪的嗎？

「你到底都跟些什麼妖怪碰面啊？」

「在現世也混得很好、徹底融入人類社會的經商人士呀。只不過並不是所有妖怪都過得如此順遂就是了。時有耳聞一些妖怪徘徊在人間，對人類社會產生惡性影響的事件。」

「……這樣啊。這種妖怪很常見呢。」

在我還住在現世時，就常常被那種妖怪鎖定為目標。

現世的人類密度太高了，對於妖怪來說已變成難以生存的世界。找不到棲身之處的妖怪，就容易去攻擊人類。

「對了，我還去見了鈴蘭唷。」

「咦！真的嗎？鈴蘭小姐她過得還好嗎？」

鈴蘭小姐就是大掌櫃曉的妹妹，是一隻女郎蜘蛛。我記得她最後化為小小的蜘蛛，守護在我祖父的墳前。

「當然好，而且看起來十分幸福。史郎的墓上全被鈴蘭的蜘蛛絲給包圍了呢。」

「呃，是喔。」

也就是說，沒有任何人去替爺爺掃墓上香囉……

「好，接下來就是我期盼已久的便當。」

大老闆將話題告一段落，迫不及待地攤開包在便當外的大方巾，打開了上蓋。裡頭是剛做好的飯菜，還溫溫的。

「噢，今天菜色真繽紛多彩呀……哦？這雞蛋捲裡頭還包了海苔嗎？」

「啊，被你發現啦？切面看起來很有趣吧。」

大老闆第一眼最在意的配菜就是雞蛋捲。

這可不是一般的雞蛋捲，而是鋪上海苔片再捲起來的海苔雞蛋捲。在軟綿綿的金黃蛋捲之中包著海苔，切開後就能發現切面上有可愛的螺旋圖案。

「遠從東方大地過來的熟客，送了非常美味的海苔給我，我先烤過一次之後再放在蛋皮上捲起來，完成了有點不同與以往的創新雞蛋捲。入口能同時享受到柔嫩的雞蛋與海苔強烈的香氣……呃，你已經開動了是吧。」

大老闆已經把雞蛋捲大口大口塞入嘴裡。

「嗯～這雞蛋捲口味很成熟，帶著一股海潮味呢。而且葵的雞蛋捲調味總是恰到好處，不偏甜也不過鹹，完美襯托出雞蛋本身的風味，我非常喜歡喔。」

「……是、是喔？」

「畢竟雞蛋捲是便當裡少不了的菜色呢。接著來嘗嘗看這邊的配菜。這是什麼呢？」

自己做的雞蛋捲被稱讚了，有點開心的我坐立難安地往大老闆身旁湊了過去。

「那是糖醋夏蔬雞肉。之前做了紅燒東坡肉，這次就改用雞肉當主菜。今天我從一大早就在煮番茄醬，所以就用番茄醬加糖醋的方式來料理。」

「噢噢，妳終於連番茄醬都自製啦？現世有很多料理都會用到番茄醬入菜，妳能大展身手的範圍也越來越廣了呢。」

「說得沒錯。美乃滋跟番茄醬都搞定了，接下來還缺什麼呢……」

糖醋雞肉是將雞肉抹上太白粉後煎得焦香，加上以番茄醬、醋、味醂、醬油及砂糖調成的酸甜醬汁拌炒而成的一道料理。鮮嫩多汁的雞肉裹上一層濃稠的糖醋醬汁，合奏出美妙滋味。除了雞肉以外，還大量添加夏季盛產的茄子與青椒，更令人食指大動。由於我將食材切成了方便裝便當的大小，因此大老闆一口就把沾滿糖醋醬的雞肉吃下肚。

「糖醋料理雖然不一定要用到番茄醬，不過有加的話呈現出的色彩也比較漂亮，而且口味也更為大眾所喜愛。」

「蔬菜也很美味。搭配燕麥飯一起吃，糖醋的酸味經過中和也變得溫醇了呢。」

「對呀，這道菜我希望最好能配飯吃，跟東坡肉一樣。」

基本上來說，我做的料理比起下酒，大多比較適合配飯一起下肚。

我在大老闆的身旁凝視他吃著我做的便當的模樣。

這畫面讓我回想起第一次在那間神社的鳥居下遇見他的回憶。我把便當送給了餓肚子的妖怪——那人就是天神屋的大老闆。

當時的我應該完全沒料到，自己現在會像那次一樣，做便當給同一個妖怪吃吧……

「這裡頭包的是秋葵嗎？」

大老闆用筷子夾起某道菜，以一臉不可思議的表情注視著。

「那是秋葵豬肉捲，之前我曾做給靜奈吃過，登上店裡菜單後也廣受好評。」

「咦……葵跟靜奈的關係變得這麼好了嗎？」

大老闆有點驚訝。

「我、我自己是這麼覺得啦……」

不過靜奈是怎麼看我，這就不清楚了呢……

話題扯到靜奈，讓我想起了某件事。

「欸……靜奈原本是折尾屋那位時彥先生的徒弟對吧？上次招待她吃飯時，我聽她說了她的身世。」

「這樣啊。」

大老闆吃了一口秋葵豬肉捲，臉上浮現微笑，說著：「嗯，這好吃。」

「欸，大老闆你……對於靜奈與時彥先生兩人的事，有什麼看法？」

「什麼看法？」

「我想說，靜奈心裡會不會其實很想盡早回去時彥先生的身旁。」

「……」

「但她又一直不肯面對面好好談談，總是避開對方……」

我的問題讓大老闆停下了筷子，把便當盒擱在膝上。

他拿起茶杯喝口茶，休息了一會兒。

「靜奈她……是一位優秀的溫泉師。缺點就是她把自己看得太扁了，總是無法建立起自信。」

「……自信嗎？我也沒什麼自信呀。」

「靜奈會缺乏自信，是因為她傷害了自己所珍惜的人，基於愧疚不得不離開對方身邊……這種『失去了最重視的人事物』的經驗所造就而成的。也可以說是一次重挫。這就像根深蒂固的詛咒般糾纏著她，無論得到別人再多的稱讚，即使自己明明交出了好成績，如果她的內心還是無法認可自己，這問題可就沒這麼好解決。」

「……」

「再加上就算靜奈她真心想回去時彥殿下的身旁，折尾屋也不會接納她的，畢竟她是曾經鑄下錯誤而被解僱的前員工啊。況且，重情重義的她也無法允許自己離棄天神屋。而以我的立場來說，也希望她能在天神屋多待一些日子，畢竟現在有重大的研究交付給她進行。這一點靜奈本人也很清楚。正因為有以上這些理由……所以她才避開與時彥殿下面對面，而把真正的心願藏在心底。」

「天啊……」

所以靜奈才會那麼堅決地抗拒與時彥先生對話嗎？

為了隱藏自己真正的心願與心意。

「葵，妳很關心靜奈的事情呢，替她著想這麼多。」

「咦？就、就……總覺得無法坐視不管啊。」

大老闆將手輕輕放上我的頭，突如其來的碰觸讓我嚇了一跳。

而他用那雙紅瞳凝望著我，以溫柔的語氣說道。

「那妳……幫我拉她一把好嗎？我很期待妳是否能幫助佇立原地的靜奈向前邁出新的一步，帶給她正面的影響。」

「……期、期待什麼啊？」

大老闆對我有所期待，這句話讓我全身發癢。

就算對我抱有期許也沒用吧，我想我除了料理以外根本一無是處……

「葵的料理能讓妖怪打開心房。最好的證據就是連那位靜奈都願意在妳面前坦言自己的過去。」

「那是因為當時靜奈才剛跟時彥先生意外重逢啊，當時的情況下根本紙包不住火了，她是想找個對象，傾訴心中紊亂的情緒吧。」

「重點就是她選擇了『妳』，那孩子不是對誰都能這樣的。」

大老闆的話語中充滿了溫柔，卻又帶著一絲落寞。

就跟上次阿涼的事情一樣，對於大老闆而言，天神屋上下應該都是重要的夥伴與家人吧。也許他把所有員工都視如自己的兒女。

靜奈也說過，大老闆對她有很大的恩情。

也許她是不想讓大老闆操心，所以才不輕易開口找對方商量吧。

「……我明白了。」

我下定決心，用力點了點頭，伸出手拍向胸口。

「靜奈的事情就交給我吧，大老闆。」

「……葵。」

「大老闆，你出發去現世前不是說過嗎——『天神屋上下就交給妳了』，而我也確實接下了這份工作呀。」

而這個任務似乎現在還沒能畫下句點。

大老闆注視了我一會兒，隨後將臉撇往一旁，突然露出微笑。原本放在我頭上的手也緩緩放下來。腦袋上的重量感隨之消失……

「好，我要來繼續享用便當囉，便當。」

在大老闆重新拾起筷子用餐的同時，我開始勤快地用包便當的大方巾，把託他買回來的東西打包起來。這可是重要的戰利品啊，得好好帶回去才行。

「我這次跑腿任務很成功吧？葵。命令丈夫去跑腿，妳也真是一等一的鬼妻呢。雖然我也覺得如果老婆是葵，要我當個妻管嚴也甘願啦。」

「你又在說一些莫名其妙的鬼話呢。」

「若是下次還有需要，再使喚我也沒問題喔。畢竟現世的商品在這裡不容易入手，我去現世辦事時順便幫妳買回來吧。尤其像酵母那些的。」

「啊，說到酵母啊，老實說銀次先生發現了替代品呢。他說用酒母也可以烤麵包，下次預計要請他跑一趟酒窖。」

「……」

大老闆用餐的速度慢下來，整個人縮成一團球，好像很垂頭喪氣。於是我慌慌張張拍了拍他的後背，安慰他：「你幫我買回來的酵母，我當然還是會用啦。」

「而且呀，大老闆搞錯而誤買回來的可可粉，一定也有機會派上用場的！你說是吧！大老闆！我很開心唷！」

「真、真的嗎……葵？」

「當然呀！大老闆這次的跑腿任務大成功！」

我擠出至今最燦爛的一張笑臉褒揚著大老闆，他的表情終於漸漸亮起來，重新打起精神。

真、真是難搞的鬼啊……

在隱世無人不知無人不曉的這位鬼神，竟然還有如此幼稚的一面，為了跑腿的成果而又喜又憂的……我想隱世應該沒什麼人見過這樣的他吧。

即使如此，大老闆回到天神屋坐鎮這件事，確實還是讓現在的我多了一份安心感。

而且還多了一份想法——想回應他對我的期許。

既然有這種念頭，代表我果然已把自己當成天神屋的一員，也認定他就是「大老闆」了。

第八話 後山野宴

天神屋從今天下午到明天休館，夕顏當然也跟著不營業。

從現世回來的大老闆剛好幫我買了做麵包的材料，所以我今天一大早就在烤吐司。享受著麵包剛出爐的香氣，等待吐司放涼的同時，我開始構思起今天的計畫。就在此時——

「葵，妳在嗎？」

有稀客來到夕顏了。我從吧檯裡探出了頭，然後大吃一驚。

「唔哇！白夜先生？」

「『唔哇』是什麼意思？真是個失禮的小丫頭。」

白夜先生身上穿的並不是會計部的白色外褂，而是一襲輕便的和服，充滿假日休閒感。然而他仍維持一貫的高官達人站姿，高冷又端正。只要他在場，我也會不自覺地跟著繃緊神經，挺直了腰桿。

「白夜先生，有什麼事嗎？」

「妳一個人？」

「嗯嗯，當然啊。」

「……有點事……要跟妳說。」

「咦？白夜先生會有事找我？」

他走來吧檯前，咳了幾聲清清嗓子，一邊環視著周遭，一邊悄聲告訴我此行的目的。

「老實說我正傷腦筋。自從我上次把妳做的什麼麵包捲，拿去後山餵那群管子貓後，小貓們就直嚷嚷著想再吃，說什麼光吃小魚乾已無法滿足。」

「哇，哎呀呀……」

「妳看看妳做的好事，那群傢伙明明是弱小無力的妖怪，現在嘴巴卻養刁了。妳得負起全責，葵。」

「你、你說要我負責，我也沒辦法啊……」

的確沒錯，我之前給了白夜先生一大籃的奶油麵包捲，叫他跟後山那群他很寵愛的管子貓一起享用……

「啊，對了。」

我單手握拳敲響掌心。

「現在雖然沒有奶油麵包捲，吐司的話倒有剛出爐的喔。不知道管子貓他們買不買單？」

「不用太高級的，給他們山珍海味，只會把他們寵得越來越嬌生慣養。妳說的那個吐司，有沒有剩下不要的部分？」

「剩下不要的部分？嗯，也不算不要啦……不過用吐司做三明治時，會有多的吐司邊，這個如何？」

「吐司邊？那我就跟妳買這個。」

「咦？買？不用啦，我送你就是了！」

那個錙銖必較的白夜先生，竟然願意為了管子貓自掏腰包買吐司邊……吐司邊只要去麵包店就能撿免錢的耶。

「……白夜先生這人還是一樣，對管子貓百般寵溺啊。」

「妳說了什麼嗎？」

「沒有，沒事。」

好，接下來我快速把吐司切邊，再把切下的部分切成小塊，方便管子貓入口。我自己也順便嘗了一下成品烤得如何。嗯，鹹味拿捏得恰到好處，很不錯。

「白夜先生要不要也嘗嘗剛烤出來的吐司？」

「不需要。我已經吃過早餐了。」

「啊，這樣喔……」

嗯，果然是白夜先生的作風。

畢竟只有受我威脅之時，他才願意吃我做的菜……

「來，吐司邊。」

我將裝好袋的吐司邊遞給白夜先生。他接過後隨即離開夕顏，我也跟著他走了出去。

「妳為何跟著我？」

「我也有點事要去後山一趟啊。今天得去拿點彈珠汽水回來。而且我也好一陣子沒見見那群管子貓。」

「……妳要是又被管子貓們活埋，我可不管。」

白夜先生快速地前進，我則保持一點距離跟在後頭，一起登上後山。

一旁的竹林枝葉婆娑，發出的聲響聽起來很舒服。從枝梢間隙灑下的正午豔陽，在我身上映出枝葉的光紋。

半路上我們拐進偏離小徑的竹林裡頭，撥開枝葉前進，前方則傳來了「咪～」「咪～」的可愛叫聲。

「啊，是白夜大人～」

管子貓是一群棲息於竹管切口中的弱小妖怪。據白夜先生所說，他們似乎能製成珍貴的藥材，因此容易遭到盜獵。

管子貓有著細長如蛇的純白色身軀，在半空中飄飄然地遊蕩著。

他們圓圓的黑眼珠跟隨時上揚的嘴巴長得好可愛，屬於外型討喜又治癒的妖怪。

「啊！葵小姐也在～」

他們成群結隊把我團團包圍，表達愛情的方式總是如此激烈。被管子貓埋沒的我差點窒息了。聽說他們好像特別偏愛人類女性。

「小傢伙們！吃飯了！」

然而白夜先生一句話，便立刻讓他們撤離我身上。

「白夜大人～吃飯～」

「吃飯～吃飯～」

這次換白夜先生被包圍。管子貓們對著他的衣袖與頭髮又咬又拉，或是用臉頰蹭上去，催著他快點放飯。

「整隊！」

白夜先生一發號施令，管子貓群便敏捷地在他面前排隊成列。

「聽好了，今天的午餐是這個叫做吐司邊的東西，是那邊那位葵特別分給你們的。你們要好好細心品嘗啊。來，說謝謝！」

「非常謝謝您～」

管子貓們異口同聲對我道謝。

他們一隻隻接過吐司邊……用小巧的前腳抓住，然後津津有味地大塊朵頤。

「好好吃～」「真是至上的幸福～」

「我們的嘴巴已經被養得光吃小魚乾無法滿足了～」

他們一邊七嘴八舌地如此說著……

餵完管子貓之後，我再度折返回小徑，繼續登上後山。

「呃，白夜先生不用跟著過來啦。」

我原本打算上山去拿彈珠汽水，結果白夜先生不知為何也跟著過來了。

「我也有事要上山一趟。大老闆人在山上。」

「咦？大老闆？他怎麼會在？」

在對話的同時，我們抵達了位於山腰的一片開闊平地。

這裡有幾座小型溫泉，還有專屬於大老闆的老舊別館。

白夜先生經過了那間別館，打算走上往山頂延伸的窄徑。

「咦？你要繼續往上嗎？上頭還有什麼？」

「……妳上去就會明白了。」

「喔，這樣喔，那我就跟著上去囉。」

還以為白夜先生會不許我跟著爬上去，結果他並沒多說什麼。

山間小路越往上越狹窄，兩旁被竹林所包夾，顯得十分幽靜。還有潺潺的水聲從耳邊流過，看來旁邊似乎還有河川經過。越往高處而上，氣溫就變得越為涼爽，令人簡直無法想像昨天還那麼酷熱。

我們來到了另一片開闊的明亮空間。

好幾座類似涼亭的設施座落在河畔，看起來非常有味道，能在此享受綠意盎然的景色。在其中一座涼亭下，我發現了大老闆與葉鳥先生的身影，旁邊還有時彥先生與阿信前輩。

「嗯？他們把腳放在哪裡？泡進河裡頭？」

「那是足湯。這裡有設置泡腳的溫泉池，可以一邊享受碧綠的山河美景。」

「咦！足湯！」

「那是汲取自地下的特殊藥泉，也有療養傷口的功效。順帶一提，這條河在夏天還能釣香魚，可以幫客人做成鹽烤香魚，搭配以沁涼河水冰鎮過的蔬菜。」

「鹽烤香魚？冰鎮蔬菜？」

白夜先生的這番說明，讓我完全亢奮起來。

在這個能呼吸到清涼空氣，享受綠意與河景的空間，還能泡泡腳、品嘗鹽烤香魚與沁涼的蔬菜，實在太風雅了。

啊，後面的確有簡易的調理區，感覺像夏令營會用到的那種設備。

「哦？白夜啊。嗯？葵，妳也來了？」

大老闆發現了我們倆。

看起來他正在跟葉鳥先生一邊下棋一邊談話。

只不過葉鳥先生與時彥先生在發現白夜先生大駕光臨後，雙雙驚訝得身子打顫，並且狂冒汗。足湯應該沒有燙成這樣吧……

「葵剛剛去了下面的溫泉蛋區，所以我把她帶了過來。話說回來……」

白夜先生從領口中拿出隨身攜帶的摺扇，俐落地甩開扇面後掩上嘴邊，一語不發地瞪著那兩個來自折尾屋的人。

「折尾屋的大掌櫃葉鳥，首席溫泉師時彥，還有宣傳部長信長。感謝三位光臨天神屋。不過，你們打算在這裡待多久？今天可是休館日，這群悠哉的蠢貨。」

「……」

原本沁涼的這空間，氣溫又驟降。

應該說現場氣氛已經來到冰點，還是時間彷彿瞬間靜止呢？

「白、白夜大人～你還真是老樣子呢。我們也算故交不是嗎？」

「葉鳥，你這種背離天神屋而去的叛徒，沒資格稱得上是故交。我不清楚你肚子裡藏了什麼詭計，總之，今日午夜前給我離開這裡，否則我就把你們踹落谷底。」

冷顫停不下來。

那位葉鳥先生，還有身為敵對陣營大幹部的時彥先生，都害怕得挨近彼此，雙雙發抖著。

白夜先生的氣勢果然很有效果，在折尾屋的對手眼中，他是不是也是個恐怖人物呢？我之前也對他敬畏三分呢……

「好了好了，白夜，別把客人嚇壞了。」

「我就是故意的，為了把這些傢伙趕一趕。大老闆總是對他們太過放縱了！」

就連面對泡著腳的天神屋大老闆，白夜先生也以嚴厲的口吻與俯視的目光說道。

大老闆也無語了一會兒。

「聽好了，今晚前給我滾蛋！知道沒！」

白夜先生再次叮囑。葉鳥先生「呿～」了一聲，稍稍表現出不滿，而一旁的時彥先生只是垂下視線。

「順帶一提，天神屋的船隻今天可不載客，所以你們自己想辦法回去。」

「知、知道啦知道啦，我們的臉皮還不至於厚到麻煩你們假日上工。我會用信使叫折尾屋派船過來接我們，這樣總行了吧？哈哈哈。」

「少在那邊傻笑。總之給我消失得乾乾淨淨的，就像從沒來過一樣，一點麻煩都不許留下。午夜換日前不離開的話，我真的會把你們推下深谷。」

「我、我、我說我知道了嘛。」

葉鳥先生已完全被白夜先生的怒氣所壓倒，從懷裡掏出了信使與細字筆，用顫抖的手翻開內頁之後寫下一些字，大概是在叫船來接人吧。

不過說到這，假如折尾屋這一行人今天晚上就要離開，那靜奈與時彥先生不就……

「等、等一下，白夜先生。」

我在這尷尬的氣氛中開了口。白夜先生斜眼瞥了過來，問我：「怎麼？」唔唔，好可怕。

「呃，就是，那個……」

然而我究竟能幫上什麼忙呢？就算現在挽留了折尾屋這群人，他們總有一天還是要離開。

必須確實付出行動才行。但是要怎麼做才對……
現場所有目光都聚焦在我身上。
「對了，葵。難得過來一趟，可以在這裡幫我做點吃的嗎？」
「咦？」
大老闆發現我的無助，開口幫了我一把。
「啊！對呀對呀。天神屋今天只提供早餐，接下來得自己覓食啊。來到這個時間，肚子也開始餓了呢。所以幫忙做點吃的吧，小姐～」
葉鳥先生也搭腔贊同大老闆的提議，試圖挽救現場氣氛。
「喂，你們夠了，別讓員工休假還要上工，這可有違勞基法。」
白夜先生在此時狠狠地嚴肅指正。
大老闆與葉鳥先生聞言退縮了起來，用極為微弱的聲量反駁著：「可、可是……」
「我不介意啦，反正我本來也打算做點什麼來把剩下的食材消耗完……呀……」
白夜先生凶狠的眼神瞪過來，彷彿要我別多嘴。
「好了好了，白夜。夏季偶爾在山上野餐，不是也不錯嗎？」
「可是，大老闆！」
「啊啊，對了，烤香魚不錯呢，蔬菜也先冰鎮起來吧。要不然，葵呀，要不要試試在山上野炊呢？」

「野炊？哇～好像很好玩！」

我像個小孩一樣，眼中散發出雀躍的光芒。

白夜先生已經放棄，大大嘆了一口氣之後將手抵上額頭。

「他們說要野炊耶！感覺一定超有趣的！我說時彥呀，你想吃些什麼？」

葉鳥先生的興致也很高昂，將手搭上隔壁時彥先生的肩膀問道。

「……我……還好。」

「你真的對吃東西提不起勁耶～光泡泡腳就滿足了嗎？這個灰暗的傢伙。」

「我本來的目標就是這座足湯……又沒關係。」

時彥先生直到剛才都保持沉默不語，茫茫然地撫摸著信長的毛皮，此時終於對於煩人同事的挖苦予以反擊，但口氣還是很委婉。

「那麼，我做些番茄的料理如何？」

於是我對時彥先生提及某種蔬菜的名稱。

原本一臉空洞的他，緩緩抬起了頭。

「我聽靜奈說過，時彥先生你利用溫泉的熱能來栽種番茄。她還說她最喜歡的蔬菜就是師傅種出來的番茄了。」

「……靜奈她這麼說？」

時彥先生額頭上的黯淡火焰開始微微亮起來，燃得更猛烈了。

比起表情的變化，火焰的狀態更誠實表現出他的心情。只要觀察額上的那盞火，這妖怪的心思其實意外地容易摸透呢。

「那麼我去準備一下就回來！」

正當我打算離開足湯區去準備野炊的材料時，時彥先生離開了池子，光著腳往我走來。

「那個……津場木葵。」

「嗯？」

「把這交給靜奈。」

他從懷中拿出一條帶有光澤的藍色髮繩交給我。

這與之前靜奈借我的款式一模一樣。

「這是靜奈離我而去時所留下的東西。妳看起來跟靜奈處得很融洽，能代替我還給她就太好了。因為在過完今夜前，我就要回去折尾屋了。」

「這樣好嗎？」

「這原本就是屬於她的東西。再說，她也不會再回到我身邊了。她一定是在這裡找到自己的歸宿與生存價值。既然如此，這件信物必須歸還給她才行。」

時彥先生的表情帶著悲傷與寂寞，卻仍滿溢著慈愛。

原來他真的把靜奈視如己出——此時我深切地感受到了。我老實地從他手上接過髮繩。

「啊，還有，抱歉，如果有類似『那個煎餅』之類的點心，我可以要一點嗎？」

「煎餅？喔喔，你是指豆渣餅乾？」

「之前妳給我的那餅乾，味道非常受阿信前輩喜愛，結果全被他給吃光了。」

「咦！信長他有這麼中意豆渣餅乾喔？」

被時彥先生抱在懷裡的信長，此時頂著一張目中無人的惺忪睡臉，看了我一眼之後打了個呵欠，隨後吠了一聲：「嗷呼！」

「知道啦，那餅乾我一次烤了很多放著，會再帶一點過來的。」

「感激不盡。」

時彥先生有禮地深深低頭致謝。只要不提到靜奈的事，他真的是位正經可靠又穩重有禮的妖怪吧。

大老闆見我們兩人的對話告一段落，便突然朝這裡喊話。他剛才似乎站在不遠處看著我們。

「葵，我們就負責在這生火唷。如果要帶的行李太多，可以使用飛天牛車載過來。跟銀次說一聲就行了，他會馬上幫妳準備好。」

「喔喔，我知道了。啊，還有，這次野炊的餐費，就記在大老闆你的帳上囉……我會比平常算你便宜一點點的啦！」

「咦？呃，嗯。葵也完全是個老練的商人了呢。」

雖然聽見了大老闆嘴裡的嘟噥，不過我選擇裝作沒聽到，馬上下山。連彈珠汽水的事情都忘得一乾二淨。

在戶外做飯的機會可不是常常有，光是思考菜單就充滿樂趣，而且我的腦袋中也浮現了一些好點子。

我沒有直接回到夕顏，而先去了澡堂一趟。

「靜奈！」

我連門都沒敲，直接進入澡堂員工的休息室。靜奈人就在裡頭，身上穿著自己的和服，正打算要出門。房內還有和音小姐與其他幾個女員工在場。

「葵……葵小姐？有什麼事？」

「哎，靜奈，妳現在有空嗎？」

「咦？當然是有空。」

「那跟我一起做料理吧！之前約定好了對吧？」

「咦！現在嗎？」

我拉著靜奈的手告訴她：「往這邊。」兩個人一起走下後門的樓梯，來到中庭。

令人煩躁的蟬鳴聲與曬得皮膚一陣刺痛的豔陽，真難以忍受啊——我心裡如此想著，帶著靜奈走過種滿向日葵的中庭通道。

半路上我停下了腳步，轉身望向後面的靜奈。

「這個……是時彥先生給妳的。」

隨後，我把時彥先生交付的那條藍色髮繩遞給她。

她看著髮繩，緩緩瞪大雙眼，那道藍色的光輝映在她的眼眸之中。

「時彥先生與葉鳥先生今晚就要離開這裡了。」

「……」

靜奈用微顫的雙手企圖接過髮繩，最後卻作罷。

她心中的某種寄託與依靠，確實在這信物上。

「沒問題的。」

我用遞出髮繩的那隻手握住靜奈的手。

「靜奈，妳還有時間。別再逃避了，跟時彥先生面對面說清楚吧，把妳真正的心情告訴他。什麼缺乏自信啦、有工作在身所以不能離開天神屋啦，這些都先不要考慮了，只管把妳心中的願望全都傾訴出來。」

「……願望？」

「嗯嗯。如果不這麼做，妳會失去那個總有一天該回去的『家』。」

「……」

總有一天該回去的家。心中的寄託與依靠。

期許自己能達到的那個高度。

我想對靜奈而言，集合這三者於一身的歸宿，果然還是時彥先生的身邊吧。因為她一度離去，隻身努力到現在的理由，就是為了「回去」。

即使現在還不成氣候、不到時候，但是有一些該告訴對方的話，還是必須親口傳達。

我帶著靜奈回到夕顏，發現銀次先生在店裡。

在他面前的是爬上吧檯桌面的手鞠河童，小不點。小不點正在表演「如何完成前滾翻，而不讓頭上盤子裡的水灑出任何一滴」這種根本沒人想看的特技。

「這可是我的終極必殺技～」

「哇～好厲害喔！」

銀次先生看完後，鼓掌表示佩服。

小不點雖然看似自信滿滿，但選這招做為終極必殺技也太遜……

「啊啊，葵小姐，您回來啦？您剛才去哪裡了……呃，靜奈小姐？」

銀次先生發現了我，而看見我帶著靜奈後更是大吃一驚。

靜奈馬上猛低頭賠罪：「不、不好意思～」

「銀次先生、靜奈，其實剛才呢……」

我把剛才大老闆在後山提議進行野炊的事情告訴了這兩人。

「原來如此，這企畫挺新鮮的呢。」

「對呀，在那座山上欣賞山景河景，然後邊享受泡腳的樂趣邊品嘗料理，很棒耶。來做幾道配菜，裝在大盤子裡讓大家自由夾取分食好了。」

「說起現世的野炊，咖哩飯可是必備的對吧！」

「銀次先生最鍾愛的果然是咖哩呢。不過的確沒錯，有時間的話做個咖哩飯也許不賴。再怎麼說可是野炊的經典。」

現世的學生在夏令營之類的活動上，絕對都會體驗過一次——在戶外煮咖哩飯來吃。不知怎麼地，好像快回憶起當時那股期待與雀躍了。

我與銀次先生針對菜色的設計、戶外炊煮的方法進行許多討論之後，我也問了靜奈。

「我想做番茄醬的料理，所以……希望靜奈妳能……協助我一下這樣……」

「好的，當然沒問題。如果不嫌棄，請讓我一起幫忙。」

靜奈的回答十分冷靜沉著。時彥先生也會在後山這件事我已經告訴她了，她應該也明白了才是……

然而她還是收下時彥先生交付的髮繩，又得知他與葉鳥先生今晚會回折尾屋，她的心中應該有所動搖吧。

「後山還有冰鎮蔬菜。白飯的話，我想嘗嘗用野炊專用的小飯鍋煮出來的。然後還有鹽烤香魚……老實說我覺得光這些就已經是夠美味的一餐了，不過既然機會難得，想再加幾道比較新奇的料理呢。主題就定為番茄囉。」

「……番茄嗎？」

「我才剛在店裡烤好一批吐司，所以我想先做個三明治吧，ＢＬＴ（註11）口味的。」

「葵小姐……店裡沒有Ｂ……」

看來銀次先生明白何謂ＢＬＴ三明治。他像個向老師發問的學生，舉起手來吐嘈我。

「這時候的Ｂ，是指薑燒豬肉（註12）。」

「……」

現場鴉雀無聲。我咳了兩聲清清喉嚨，繼續說道。

「店裡有豬里肌薄片，所以就做成薑燒口味，加上番茄與生菜一起夾入吐司。雖然這種搭配並非正統，不過薑燒豬肉與番茄是意外的絕佳拍檔喔。」

一般的薑燒豬肉加上番茄的酸甜，合奏出具有夏日感的清爽滋味。

而且做成三明治就能用手拿著吃了。再怎麼說，三明治可是野餐時主角中的主角呀。雖然ＢＬＴ的Ｂ被我轉得有點硬就是了……

「葵小姐，請問會用到番茄醬的料理……究竟還有些什麼選擇呢？」

接下來靜奈也微微舉起手發問。我一臉得意洋洋地答道。

「說起來呢，番茄醬本來就是來自外國的調味料，所以用在西餐上的機會比較多，不過就日式料理也有很多發揮的舞台。我想做拿坡里麵。」

「拿坡里義大利麵……這、這不算日式料理了吧？」

銀次先生看起來也聽過這道菜，又吐嘈我一次。

「呵呵，隱世這裡確實沒有義大利麵沒錯，但是有替代品——烏龍麵唷。」
「烏龍麵？」
「其實義大利麵類的料理，麵條改成烏龍麵也很美味，甚至口感更Q彈，就像生義大利麵一樣。選擇細一點的麵條比較好呢，然後要挑特別有彈性的。」
「哇～原來是這樣～」
銀次先生好像大概明白了這是什麼意思，然而靜奈還是處於有聽沒有懂的狀態。也是，畢竟她應該對義大利麵很陌生吧。
銀次先生又向我發問：
「那麼配料要怎麼安排呢？一般的拿坡里麵都是搭配維也納香腸或培根，這也可以用豬肉替代嗎？」
「不，我要用牛豬混合而成的絞肉做肉丸，剛好也有生麵包粉。就做放美味肉丸子的拿坡里烏龍麵。」
以現世風格來命名，大概就是「拿坡里風肉丸烏龍麵」吧。
我將冷凍保存的烏龍麵條、青椒、洋蔥、紅蘿蔔、鴻喜菇以及牛豬綜合絞肉全部端出來，當

註11：培根（Bacon）、萵苣（Lettuce）、番茄（Tomato）三者合一的簡稱。
註12：豬肉的日語拼音首字恰巧也為B。

然也包含了麵包粉與番茄醬這兩樣。

我整理好要帶出門的食材、調理用具以及最重要的冰柱女冰塊，全數排放在吧檯上，結果此時阿涼跟曉來到店裡蹭飯吃。

「這是在幹嘛？大掃除啊？」

「該不會夕顏總算要關門大吉啦？」

聽見這兩人搞不清楚狀況的疑問句，讓我在吧檯裡擺出臭臉。

「怎麼可能關門大吉啊！我現在正要去後山的足湯池那邊野炊啦，簡單來說就是外燴。你們要是閒著沒事做，就來幫我把東西搬過去，然後在山上跟大家一起用餐吧。」

「咦～這聽起來怎麼好像很好玩。呃，哇啊！靜奈怎麼也在這？」

阿涼與曉見到靜奈背著大大的包袱巾從廚房走了出來，被這一幕嚇得跳了起來。這反應簡直就像發現了什麼稀有品種生物……

靜奈又深深低下頭鞠躬致意，結果洋蔥從包袱裡頭滾了出來。

「嗯？春日人呢？」

「她早早就回鄉了。」

本來心想如果春日也一起來的話，一定會玩得很開心的，不過她休假似乎都往老家跑，看來人已不在天神屋了。

「啊，對了。時彥先生拜託我帶一些豆渣餅乾給信長吃……」

一次烤了好多的豆渣餅乾，原本全被我裝在罐子裡保存。我從中拿了一點隨意裝入紙袋，塞進圍裙的口袋裡。要是忘了這個，可就對信長抱歉了。

好，準備已萬全。

將行李全塞進飛天牛車裡，大家則找空位坐下，隨後牛車便起飛，往足湯池飛去。

足湯池的方向已經能看到煙霧裊裊升起，那是為了烤香魚而燃起的篝火。

降落地面後我們馬上把行李搬出車外，拿去位於深處的調理區。那邊有一座大型的炭床焚火台，也已經點好火，炭屑啪滋啪滋地亂跳。

這幅畫面就像即將展開一場ＢＢＱ派對還什麼的，令人雀躍不已。

調理區看起來到昨天為止都還有客人使用，整潔的器具一應俱全陳列在此。

焚火台旁邊擺著簡易型的火爐，需要燒一些滾水時感覺也很方便。另外還有又長又寬的調理檯，不用擔心食材沒空間擺放，並且能讓多人同時進行作業。

「葵，妳可以用這座焚火台的炭火喔，只要放上鐵板就能代替平底鍋了，放上網子又能當烤網。時彥殿下他一眨眼的時間就生好火了。」

「不愧是身為不知火的妖怪呢。」

而時彥先生正一屁股坐在烤香魚用的篝火前，依然一臉茫然地凝望著火光，摸著信長的背。

那副姿態簡直就像靜靜度過餘生的老人家……明明外貌還那麼年輕。

他尚未發現靜奈來到現場這回事。

「欸，香魚呢？」

「葉鳥正卯足全力在捉了。」

大老闆伸手指向河川的方向。此刻的葉鳥正下河撒漁網，與香魚奮戰中。折尾屋的傢伙們意外地都頗有本領。

「那麼大老闆，總之你先幫忙淘米吧。」

「了解！我聽說過淘米也是為人丈夫的職責之一。」

「這是哪裡聽來的常識？」

我把裝好米的小飯鍋遞給莫名充滿幹勁的大老闆，結果曉板著一張鐵青的臉衝了過來，把飯鍋搶走。

「葵！妳這女人真的很荒唐，竟然打算命令大老闆淘米！大老闆，這裡交給我來就行了。啊，我以前被史郎使喚洗米使喚慣了，沒問題的。」

氣呼呼的曉說著這些根本沒人在聽的話，隨後走往河邊洗米。

「那我們要做什麼？」

阿涼、靜奈與銀次先生三人並排站在一旁。

我發出了苦惱的呢喃，思考如何分配適合他們的工作。

「第一道先做三明治喔。首先，阿涼負責把萵苣洗乾淨並撕成小片，靜奈則幫忙把番茄切成一公分厚的片狀，銀次先生則幫我做薑燒豬肉用的醬汁，照平時那樣來就行了。」

「好的沒問題，薑燒豬肉醬汁的調配比例，我平日已經從葵小姐那邊徹底學會了！」

銀次先生一臉自信滿滿地回應。

薑燒豬肉在夕顏裡也是人氣菜色之一。由於銀次先生總是從旁協助我夕顏的大小事，要他製作我所直接傳授的醬汁，根本是小菜一碟。

他那熟練的操作手法，連我都覺得佩服了。

「不愧是銀次先生呢，總是幫了我許多忙。」

「這當然，我可不會把巧克力跟可可粉搞錯喔。」

銀次先生正在影射之前去跑腿結果買錯東西的某人。

「葵、葵，我該負責做些什麼好！」

聽見銀次先生那番話而氣得牙癢癢，燃起競爭意識的，正是把可可粉與巧克力搞混而買錯東西的那位大老闆本人。他正從放好鐵板加熱中的焚火台另一側，頻頻朝著我這裡毛遂自薦。

然而比起分配大老闆的工作，我更在意的事情還有一件。

「話說回來，白夜先生呢？」

在這片廣場上，從剛才就沒見到他的身影。

「喔喔，白夜他去拿酒了。」

「酒？大老闆你們打算從正午就開始小酌嗎？」

「畢竟難得辦場宴會呀，所以就覺得少了酒怎麼行。」

大老闆露出耐人尋味的微笑。原本正在磨薑泥以製作醬汁的銀次先生，在聽見這番話之後，不假思索停下手上的動作，大喊：「啊啊！既然如此，那我待會兒把上次在異界珍味市集採買的酒品也擺出來吧，為了慶祝葵小姐第一次喝酒！」

「喔喔，關於那件事啊，其實我上次在天神屋吃宴席料理時，就喝了醋橙酒當餐前酒了，所以已經不是第一次了。」

「……咦？」

銀次先生的耳朵微微垂下來。他維持這副失落的模樣，繼續動手攪拌著醬汁。

抱、抱歉啦，銀次先生，沒想到你這麼替我期待第一次喝酒……

大老闆不知為何露出一臉獲勝的驕傲表情，壞壞地笑著。

這兩個人從剛才開始到底在較勁些什麼啊？

「所以我到底該做什麼好呢？葵。妳就像個妻子，把差事吩咐給丈夫就好了。」

大老闆站在焚火台的另一側，伸手指了一下自己，要求我派工作給他。

「嗯，可是……也沒什麼特別需要幫忙的差事了耶。大老闆，畢竟你是大老闆，這種時候就去泡個腳什麼的，期待開飯吧。」

「……」

我擠出滿臉笑容，為了慰勞赴現世出差工作，直到昨天才回來的大老闆。

然而他卻微微垂低了視線。

隨後他朝著遠方設有泡腳池的涼亭走去，一個人安靜地泡著腳。

奇怪了？怎麼……雖然是我要他去的，但怎麼覺得……那個孤伶伶的身影令人不忍卒睹。

「哇啊啊！大老闆他！」

「簡直像一個人被排擠在外一樣！」

將小飯鍋放上爐火的曉，以及撕完萵苣葉片的阿涼，兩人馬上就飛奔往大老闆的身旁。好吧，大老闆就交給他們去顧了。

「接下來要來做薑燒豬肉囉。」

將鐵板抹上油，看準了時間點將豬肉下鍋。

我的薑燒豬肉不先用醬汁醃過豬肉，而是在豬肉煎好後直接淋上醬汁煮乾入味。醬汁淋下的瞬間，高溫鐵板便滋滋作響並冒出熱氣，薑的香氣四溢，令人食指大動。這種方式比較省時間，而且豬肉本身的鮮甜都被鎖在醬汁裡頭，剛起鍋的成品格外美味。

「好了！完成！」

前後只不過幾分鐘的時間。

直接配碗白飯絕對超讚，但今天選擇另一種吃法，又是截然不同的美味。

畢竟這可是ＢＬＴ三明治。

「嗯～這香味令人受不了誘惑呢。薑燒豬肉的香氣每天聞也不會膩，真是不可思議。」

貼心的銀次先生已俐落地幫吐司抹好奶油，他發出了讚嘆的聲音。

「剛起鍋的特別好吃，豬肉鮮甜又軟嫩呢。好了，接下來就開始夾三明治囉。靜奈，妳那邊處理得如何了？」

「是、是的。番茄算是切好了……」

靜奈所切出來的番茄薄片，一片一片都非常整齊。

「好！那麼就依序把萵苣、番茄、薑燒豬肉擺在吐司上，夾成三明治！」

我們三人排排站好，像一條生產線一樣，負責把不同食材一一擺在吐司上夾起來。最後斜切成三角形裝盤。

豬肉入味的茶色、番茄新鮮的豔紅、萵苣誘人的翠綠。並排的三種色彩從切面中露出，看起來美味極了。份量厚實的三明治，才剛切完就已經開始滴肉汁。

「這……看起來真好吃……」

「是呀，我有一種這會越吃越停不下來的預感。」

「那就由我們先……」

我、銀次先生與靜奈人手一個三明治，偷偷試嘗了味道。三個人大口咬下的瞬間，都差點因這股美味而窒息。

明明是平常早已吃慣的薑燒豬肉，卻呈現出截然不同的風味。

難道是因為這次的搭檔不是白飯，而換成軟綿綿的吐司嗎？

還是因為旁邊多了多汁的番茄與鮮脆的萵苣呢？

這些食材平常沒什麼機會能湊在一起，但味道卻契合得不可思議。這全是因為帶著淡淡清甜的吐司，溫柔地包容了濃厚的薑燒醬汁與番茄的酸味。

雖然肉汁有點容易滴下來，不過這賣相也更勾動食欲了。

在戶外野炊想大口吃肉時，這道料理無疑是最適合的一品。

「啊啊啊！你們好奸詐！怎麼可以自己偷吃！」

靈敏的阿涼馬上就嗅到這股香氣，從泡腳池上來後跨著大步往這裡逼近。

「我就想說怎麼有一股香噴噴的味道。你們竟然又把我丟在一旁，自己偷偷吃好料！」

「阿涼的鼻子今天也一樣靈呢……」

因此，馬上也招待了她一份ＢＬＴ三明治。

曉幫忙在寬敞的空地鋪好了蓆子，我便把滿滿兩大盤的三明治端過去擺好。

只要在蓆子的四邊放上一些冰柱女的碎冰，就能防止料理腐壞。

「哇～看起來好好吃喔～這是什麼？」

葉鳥先生走了過來。他手裡也端著大盤子，上頭裝的是剛烤好的鹽烤香魚，還插著竹串。這看起來真美味……

「呃，這個呢，是一種叫做『三明治』的料理，是用麵粉烤出來的『麵包』夾上各種配料而成的。」

「哇～雖然聽不太懂，不過這東西散發出的香味好誘人耶。」

蓆子上擺滿三明治、剛烤好的鹽烤香魚以及冰鎮過的鮮蔬。

啊，連大老闆從現世買回來的土產，也莫名其妙出現在這……

白夜先生回來之後，酒也齊了。

大家紛紛聚集到蓆子上，各自把想吃的東西裝入小盤子內，再回到泡腳池津津有味地享用。

雖然我也想開動，但還是搖了搖頭回到烹調區。

「接下來趕緊進行下一道料理囉！」

「……葵小姐，您現在目露凶光耶。」

「銀次先生，因為食物就要被那些傢伙吃光光啦！剛烤好的鹽烤香魚就快沒了！」

「沒、沒問題的啦，時彥先生好像還在幫忙烤好多好多的香魚，您看！」

銀次先生一邊安撫著我，一邊指向河畔的篝火，被吩咐的時彥先生正在那勤奮地烤著香魚。

的確，葉鳥先生已經開始大口吃肉大口喝酒，整個樂不可支，反觀時彥先生，則認真地幫忙勞動……信長都睡了。

「師、師傅他一個人在那種地方忙著……肚子一定很餓了！」

「嗯？靜奈？」

靜奈似乎非常擔心那樣的時彥先生。

明明之前那麼努力迴避對方的，結果現在以第三者的角度看見重要的人孤伶伶地被差遣，就開始坐立難安了嗎？

這也在所難免呢，畢竟靜奈比誰都更希望成為時彥先生的助力。

「好！那靜奈妳去把時彥先生帶來，跟我們一起做料理吧。」

「咦？把、把師傅帶來嗎？」

被我這提議嚇到的不只有靜奈，連銀次先生也很吃驚。

「因為接下來要做加了肉丸的拿坡里烏龍麵呀。人數這麼多，勢必得捏很多肉丸子才夠。靜奈，妳以前都跟時彥先生一起下廚不是嗎？」

「呃，是……是是是，是這樣沒錯……」

靜奈一邊繞著雙手手指，眼神一邊飄開。

「時彥先生最近胃口似乎不太好。他說他對吃東西沒什麼興致呢……不過若是跟徒弟一起做菜，一定能激起他的食欲的。」

「……」

「沒問題的，我會好好指導步驟，大家一起做吧。」

我拍了拍靜奈的背。

靜奈雖然很緊張，不過仍點了頭——緩緩地，卻又十分堅定地。

隨後她用藍色髮繩，把一頭長髮綁成兩束。

「好的。睽違這麼久不見，我也很想……跟師傅一起做料理。」
這句話像是她鼓足所有勇氣才說出口的。
也許這就是靜奈一直以來放在心底的願望之一吧。

在我剛來到隱世那時候，曾經跟大掌櫃曉一起捏過餃子，為的就是給他妹妹鈴蘭小姐品嘗。
「跟某個人一起動手做料理」、「為了招待對方而下廚」這些行為，我認為是一種交流。
「吃」這件事，其實能分享彼此的喜悅，無論是人還是妖。
討論吃的話題能讓對話充滿幸福感。無論是自己招待別人，還是別人招待自己，如果滋味非常棒，這又會成為一段美好的回憶。
正因如此，我才會做飯餵那些妖怪。
因為這個動作與「與對方對話」是一樣的。
「時彥先生！」
我拿著束袖帶偷偷摸摸繞到時彥先生背後，俐落地幫他綁起了和服袖子。因為他整個人魂不附體的，從背後偷襲完全是小菜一碟。
「這、怎、怎麼了？」
「我要把你抓過去，麻煩幫忙我們一起做飯囉。」

「做、做飯？為什麼找我……」

「因為在場對料理有點研究的，似乎也只有你了。」

我拉著交叉在時彥先生背後的束袖帶，打算把他拖回去，結果葉鳥先生慌慌張張奔了過來。

「妳要是把時彥帶走了，香魚是要怎麼辦啊？總要有個人幫忙看火候跟熟度什麼的啊。」

「嗯，那不然……大老闆～」

我呼喚了正在泡腳的大老闆。

他一聽見我的呼喊便明顯有所反應，從泡腳池站起身，一個勁兒擦乾雙腳穿上木屐，急急忙忙地跑了過來。

「葵，怎麼了？」

「我有事情想拜託大老闆。」

「工作嗎？我總算也有活可幹啦！」

「就是啊，幫我待在這裡顧好香魚。因為我要帶走時彥先生，這樣就沒人手能烤香魚了，幫我顧一會兒就好了。」

「……我明白了！」

就連這樣的小差事，大老闆似乎也因為是我的請託，而感覺挺樂的。他一屁股坐在時彥先生剛才坐的椅子上，手拿著長長的鐵棒，時不時往炭火堆裡戳弄。

「啊啊！」

「大老闆一個人不發一語地顧著炭火！」

結果曉與阿涼又擔心起被賦予這差事的大老闆，而從泡腳池往這裡移動。結果人又全跑到篝火這裡了……

「好了，葵，這裡就交給我，妳只要照自己的想法進行就行了。我就一邊在這裡烤香魚，一邊等開飯吧。」

「……大老闆。」

大老闆擺出一如往常的從容態度說道，在背後推了我一把。

不知為何，我突然覺得幹勁十足。為了把時彥先生順利帶走，我把他懷裡的信長抱了起來，放在大老闆的膝上。

「那信長也麻煩你囉。」

「……咦？狗！」

直到剛才都還充滿著餘裕與幹勁的大老闆，現在卻莫名膽怯了起來。

該不會他其實怕狗吧……

「喂！葵！妳好大的膽子讓大老闆幫忙看狗！」

曉企圖把信長從大老闆的膝上抱起來，結果手被咬了一口。

「呃啊啊啊！」

看來他似乎被討厭了。

「不……這是葵的命令，看狗的差事也交給我吧。」
大老闆露出了大徹大悟的表情。
信長依然一臉狗眼看人低的表情，不過似乎在大老闆的膝蓋上躺得挺舒服的，最後自顧自地熟睡，還冒出了鼻涕泡。
突然被拉往調理區的時彥先生，雖然露出一臉不知所以然的表情，卻還是乖乖地讓我帶走他。然而……
「唔哇啊啊！靜奈？咦、為什麼！」
一得知靜奈也在場的事實，時彥先生嚇得彈了起來。我心想這人果然一遇到與靜奈有關的事情，情緒表現就會變得很豐富。
「呃，那個……師傅……」
靜奈扭扭捏捏的抓著圍裙呢喃。
「請、請問您願意……一起幫忙做料理嗎……」
「靜奈……」
時彥先生還有點處於混亂狀態。只不過當他看見自己買給靜奈的那對藍色髮繩，正在對方的兩條馬尾上，便啞口無言了。
這兩人真是讓旁觀者看得乾著急啊……

「好了好了，那首先來做肉丸子吧。啊，大家先把手好好洗過一遍唷。」

「肉丸子？妳究竟要做什麼料理？」

時彥先生開口問道，同時還是認真地洗了手。

「時彥先生，是拿坡里麵喔。葵小姐說是加了肉丸的拿坡里烏龍麵。」

「啥？烏龍麵？拿坡里？銀次，你到底在說哪一國話……」

「好了好了，時彥先生，快點站來調理檯前面。」

銀次先生把時彥先生安排到調理檯前，位置就在靜奈的旁邊。銀次先生真是貼心的小天使。

調理檯上已經備好兩只調理盆、牛奶、生麵包粉以及絞肉。

我馬上就在兩人身旁下達指示。

「首先把牛奶與生麵包粉倒入盆內，稍微拌勻。」

時彥先生還無法理解一切狀況，而靜奈已經將兩樣材料倒入眼前的盆子裡，依照指示稍微拌一下。

「呃……師傅也請動手吧。」

「知、知道了。」

被靜奈一催促，時彥先生便依照同樣步驟，將麵包粉泡入牛奶，動作很謹慎又仔細。

「再來把絞肉也加進去。份量各自分裝好了，全部倒進去就行了。再來灑上鹽與胡椒，然後像這樣……用抓揉的方式攪拌均勻。」

指導完手勢之後，靜奈與時彥先生兩人都依照說明，把牛豬混合的絞肉放入盆裡，拚命地攪拌著。

「啊，師傅，你忘了加鹽跟胡椒了～」

「啊，喔喔……抱歉。」

在一旁的靜奈，幫忙在時彥先生的盆裡灑了鹽與胡椒。感覺實在就像個小助手，讓人止不住微笑。

「嗯，美味的肉餡完成了嗎？那麼接下來一個人負責把肉餡捏成丸子狀，一個人負責用鐵板煎烤。」

「……」

靜奈與時彥先生面面相覷。

「那、那麼我來捏肉丸子，師傅請負責鐵板。」

「這、這交給我煎嗎？」

「在煎烤食材上，師傅技巧比較好，畢竟您是火系的妖怪。」

「啊，對喔，也對……我就是火啊。」

兩個人決定好了各自負責的工作。

鐵板已經由銀次先生幫忙處理乾淨了，隨時都可以使用。

靜奈負責將肉餡捏成圓滾滾的肉丸子，然後由時彥先生擺上鐵板煎——彷彿又成了一條生產作業線。他們倆並肩站著，認真端詳著鐵板上滋滋作響的肉丸子煎得如何。

「啊，師傅，這顆好像快焦了～」

「喔喔，好險好險。」

兩人雖然慌慌張張地七嘴八舌，不過仍有好好顧著肉丸子。

看來彼此的步調有慢慢搭上了。

「確實煎熟之後，先全部起鍋裝盤喔。肉丸就麻煩你們倆個全部煎完了。」

肉丸的部分先暫且全權交由時彥與靜奈小組來負責，雖然份量頗多的。

「那麼接下來，銀次先生，我們倆就先把大量的蔬菜切成絲吧。」

「明白了！」

我與銀次先生則開始一個勁兒切著拿坡里麵所需要用到的蔬菜。

其中包含青椒、洋蔥與紅蘿蔔，拿坡里麵用的材料全都很基本。銀次先生不愧是平日幫忙幫習慣了，切蔬菜的手法果然也非常熟練。

「葵小姐，肉丸子煎好了～」

「好，這邊也已經備好蔬菜絲了。銀次先生，可以幫我熱一鍋沸水嗎？想請你幫忙煮烏龍麵。」

「了解，我就自己算準時間起鍋對吧？要先用冷水冰鎮嗎？」

「嗯嗯，泡冷水洗掉麵條的黏液後，加入少許油拌勻備用。」

「我明白了！」

銀次先生完全是一位優秀的專屬助理，對於料理步驟有一定程度的了解，能先設想下一步來行動。烏龍麵的事情我就放心交給他來處理，自己則著手進行肉丸子的調味工作。

靜奈他們完成的肉丸，一顆顆圓滾滾地堆在盤子上。

「肉丸子煎好之後呢，就先丟進用番茄醬與醬油調好的醬汁裡，煮到收乾為止。這樣的做法可以讓肉丸子保持多汁口感，不會吃起來乾乾癟癟的。」

在鍋裡加入定量的水、番茄醬、醬油與醬汁，煮滾後把肉丸下鍋——這部分由我一邊說明步驟，一邊示範給他們看。

「好，那麼這一鍋肉丸子從現在起就交給時彥先生負責囉。麻煩用木鏟不時攪拌一下，避免裡面燒焦了。不過可不能把肉丸攪爛了喔。煮到醬汁收乾到剩下原本的一半程度這樣。」

「嗯，嗯哼。好像有點難度，不過我就試試看吧。」

時彥先生被交付了顧鍋子的任務，一本正經地盯著煮得入味的肉丸。

「那接下來正式進入拿坡里麵的步驟囉，輪到靜奈出場了。」

「呃，是。」

這次我催促著靜奈站到鐵板前。

鐵板又早已被銀次先生清理得乾乾淨淨，手腳果然很快啊。

「首先把拿坡里麵必備的蔬菜炒好，先做一人份就可以囉。」

「是！」

「鐵板抹油加熱後，先放入切好的蒜末，讓油脂增添香氣。少了這一步，味道就會有點不一樣了。」

靜奈又精神抖擻地回答了「是」，隨後用熱好的油炒香大蒜。

接下來加入紅蘿蔔、洋蔥、鴻喜菇，用大蒜爆香過的油脂拌炒。稍後再把青椒也放入，並灑上少許鹽與胡椒。

「這、這樣子對嗎？」

「沒錯沒錯，靜奈把各種蔬菜炒熟得很均勻呢！」

「不敢當！」

時彥先生也一樣，由於原本就身為研究人士，所以手不但很巧，作業也很細心。

如果換成曉，可不會這麼順利啊……我不時想起以前跟他做水餃的回憶。

「接下來把烏龍麵也放下去，加上自製的番茄醬、鹽與胡椒、一小撮的砂糖，然後把麵條炒散。要讓醬汁均勻包覆在麵條與蔬菜上喔。」

「我明白了，就像炒烏龍一樣呢。」

「啊，好像可以這麼說！是番茄醬口味的炒烏龍呢，呵呵。」

由於使用鐵板來操作，看起來更像了。

靜奈利用筷子與鐵板專用的鐵鏟，俐落地把銀次先生煮好的烏龍麵條、自製番茄醬與炒好的蔬菜全都翻炒均勻。

「好，那現在可以放肉丸子了。時彥先生，來！」

「要多少？」

「五顆！」

時彥先生迅速端著小鍋過來，把五顆肉丸放在鐵板裡的炒烏龍麵上頭。煮得入味的肉丸子伴隨著些許乾燒的濃稠醬汁，由靜奈接著與拿坡里麵再次拌炒，使兩者的味道融合為一。

「很好，這樣已經可以完美起鍋了。」

靜奈連裝盤都全神貫注。

這股專注力不但驚人，甚至可以感受到一股猛烈的氣魄。恐怕這是過去在溫泉師的修練中所培養出來的能力吧——我在心中如此擅自斷定。

「完成了。」

將肉丸子拿坡里烏龍麵盛裝在扁平的陶盤後，靜奈與時彥先生異口同聲細細呢喃道。

圓滾滾的大顆肉丸子還冒著熱氣，讓這道料理看起來充滿份量感。宛如隱身老街之中的懷舊日式西餐廳會端出來的復古菜色——這就是拿坡里麵的味道。

「那個，葵小姐，可以請您試一下味道嗎？」

「咦，我第一個吃好嗎？」

「因為也只有您知道這料理該是什麼滋味了……」

對耶，說得也是。靜奈似乎很擔心這道第一次見過的料理是否有順利完成，而希望我確認一下味道。

能吃到剛起鍋的成品，我當然樂意。我拿起筷子，先把肉丸剖成兩半，再搭配裹滿番茄醬汁的麵條一起大口放入嘴裡。

果然，這道料理最重要的主角就是這肉丸。在劃開肉丸時滿溢而出的肉汁，配麵條一起下肚實在是究極的美味。而麵條跟肉丸都還熱騰騰的……呼呼。

我將料理一口嚥下，拿起手巾擦了一下嘴邊，然後比出了讚的手勢。

「成品非常完美，是因為用鐵板炒的關係嗎？烏龍麵特別彈牙，番茄醬汁的味道也格外香醇呢。」

應該說用鐵板來炒，原來能讓整體美味度大大加分！

嗯，這真是意想不到的收穫。鐵板炒拿坡里烏龍麵啊，說起來這道本來就是存在於現世的平民美食，只要稍微加以變化一下，也許能列入夕顏的菜單也說不定。

「師、師，師傅您也……務必嚐嚐看。」

「咦？我嗎？不了不了，靜奈先吃吧。」

「不不不，師傅先請！」

我邊看著這兩個可愛的傢伙互相禮讓，邊輕輕笑了笑，提出一個建議。

「對了，這份烏龍麵就給你們倆找個地方邊休息邊享用吧，接下來的份由我來完成就好了。」

「咦……咦！」

「好啦，妳看泡腳池那邊正沒人唷。」

我悄悄跟靜奈咬耳朵。她看了一眼我的臉，微微點了頭之後不再躊躇，端著拿坡里烏龍麵的盤子對時彥先生說道：

「師、師傅……我們，一起吃吧！」

「靜奈……」

昨天為止連交談都迴避的靜奈，今天卻非常積極。

也許是這有別於日常的野炊體驗，加上料理剛出爐的高昂情緒，讓靜奈變得格外外向。她的雙頰泛著潮紅，眼珠子閃著水潤潤的光芒。

簡直就像個跟家人一起做完菜的孩子，等不及快點開動了。

「哦？靜奈小姐她把時彥先生帶走了呢。」

「今天的時彥先生完全處於被動狀態呢。」

我與銀次先生坐立難安，用眼神守護著從調理區出發前往泡腳池的那兩人。

然而靜奈突然高喊：「啊啊！」把整盤烏龍麵丟給時彥先生，隨後一溜煙地跑了回來。

「靜奈妳怎麼了？」

「忘了拿筷子～」

「妳冷靜點，冷靜點啊，筷子在這啦。」

「是否也需要分裝的小盤子呢？」

「謝謝，十分感謝！」

靜奈拿著我遞過去的筷子與銀次先生準備的分裝餐盤，直點頭道謝。隨後她又再度匆匆忙忙地跑過去了。

「師傅～我拿了筷子與分食的盤子過來～」

「喔喔……謝謝妳，靜奈。」

「呃，那個，我來幫忙裝盤。」

「靜奈，妳已經變得如此體貼懂事啦……」

他們倆坐著把腳泡進溫泉內，中間隔著一盤拿坡里烏龍麵，雖然表現得不知所措，仍繼續交換著話語。而時彥先生似乎不時感受到靜奈的成長，而露出一張感慨萬千的表情。

我與銀次先生又躲在距離泡腳池不遠處的樹林後方窺視，偷偷聽著他們的對話。

啊啊，實在太沒品了……

「請問，師傅……您覺得這座足湯品質如何呢？」

靜奈突然問起了時彥先生，對於目前腳下的溫泉有何看法。

「嗯？喔喔……這裡的足湯是出色的藥泉，非常難能可貴。這是靜奈負責的嗎？」

「是……這藥泉是我發掘的泉源，正在進行研究。這座泡腳池特別推薦受傷或有宿疾在身的客人使用。我對這座溫泉進行過調整，能讓具有修復效果的靈力從腳底滲透至全身。」

「這樣啊。妳變得很厲害呢，已經能使用如此高等的泉術了啊。」

「……」

靜奈分裝著拿坡里烏龍麵，莫名地露出了泫然欲泣的表情。

啊啊，啊啊。真讓人焦急，在後方偷看的我們都開始擔心起來了。

加油啊，加把勁啊，靜奈。

我現在簡直就像個女高中生，在一旁默默幫準備告白的朋友加油著。就連銀次先生也用手摀著嘴，以雙眼守護著這一刻。

「師、師傅……請用。」

時彥先生接過了靜奈幫忙盛好的拿坡里烏龍麵。

靜奈似乎就想看時彥先生親口品嘗料理，而露出洋溢著期待的表情，凝視著對方。

時彥先生當然沒辦法無視這可愛徒弟的心願。

雖然是兩人合力完成的，但這道拿坡里烏龍麵對他們來說還是未知的神祕味道。時彥先生單手端著盤子，另一隻手舉起筷子，一股勁地吸了一口麵條。

「這……」

接下來他把自己跟靜奈合力製作的肉丸子一口塞入嘴裡，結果他目瞪口呆。

「好、好好吃……這很好吃耶，靜奈。」

「真的嗎？」

「是呀，靜奈也嘗嘗看！怎麼回事呢，明明是第一次體驗的滋味，卻又讓人感到不可思議地熟悉。這道菜有番茄的味道。」

「這當然，因為這道料理，就是用番茄醬調味的。」

「番茄醬？」

「據說是一種現世的調味料……用番茄所製成的。這是葵小姐告訴我的。」

「原來是這樣啊。」

剛才還沒理清狀況就被叫來幫忙的時彥先生，現在似乎總算發現了這道自己完成的新料理，為何如此令人「懷念」的原因了。

時彥先生與靜奈的雙眼都微微濕潤了起來。

「啊！師、師傅，您嘴邊沾到番茄醬了〜〜」

「這、這可失態了。」

靜奈拿出手巾，幫時彥先生擦了擦嘴。結果兩人雙雙忍不住笑意，輕輕發出了笑聲。

嗯，我懂。吃拿坡里麵時嘴巴很容易沾到番茄醬。我很明白，但是……

「怎麼回事……我開始覺得自己在看一對新婚夫妻恩愛的樣子……」

「真令人欣慰的畫面呀……」

與銀次先生在一旁偷偷觀察情況的我，原本的擔心開始慢慢轉為恨得牙癢癢了。

「是嗎？在我看來，只覺得這畫面就像溫柔的孫女在照顧爺爺耶。他們倆的年齡差距差不多就這麼多吧。嘖，真讓人羨慕啊，時彥那傢伙憑什麼。」

「咦～那兩人輩份這麼懸殊嗎？妖怪的年齡果然無法光靠外表來評斷啊……」

嗯？怎麼有個第三者的聲音出現在這裡？

「呃！葉鳥先生。」

葉鳥先生不知何時登場，就出現在藏匿暗處的我們身旁。

他彷彿是從一開始就參與觀望狀況的同伴，咬著大拇指指甲，很明顯地對同一間旅館的同事感到吃味。

「為什麼葉鳥先生會出現在這裡啊……」

「因為時彥跟靜奈走在一起啊～總覺得有點擔心。個性彆扭的他們，不知道能不能順利解決兩人之間的問題呀。」

「……誰知道呢，原本以為無計可施的狀況，現在這樣算是有辦法解決了嗎……」

我注視著那兩人。

我想靜奈並不會回去時彥先生的身邊，而時彥先生也依然會在今晚啟程離開，回到折尾屋吧。兩人都將再度回到自己的崗位上工作。

然而我一直希望，即使分隔兩地，若是他們之間能有個類似希望的火光，點亮彼此的心該有多好。如果這對師徒之間的情誼能更深一點的話該有多好。

靜奈也用筷子夾起了肉丸與烏龍麵一起入口嚥下。

這道料理能讓鍾愛番茄醬的她盡情享受番茄的滋味。她的臉上綻開了明亮的表情。

「很好吃沒錯吧？努力果然沒有白費呢，靜奈。」

「……是的，沒錯。」

「真開心啊，睽違了好久終於能跟妳一起下廚……簡直就像共同進行研究一樣，畢竟這道料理對我們來說是完全未知的新東西呢。」

「是……是的！師傅！」

靜奈聽見時彥先生活潑生動的話語，一臉喜出望外的表情直點頭。

他們是否回憶起過去曾以溫泉師與學徒的關係共處，互相扶持，一起進行工作與研究，以及一起下廚的種種時光呢？兩人暢聊了往事好一陣子。

「呃，那個，師傅。」

靜奈總算以堅定的眼神望向時彥先生開口，那雙眼睛就像做好了某種覺悟。

她正盡自己最大的努力提高聲量，打算在此刻對時彥先生表達自己的想法。

「我現在還無法回去師傅的身邊……」

「靜奈……」

時彥先生被靜奈突如其來的一番話嚇得瞪大雙眼，但馬上以沉著又看似充滿慈愛的視線望向對方。靜奈則繼續說了下去。

「我現在還不夠成熟，在天神屋也有徒弟要帶，也有客人需要我所調配的溫泉。所以，我現在無法離開這間旅館。」

「……」

「況且天神屋將藥泉的研究工作交付給我。就跟這足湯一樣，是具療傷效果的萬能藥泉。」

「……靜奈，妳的意思是……」

「讓這個研究得以開花結果，就是我的目標。而這也關乎我能否重拾失去的自信。只要達到這個目標，我一定會再次回到師傅的身邊。這次一定……會常伴在師傅左右，成為您的得力助手！」

靜奈竭盡全力表達自己的心意，與時彥先生坦誠相對。

至今為止礙於各種狀況與情感，讓她一路選擇逃避不面對，而現在，她終於說出了心底真正的聲音……

「所……所以……那個……」

只是接下來的話語，始終卡在喉頭出不來。

時彥先生雖然對於靜奈充滿決心的宣言與目標感到相當吃驚，但仍然露出帶著些許落寞的微笑，溫柔地點點頭，像是支持對方的決定。

「靜奈，好一陣子不見，妳果然變得更勇敢了……就算沒有我在身旁，妳也成長為一位獨當一面的溫泉師了。」

「師傅……可是我……」

「我都明白。未來路上還是會碰到許多難熬與感到氣餒的狀況，或是成果不如期望。因為妳常常都太逞強了，所以我要先好好提醒妳這一點。」

時彥先生握住靜奈顫抖的雙手，宛若一位值得依賴的父親一樣，如此告訴靜奈。

「不管路再怎麼崎嶇，妳永遠都有一個該回去的家，而我就在那裡永遠等著妳。所以儘管放手，為自己的目標努力吧，靜奈。」

儘管放手，為自己的目標努力——

這一定是時彥先生對於靜奈開不了口的「問題」，所給的「答案」。

這一句為自己加油打氣的話，想必就是靜奈最想從師傅口中聽到的吧。

時彥先生他已看穿了靜奈的真心。

而靜奈忍不住緊緊閉起雙眼，流下一行淚。然而那張臉隨後又立刻綻開了滿滿的笑容。她擦去淚水。

「師傅……是的……遵命。我會竭盡全力的！」

真是一幕美好的師徒之情。

兩人長年以來平行的心意，終於有了交點。

「太好了呢，靜奈，總算好好把真心話傳達給對方了……」

而偷窺的我看著看著也感動極了……

這是靜奈對師傅立下的約定。啟程與歸來的約定。

靜奈確實從師傅身旁獨立展翅了，而時彥先生也幫忙推了她一把，助她起飛。

然而，想必這也是兩人從今天開始，全新的師徒關係。

第九話 深夜事變

夜幕已低垂。鬼火在附近一帶飄浮著，照亮足湯區這片廣場。

這一天我們在後山裡吃吃喝喝直到深夜，宛若舉辦了一場妖怪的饗宴。

我做了大份量的拿坡里肉丸烏龍麵招待大家，還弄了味噌美乃滋與微辣的粉紅醬，搭配冰鎮蔬菜正好。

換班的鐮鼬們來訪，還帶了山菜過來，並幫忙顧篝火。

機會難得，所以我就做了乾烤山菜當下酒菜，而葉鳥先生又突然說想吃咖哩飯，於是最後還是做了番茄口味的乾咖哩，搭配用野炊專用飯鍋煮的白飯一起招待他。看見妖怪們大快朵頤的模樣，我也很開心。

雖然弄得精疲力盡，但真的很開心呢……

畢竟能跟大家一同分工合作做料理，還在山上野炊，這些機會至今為止不曾有過呀。

「那個，葵小姐……」

在我正打算與銀次先生一同收拾善後時，靜奈與時彥先生來到了調理區。

「善後工作請交給我們，葵小姐妳張羅了那麼多菜餚，已經很累了。」

「葵殿下還沒用餐吧？跟銀次先生一起去休息一會兒比較好。」

這兩人自告奮勇要負責善後工作。

「咦，咦……可是，這樣好嗎？你們倆能一起聊聊的時間只剩下今晚了……」

「呵呵，要聊天的話，一邊收拾也能聊的。再說我們實在欠葵小姐太多太多了……」

「靜奈……」

老實說，光顧著出菜的我，已經餓得前胸貼後背。

再怎麼樣也想吃條鹽烤香魚……鹽烤香魚啊……

「那我們就恭敬不如從命吧，葵小姐！況且您也忙得很累了吧？走吧走吧。」

「哇，銀次先生……」

結果我就這樣被銀次先生從後頭推著，離開了調理區。

不過，也好啦。這裡就交給靜奈與時彥先生，應該沒問題吧。依他們的個性，做起整理收拾的工作也會很細心吧，再說也許他們倆是想把握一起共事的機會……

「那就拜託你們囉。」

「呃，那個，葵小姐！」

「嗯？」

被靜奈一喊，我在前往泡腳池的半路上轉過身。

「非常感謝您……」

然後靜奈深深低頭鞠躬，用短短一句話表達了發自內心的感謝，並目送我離去。

她抬起頭時所露出的那張祥和笑容，深深烙印在我腦海中。

我想我大概暫時無法忘卻那張笑臉吧——我在心裡感慨萬分地想著。

大老闆也在泡腳池，他幫忙顧火的工作已經被鐮鼬們搶去了。

「所以我說啊～葉鳥先生這種人，絕對不是當丈夫的料啊～～」

阿涼抱著大大的酒瓶，已經完全爛醉如泥，不知道在大聲嚷嚷著什麼。

「什麼嘛，阿涼，妳自己還不是一樣，不再多表現一些賢妻良母的特質，光靠大胸部跟姣好的臉蛋，可是會錯過適婚年齡的喔。」

「啊～性騷擾！我要告你性騷擾！嗝！」

阿涼舉腳往池面猛踢，讓對面的葉鳥先生被泉水噴得滿身濕。

旁邊的曉板著一張鐵青的臉阻止阿涼：「妳夠了沒。」因為一旁的大老闆與白夜先生也慘遭波及。

白夜先生一臉不爽地拿乾淨的布拍去和服上的水滴，一邊撂下狠話：「妳這副樣子是絕對嫁不掉了。」

「你們到底在幹什麼呀？」

「大家正一起幫阿涼想辦法找良緣。」

「阿涼在徵婚嗎？」

大老闆帶著笑容擦去噴濺到臉上的水滴，順便也三兩下幫躺在膝上的信長擦乾了背，雖然看起來小心翼翼地，似乎很害怕……不過大老闆還是有遵照囑咐，乖乖幫忙顧好信長呢。

說起來阿涼這個人，本來不是喜歡大老闆嗎……這是藉酒壯膽嗎？還是說她對大老闆的心意，並不是想結為連理的那種男女情愛……

女人心海底針，連戀愛滋味都還沒嘗過的我歪頭不解。

「不過，說到徵婚……在座的大家不都一樣單身嗎？」

「喂！這一點是絕對不能戳破的啊，小姐。」

我斗膽戳中了葉鳥先生所說的傷口，恰好在大老闆身旁發現了空位，於是便跟大家一起光腳泡進溫泉池裡。

真是徹底累壞了……一整天站著，腳跟腰都好痠……

「哇，真舒服～」

這座足湯的泉水對於疲憊的身軀來說特別見效。從腳底傳上來的陣陣溫熱，舒緩了身上累積的疲勞。

「這座足湯的泉源，正是靜奈所找到的藥泉唷。」

身旁的大老闆對我說明。

「擁有即刻見效的消除疲勞功能，果然不假呢。而且對於各種疾病與創傷的強力療效也是可以期待的。這座與眾不同的藥泉蘊藏著豐富的可能性。」

「該不會靜奈正在進行研究的，就是這座藥泉？」

「沒錯，想必她是在思考……這座溫泉也許能治好時彥殿下的傷吧。」

「……」

這樣啊……原來是這麼一回事啊……

我現在總算真正明白了，靜奈對時彥先生立下的「目標」，其真正的用意。

從泡腳池回過頭去，我望向在調理區收拾善後的靜奈與時彥先生。

他們倆齊心協力把餐具洗乾淨，一邊聊著天，看起來很開心。

感覺兩人已處在只有彼此的世界中。

特別是靜奈，露出了孩童般的純真表情，不知對時彥先生說了些什麼，隨後發出銀鈴般的笑聲。她應該有好多好多事情想告訴師傅吧。畢竟時彥先生應該本來就是她最親密的傾訴對象……

反觀這裡，阿涼大呼小叫地喊著想嫁人，纏著曉與葉鳥先生不放。

「我說呀～～要是繼續待在天神屋，絕對遇不到好對象的啊～～啊，白夜大人，你在宮裡有沒有認識什麼感覺不賴的官人呀？」

「別問我。就算有也不會介紹給妳，這只是推對方入火海。」

「欸～～您這話是什麼意思呀～～嗝！」

最後她連白夜先生也纏上了，讓葉鳥先生大爆笑，曉則是慌張極了。阿涼舉起大酒瓶咕嘟咕嘟地暢飲之後，爽快地發出了「噗哈！」的聲音，就像個老頭子一樣。結果現在她鎖定了坐在對面的我。

「我說葵呀～～就是妳～～問題就在於妳把天神屋碩果僅存的優質物件——小老闆～～給占為己有啦～～嗝！妳都已經有大老闆了～～好歹把小老闆留給我們吧～～眾接待員都對妳很不是滋味喔，嗝！」

「優質物件是什麼啊，銀次先生又不是房子。」

「嗯，雖然那種溫文儒雅的溫柔好男人不是我的菜啦～～嗝！」

爛醉如泥的阿涼吐出各種失禮的話語，結果卻突然睡著了，就像電池電力耗盡一般。

「哎，總算睡著啦。」

「老樣子了。把她扔去蓆子上躺平吧。」

曉總算鬆了一口氣，而白夜先生還是一樣毒舌。

阿涼就這樣被拉上泡腳池，拖去蓆子那邊扔下。

她的酒品原來這麼差啊……就算是不分上下的同樂會，也沒大沒小得太誇張了。

「葵小姐，辛苦您了！」

「哇啊！」

一陣冰涼的觸感突然貼上我的臉頰，讓我嚇得回過頭去，結果是剛才被阿涼稱為「天神屋碩果僅存的優質物件」——銀次先生，帶著爽朗的笑容站著，完全不知道剛才發生什麼事。

他手上拿著從異界珍味市集買回來的現世罐裝沙瓦，是梅酒口味的，外包裝很可愛。

「其實這是我偷偷準備來的，剛才已經放在那邊的河水裡冰鎮過了。因為我想比起隱世的酒，這種口味您可能比較好入口。啊，還有，我去把剛烤好的鹽烤香魚拿來給您了。」

「真、真不愧是銀次先生……」

實在是無微不至的貼心。這樣的他難怪會受到天神屋眾女接待員的仰慕……

「所以我也來一杯現世的啤酒囉。」

「啊，你太賴皮囉！銀次，我也要！」

銀次先生似乎也偷渡了自己要喝的啤酒過來，已經先冰得涼涼的。羨慕不已的葉鳥先生頻頻把手伸了過去，結果都被銀次先生撥開，就像在宣示「一滴都不會分給你」。銀次先生大口大口暢飲而盡。真難得他會這麼無情啊……

銀次先生那毛茸茸的九尾擺呀擺地，看起來心情很愉悅。勞動筋骨後來一杯啤酒，應該是極品美味吧。

「啊啊……總算能吃到鹽烤香魚了。」

我拿起一串銀次先生幫忙拿來的鹽烤香魚，馬上大口咬下。

「唔唔……」

現捕的川魚有著淡雅的鮮味。

熱騰騰又鬆軟的魚肉配上帶著鹹味的香脆魚皮，讓人無法抗拒這股美味。

坐在我身旁的大老闆發出輕笑聲，看著呻吟讚嘆的我。

「葵，好吃嗎？」

「嗯嗯，是人間美味……大自然所賜予的天然美味，滿足了空空如也的胃袋。」

「葵真的吃得津津有味呢。不過難得的假日卻讓妳操勞了……必須多給妳點補償呢。」

「不用啦，畢竟我也玩得很開心。」

不論是大家分工合作完成料理，還是在戶外野炊，對我來說都是難得的體驗。雖然最後成品已經被大家吃光光，我沒能吃到，不過能嘗到這鹽烤香魚，就已經心滿意足了。

我打開銀次先生特地帶來的罐裝沙瓦，喝了一口。

啊啊，冰冰涼涼的好讚，氣泡飲料跟鹽烤香魚真是絕配！

我又再度大大咬了一口香魚。啊啊，在清澈的河水中吃苔癬長大的野生香魚，連帶著苦味的肝臟都新鮮又美味……

「我說葵呀。」

「嗯？幹嘛？大老闆。」

「謝謝妳……」

「嗯嗯？」

大老闆的一句道謝來得過於突然，嚇得我差點被嘴裡的香魚給噎死。他、他是怎樣……

我抬頭仰望大老闆，他又露出一臉愉悅的表情，就像看見了什麼有趣的東西。

然而他的那張臉卻不討人厭，而是充滿溫柔與溫暖的感覺。

「呵呵，妳也不用露出那麼驚訝的表情吧。畢竟妳似乎有確實遵守與我的約定——好好照顧天神屋上下啊。」

「哪、哪有這麼誇張。如果你指的是靜奈那件事，那是他們本人努力之下才順利解決的……我幫上的忙也只是做做番茄醬而已。」

沒錯，我所做的事情真的沒什麼了不起……

然而大老闆還是輕輕搖了搖頭。

「受葵所幫助的妖怪們，可比妳想得還要心懷感激。我聽過太多了。還有妳做的料理也深受大家所愛。」

「咦？」

我環顧四周，銀次先生正帶著溫柔的笑臉；而曉不知怎地有點害臊而撇頭望向一旁；白夜先生表現得一如往常，葉鳥先生則依舊給了我一個拋媚眼的表情；阿涼在這種時候依然躺在蓆子上，喃喃說著夢話：「今天吃壽喜牛喔，葵……嗯嗯……」

「……」

喔喔，原來啊……我做的飯，原來確實有化為這些人的助力啊。

我純粹地感受到這一點——我融入了大家的圈子。

我一路以來所做的事情，也就只是每天做飯給大家吃，如此罷了。

一切都是從日常小事點點滴滴累積而成，我只是希望生活中與我有關的所有人們，都能活得健康又有活力，如此罷了。

即使遇上煎熬、難過的事情，至少也要先把肚子填飽，讓食物化為繼續前進的動力——我是如此祈願的。畢竟誰能一天不吃飯呢？

我從未意識到，我們自然而然地變成彼此的支柱，互相幫助著。

「什、什麼呀……」

回想起剛踏入天神屋那時的事情，一切簡直像場夢。

當時這些人明明都把我當成眼中釘。

總覺得開始害臊了起來，加上順便又回憶起以前那些不爽的事，我大口大口灌著沙瓦，一邊忘我地吃著香魚，試圖掩飾心中各種複雜的情緒。

經歷了種種，現在才能和樂融融地跟大家一起享受把酒言歡的樂趣。

嗯，沒想到酒喝起來意外地順口，心心念念的香魚也順利吃到了，足湯也泡得很舒服，而且明天還有一整天休假。

今天也許算是個非常美好的一天……

「欸，銀次先生，今天真是……」

心情快活的我，正打算對坐在身旁的銀次先生接著說「美好的一夜」，但我嚇了一跳。因為身旁的那張臉，不知怎地有些茫然，看起來帶著憂愁，好像很悲傷。
銀次先生的啤酒已經喝得一乾二淨，地上排了許多空空如也的罐子。
現在他好像正在用小酒杯喝著隱世的酒，但似乎也沒有喝到醉醺醺。
「啊，是。葵小姐您說什麼？」
銀次先生馬上發現我在找他講話，而擺出一貫的笑容。
「沒有……我想說你還喝真多呢。」
「是呀！難得在休假舉辦酒宴，所以我想說就盡情暢飲吧。」
「畢竟銀次可是千杯不醉呀，我怎麼也比不上。」
「咦，真意外耶。」
坐在我另一旁的大老闆，正隔著我看著銀次先生。銀次先生笑著否認：「才沒有這回事呢～」但看起來確實游刃有餘，好像還能再繼續喝。
不過他在剛剛那一瞬間露出的難過表情，究竟是為了什麼？難道說銀次先生的心中，還有其他煩惱嗎？
「嗷呼！」
就在此時，剛才一直睡在大老闆膝上的信長輕巧地跳往地面，踏著小巧的步伐往廣場中央走去，抬起那張狗眼看人低的臉仰望夜空。隨後他激動地擺著捲成一圈的短尾巴。
不只信長，就連大老闆與白夜先生也似乎察覺到了什麼而露出沉重的表情。

「怎麼？發生什麼事了嗎？」

「在上頭呢。」

「上頭？」

現場所有人全都繃緊神經，從泡腳池起身，走向看得見天空的空地。

我也跟著大家前去。

「哇！」

突然一陣強風向我們颳來。鬼火被吹得東倒西歪，篝火也完全熄滅。地上喝完的空罐被吹得七零八落，發出匡隆匡隆的撞擊聲。

這陣風實在太強，我整個人也快被吹走了，所以大老闆幫忙扶住了我，我也不假思索地抓緊他的手。

在場所有人都望向上空。我也在強風中循著大家的視線往上看。

「那、那是……什麼？」

一艘巨大的空中飛船出現在天神屋後山上空，遮蔽美麗的夜空。

飛船拖著神祕的火焰，搖曳的姿態有別於一般鬼火。在火光的照映之下，那塗成青色的船身與飽滿氣派的白色船帆隨之現形。船帆上所畫的是六角形的家徽，中間寫著「折」字。

「那是……六角折字紋……」

銀次先生仰望著那艘船呢喃道。

「天啊，是折尾屋的『青蘭丸』號。只不過來接我們三個回去，派這艘大得嚇死人的船來幹嘛！」

葉鳥先生似乎明白了這艘船是折尾屋派來接自己回去的，但是排場超乎預料地豪華，所以吃驚地大呼小叫著。信長也朝著船隻「嗷呼嗷呼」地狂吠。

折尾屋——

銀次先生與靜奈的前東家，現在則是葉鳥先生與時彥先生兩人工作的地方。那是位於南方大地的旅館，同時也是天神屋的競爭對手。

「亂丸。」

隔壁的大老闆喊出了這個名字，隨後一語不發地瞪著懸浮於半空中的那艘船。

我沿著他的視線望去，發現船頭站著一個人影，正在俯瞰地面上的我們。那個人影有著一頭紅如火的長髮，還有獸耳與尾巴，身上披著一件淡青色的外褂。

「咦？」

讓我心頭一震的原因，是那個男人臉上正戴著似曾相識的白色能劇面具。

我的心跳開始加速。

那張面具跟小時候救了我一命的那個妖怪所戴的非常相似。不，不只是相似，就是同一張！

雖然之前小說家薄荷僧先生曾說過，那種類型的面具在南方大地是隨處都買得到的紀念品，可是……那真的跟我記憶中的一模一樣。

「喂喂?麥克風測試……呃，天神屋的各位，深夜時分來打擾，還請見諒。這裡是折尾屋的『青蘭丸』號。我們是來迎接員工的。」

播送出來的擴音響徹了後山這一帶。

名叫亂丸的那男人身旁，還站了一位個頭嬌小的男性侍從，也長有獸耳與兩條細細的尾巴，戴著相同的白色能面，正拿著類似擴音器的東西朝我們喊話。

然後……

「還不快點上來，我們折尾屋的主子來打招呼了!」

對方以咄咄逼人的口氣，強硬地把天神屋的人叫上去。

我還沒搞清楚狀況，但看見大家擺出惡狠狠的表情，便徹底體悟到這是不尋常的挑釁事件。死對頭旅館的飛船突然侵門踏戶地襲來，讓原本歡樂的氣氛為之一變。

簡直就像烏雲蔽月一般。

天神屋的人全陷入恐慌。

雖說今天沒營業，但還是緊急召集了還待在館內的幹部與員工，全體到高空的渡船口集合。

折尾屋的船隻已經在那裡靠岸，等待天神屋的人來到。

他們全戴著詭異得可怕的白色能面，從甲板上俯視著我們。

接著一行人從折尾屋的飛船「青蘭丸號」下來，在渡船口排排站好。這些妖怪恐怕就是折尾屋的幹部吧。

正中央就是那個一頭長髮紅如火的男子。

而天神屋這邊的陣容，中心當然就是大老闆，其他幹部在兩旁排排就定位。

兩間旅館的人互瞪著彼此，彷彿一觸即發。

現場氣氛讓我完全陷入困惑。

除了不懂剛才為止還和樂融融飲酒作樂的大家，為何突然變得如此戒備以外，還有那張能面。那果然就是我一直以來所找尋的面具。

「感謝你大老遠光臨本館，且讓我聽聽你所為何來吧。折尾屋的大老闆，亂丸。」

大老闆以平日的從容口吻詢問紅髮男子。

「呵呵，緊張什麼，不是說了我只是來打聲招呼嗎？我們家的人似乎受你頗多照顧啦。」

紅髮男子的語氣中也帶著滿滿的諷刺。隨後他摘下臉上的白色能面。

他露出天不怕地不怕的無畏笑容，有一對碧藍如海的眼珠，個頭非常魁梧。

那紅髮男子就是傳說中那位名為「亂丸」的妖怪吧？他有著一對獸耳與毛茸茸的尾巴。

「亂丸他是一種名叫狛犬的妖怪……也被稱為犬神。那男人位居折尾屋的大老闆一職。」

人還站在我們這裡的葉鳥先生輕輕將手拍上我的肩膀，並悄聲為我說明。

「犬神？大老闆？也就是跟我們大老闆一樣的位置？」

「嗯。表面上是同等的地位，也各屬八葉的一員沒錯，但實際上又有點不同，因為折尾屋的『上頭』還有更大的人物……」

上頭？

葉鳥先生曖昧的說明突然中止，正當我覺得奇怪，就在此刻——

「黃金童子大人駕到——」

透過擴音器播放出來的聲音再次響徹後山，眼前的青蘭丸號綻放出強烈的金色光芒，讓我們不禁閉起雙眼。

透過緊閉的眼皮，仍「看見」了金黃色的花朵圖樣。金色鱗粉散落一地。

喀啦……喀啦……

耳邊響起了木屐的聲音。我心想「不會吧」而微微張開眼皮。

在眩目光輝中映入眼簾的是一位少女，正從青蘭丸甲板延伸而下的階梯緩緩走下地面。

「那女孩是……那個金髮的……」

果然是那女孩，我怎麼可能忘記。

我們的相遇過程還清晰地歷歷在目。

她就是之前迷路而來到夕顏的女孩子，同時也是我在東方大地遇見的那位金髮座敷童子。

折尾屋的幹部分散成兩邊，那位稚幼的齊瀏海女孩踩上中間所闢開的道路，佇立在原地。她今天穿著天藍色的和服，上頭裝飾有細緻的刺繡圖案，以及現代風格的荷葉邊。頭上也別著與和服同材質的髮飾，手上則撐著白色的西式陽傘。

少女抬高傘緣，露出原本被遮住的臉龐。她瞇起那雙如紫水晶般澄澈的眼睛。圍繞在她身上的金黃色光塵與莊嚴的存在感，令天神屋的幹部無一不屏息。

「黃金童子大人……」

隨後大家如此呼喚她，並單膝跪地低頭行禮。就連大老闆也一起……

也因此只剩我一個人突兀地呆站在原地，後來才慌慌張張學大家跪下。

「那個女孩，到底是什麼人啊？」

「那、那、那位是折尾屋真正的老闆──『女老闆』黃金童子大人，同時也是天神屋的創辦人。實在沒想到連那位大人都大駕光臨……」

「折尾屋的女老闆……天神屋的創辦人？」

對方似乎是令人敬畏的高貴身分，葉鳥先生整個人縮小到令我不可置信，甚至連額頭都叩在地面上。

到底是怎麼回事？我毫無頭緒。然而此時腦海中突然掠過的是，上次在地下工廠的洋房中所發現的照片──大老闆與這女孩的合照。

「黃金童子大人是創立天神屋的始祖，也是第一任女老闆。但在久遠以前便將天神屋託付給大老闆，不再干涉經營。在那之後，她在南方大地設立了折尾屋，現在位居女老闆的位置。簡單來說，她是一手促成這兩間旅館誕生的幕後大老闆。雖然現在立場比較偏向折尾屋。」

「幕後大老闆……」

這件事我壓根兒沒聽說過，所以非常震驚。

我還以為天神屋跟折尾屋是兩派不同人馬所創辦的老字號旅館，互為競爭對手。

沒想到竟然全出自那個女孩……那個才那麼小的女孩子。

「天神屋的各位，抬起頭來。」

少女的聲音響起，可愛得簡直讓人誤以為是清脆的鈴鐺聲。那位被稱為黃金童子的女孩，對我們天神屋的人如此下令。

大家紛紛抬起了頭。

「許久不見了呢，鬼神大老闆。」

黃金童子那雙紫瞳望向大老闆，眼神中簡直散發出寒氣。

大老闆雖然放低身段，但依然不改平時飄飄然的態度。

「究竟是什麼風，竟然把黃金童子大人吹來天神屋了呢？我還以為您不會再大駕光臨這兒了。」

「呵呵，膽敢如此諷刺我，鬼神你還真是老樣子呢。我只不過是來迎接折尾屋的人罷了。」

「您親自來迎接？」

對於大老闆的這個問題，黃金童子的嘴角勾起了微微的弧度。

那詭譎的笑容讓我感到有點毛骨悚然。

「你們……該回去了。」

被她這麼一喚，原本五體投地的葉鳥先生與時彥先生，恭敬地回答了一句「遵命」後便直直站起身子。

葉鳥先生不知為何嘆了口氣，拖著有氣無力的腳步散漫地走回折尾屋的陣容，而時彥先生則摸了摸靜奈的頭，依依不捨地離開。信長則還是老樣子，擺出一張目中無人的跩臉，被抱在時彥先生的懷中。

就在兩人走回折尾屋的陣容中之後——

「那麼……天神屋的小老闆，銀次。你也該回來折尾屋了。」

「咦？」

黃金童子這番話讓在場所有人都不知所措，紛紛騷動著。

尤其是銀次先生本人，他吃驚地盯著黃金童子看，眼睛連眨都沒眨。

「怎麼？就是所謂的人事異動罷了。銀次，我應該已經先告知過你了……」

「……」

「再說，原本立下的約定便是如此——在天神屋工作五十年後，便回到折尾屋。」

這番話又再度讓天神屋的人議論紛紛。

銀次先生張開嘴似乎想說些什麼，但在黃金童子綻放的冰冷金黃光芒中，最後他閉口作罷。地位夠資格說話的白夜先生見狀，便開口一句「恕在下直問」，質問黃金童子。

「黃金童子大人，這究竟是怎麼一回事？像這樣的人事異動，至今從未發生過不是嗎？說起來天神屋跟折尾屋原本就是兩個獨立組織，體制也不同，怎麼會有這樣的員工異動……」

「會計長白夜，這裡不容你插嘴。」

然而，黃金童子的眼神不帶任何一絲溫柔，打斷了白夜先生的話。

果然她的地位還是遠遠高於在場任何人吧。

就連白夜先生在這位座敷童子面前似乎也備感壓力。他瞬間噤口不語，臉頰上滲出了汗水。

「呵呵，此事已定。這本來就是我創立的旅館……所有決定權握在我手中。沒錯吧？鬼神大老闆。」

「……是。」

大老闆停頓了一會兒，以低沉的聲調點頭回應。

然而從那雙紅瞳中，可以感受到他強烈的反抗意識。那是一雙帶著隱隱光芒的深紅色，屬於鬼的目光。眼神中散發出凜冽地令人毛骨悚然的冰冷靈力。我從沒見過這樣的大老闆。

最近這陣子，即使有不快的地方他仍然溫柔以對，然而在關鍵時刻，果然還是提醒了我「他是鬼」這一點。

「銀次，你打算趴在那趴到什麼時候？黃金童子大人下令，還不快起身過來。」

這次換亂丸開口，他以從容的口吻頤指氣使。

銀次先生還是一語不發。隨後他緊緊握住拳頭，抬頭瞪向亂丸。這也是我第一次看見他露出那樣的表情。

「銀、銀次先……」

「我明白了。」

就幾乎在我開口呼喚他的同一秒鐘，銀次先生擠出了這句話，並站起身子。

那句肯定句讓我瞬間懷疑自己有沒有聽錯。

「銀次……」

大老闆壓低眉頭，斜眼凝視著這樣的銀次先生。

驚訝的不只我一個，在場所有天神屋員工沒有一個不吃驚。當然這是因為大家都以為銀次先生會拒絕。

然而銀次先生彷彿早就知道事情會演變至此，他冷靜地站往天神屋眾人面前，低下了頭。

「天神屋的大家，至今為止承蒙各位照顧了。我要回去折尾屋了。看來折尾屋那邊有非我不可的工作必須完成。」

「……」

一陣鴉雀無聲後，大老闆也站起身問銀次先生：

「銀次，這樣真的好嗎？」

「我原本就做好如此打算。」

銀次先生用淡然的語氣如此回答，一點都不像平常的他。

大老闆凝視了銀次一會兒，隨後開口：「照你的意思決定吧。」大老闆的聲音也很坦然。

銀次先生快步朝青蘭丸的方向走去，不帶一絲猶豫。

天神屋的大家見大老闆起身，也跟著起身，交頭接耳地討論著眼前情況。

「該不會……小老闆是折尾屋派來的間諜吧？」

「看起來好像是……不過……果然……」

諸如此類的耳語稀稀落落地傳了過來。我聽著這些不想聽的話語，也站起身來思考。眼前狀況簡直超越我的理解範圍。

為什麼……？

為什麼銀次先生非得回去折尾屋不可？

為什麼大老闆如此輕易就放他走？

「銀次先生，銀次先生，等等！」

我不假思索地打算追上銀次先生，卻被大老闆捉住手腕，一把拉了回來。

「別這樣，葵。不許動！」

那口氣完全不像平常的大老闆，讓我想起了初次相遇時的他。冰冷又嚴厲的口吻令我的肩膀不由自主地打顫。隨後我回過頭去望著他。

「可、可是這樣下去……銀次先生他就要……」

「我明白，但這是銀次的決定。」

「你明白？你明白什麼？我什麼都不明白！大老闆的意思是就算天神屋沒有銀次先生也無所謂嗎？」

「葵……」

「為什麼？只因為他原本是折尾屋的員工？這樣豈不是太殘酷了嗎？」

我感到一陣混亂。我現在整個人慌得不知所措。

明明根本不清楚原委，但光是「再這樣下去銀次先生就要去折尾屋了」這個事實，就讓我怎麼樣也無法接受。

我回憶起銀次先生之前說過的話。說自己還沒有得到天神屋上下百分之百的信任……

那番喪氣話完全不像銀次先生會說的。當時我心想原來他還有這層煩惱，然而現在他就要被折尾屋帶走了。如果現在不阻止，就這樣允許他離開，那不就好像變成「天神屋真的不需要他」了嗎？

「……」

但是大老闆卻一句話也不說，他只是瞪著折尾屋的人。

也許他心裡正在思考什麼，也許他心裡知道些什麼，但是並不打算告訴我。

他只是強而有力地抓著我的手腕，他的指甲陷進我的肌膚中，一陣刺痛感掠過。

「對不起，葵小姐。」

銀次先生的聲音讓我回過神，望向他的方向。

隨後我的眼睛瞪得不能再大。

銀次先生站在折尾屋的陣容之中，接過了亂丸手中的白色能面，回頭望著我——

這幅畫面讓我無法視而不見。

「……」

這身影早就存在於我過往的記憶裡。

年幼時的珍貴邂逅——那次的離別場面與眼前這片光景完全重疊為一。

記憶在此刻總算一一串連起來。我還沒能確信，眼淚就先被這股強烈衝擊所震撼，奪眶而出。銀次先生則靜靜地戴起那張面具。

「等、等一下，銀次先生！」

我伸出了手。

銀次先生是不是折尾屋的間諜，這些流言蜚語在此刻已經無所謂了。

就算是真的，也一定有什麼內情。

如果我什麼都不問，就這樣放銀次先生離開，不讓他有親口說明的機會，那我一定會非常非常懊悔吧。少了銀次先生的夕顏，也不再完整。

「等等，銀次先生！你是不是就是當時那位……」

而且一股「預感」把我完全逼急了。

如果這真是事實，那我有些事必須向銀次先生確認，有些話一定要對他說啊！

或許是因為接連而來的衝擊，讓我的呼吸變得急促，腳步也站不穩了。大老闆察覺我的異狀，便放開我的手，握住我的肩膀。

折尾屋的亂丸斜眼看著我們，對這樣的結局似乎感到心滿意足。

「喂，人都到齊了，啟程回折尾屋去囉。」

隨後他率領著諸位幹部再次登上青蘭丸號。

在天神屋待了好幾天的葉鳥先生與時彥先生，此刻的表情都十分僵硬又嚴肅。葉鳥先生臉上一點笑容都沒有，時彥先生則閉口不語，視線垂得低低的，心情似乎五味雜陳。這兩人原本是否知道最後會是這般結局呢？

銀次先生也頭也不回地走進船內。

反觀這一側，天神屋的人全都一動也不動。

他們毫無打算阻止銀次先生離去。

但是我明白，大家是對於銀次先生抱著各種想法與疑問，而不知道該作何表示才對。

「大老闆，大老闆，這樣子真的好嗎？」

「這是銀次的決定。」

大老闆只淡淡地再次回應了一句，剛才已對我說過的那句話。

我回想起葉鳥先生之前曾用「來者不拒，去者不追」這句話形容大老闆。
「不過，銀次。你我之間的約定，也要牢記在心。」
大老闆只對銀次先生留下短短的一句話。
我不清楚這句話代表什麼意思，而銀次先生只是背對這裡不發一語。
也許大老闆對於銀次先生的離去，知道一些什麼內情。
但我還是無法認同這一切。
騙人，這樣子一點都不好。
因為銀次先生明明說過，他最喜歡天神屋的夕顏——我們倆一起打造的夕顏了啊……
我做了一次深呼吸，平復急促的氣息。
「等、等一下。」
然後我朝著已經發動的青蘭丸，出聲喊住了坐在上頭的折尾屋一行人。
「幹嘛，津場木葵。妳這人類丫頭，我可沒事找妳。」
亂丸露出一臉不耐煩的表情，從甲板上俯瞰著我。那股銳利的視線完全就像是看到什麼厭惡的東西。
「你沒事，但我有事……你知道這是什麼嗎？」
「啥？」
我把放在圍裙口袋裡的某樣東西拿了出來，那是一個小小的袋子。

裝在裡頭的，就只是口味樸實的豆渣餅乾。不過……

「信長！」

我大聲呼喊折尾屋的當家招牌犬，信長的名字。

信長馬上嗅到我手上的豆渣餅乾所散發的香味，猛烈地吠了一聲「嗷呼」之後，便直接從剛出發的船上跳了下來。

「！」

他降落在渡船場的地面上，踩著響亮的步伐聲跑來我身邊。

折尾屋和天神屋的所有人，無一不被這畫面嚇呆了。

我把豆渣餅乾餵給跑來我腳邊的信長，並摸了摸他的頭，一邊直接把他抱了起來。

我單手抱著信長，而另一隻手則拿起……天狗圓扇。

「欸……把銀次先生交出來。」

我完全進入備戰狀態，直接向折尾屋提出我的訴求。

就連我自己都覺得這行動也太大膽了吧。現在渾身發熱，也許是因為喝了酒的關係吧，又或許不是……

一瞬的沉默結束。

「唔哇啊啊啊啊啊啊！信長，信長被——」

折尾屋的大老闆亂丸在這緊急狀況下，早顧不得臉上的面具，一把甩掉，明顯進入暴怒狀態，整個人慌了手腳。

「妳這丫頭！竟然拿信長當人質，何等卑鄙！我要把妳碎屍萬段！」

剛才為止還從容得令人厭惡的態度，已經完全崩潰了。

他從甲板上伸出雙手，大喊著信長的名字，看起來巴不得從已經出發的船上一躍而下。

反觀信長，完全陶醉在我的豆渣餅乾裡，似乎完全沒有想回船上的意思。他對著亂丸露齒一笑，給了個嘲諷的邪惡笑容。這隻狗實在毫無忠心可言。

「竟然拿阿信前輩當擋箭牌！」

「這、這實在太齷齪了。」

「不愧是史郎的孫女，真正的鬼妻——」

折尾屋的幹部們似乎也沒有預料到事態會演變至此，而七嘴八舌地對我猛吐惡言，船上噓聲四起。

對於折尾屋而言，信長是不可或缺的招財犬——當然，我就是看準這點才行動的。

「聽到沒啊，我叫你們把銀次先生交出來啦。否則我就用這圓扇把整艘船吹掀……」

是酒精開始發揮效果了嗎？我真的把圓扇高高舉了起來。

「葵小姐！萬萬不可！」

就在此時。

我聽見了銀次先生緊張的聲音，回過神時，我的身軀已經被金色的繩索給五花大綁了起來。

「葵！」

這真的只是一瞬間的事。

大老闆喊著我的名字，我被他的手強而有力地拉住。

我明明確實感受到他的力道，但在不知不覺間，我被好幾條金色繩索束縛住，突然發現自己一個人站在無邊無際的黑暗之中。大老闆早已不在身邊。

金色鱗粉在我的眼前紛飛著。花朵圖樣的金粉規律地一邊旋轉一邊落下。這就好像以前去東方大地那次，我追著黃金童子，結果迷路踏進的那片黑暗。

在遙遠的黑暗彼端，我看見了臉上綻放微笑的黃金童子。

她身後掛著金黃色的圓環，操縱著金色繩索。她那輕輕飄浮於黑暗中的身影散發出神聖感，令我充分感受到「這個人絕對不是我足以應付的對手」。

圍成圈……圍成圈……（註13）

少女如耳語般呢喃出的歌聲，在我耳膜深處響個不停……頭好痛……

「哇！」

一片光明瞬間劃破黑暗，我重重摔落在地面上。好痛。總覺得之前也發生過一樣的事情。

抬起臉一看，映入眼簾的只有好幾張折尾屋的白色能面，正湊在一起低頭看著我。

「咦？什麼？」

這到底是什麼狀況？

就連這種情形下，信長依然在我的懷中繼續吃著豆渣餅乾。然而就在他吃得一乾二淨之後，便馬上跳下我的膝蓋，不知道跑往哪裡去了。

「信長，歡迎回來。休假玩得還愉快嗎？」

他馬上就被折尾屋的亂丸抱在懷裡。信長雖然胡亂掙扎著，但完全沒被亂丸當一回事。

「真是場災難呢，信長，你竟然被那邊那個野蠻的女人抓住了。」

亂丸說道，並用充滿恨意的眼神朝下瞪著我。

話說……為什麼我會被折尾屋一行人包圍在中間？

這裡是……船上？

「咦咦咦咦咦咦咦咦！」

我馬上站起身子，顧不得腰還很疼，快步跑往船頭，把上半身往外一探，確認外頭的狀況。

註13：日本童謠，在玩「背後是誰」遊戲時所唱的歌。遊戲方式為負責當鬼的一位成員蒙眼蹲在中間，其他成員在周圍一邊唱歌一邊繞圈，唱完時由鬼猜站在背後的是誰。

「天啊。」

天神屋的渡船口早已不在視線範圍內，能望見的只有懸浮在半空的明月，以及一望無際的無雲夜空。地面已在遙遠的下方。

看來這是折尾屋的船沒錯，我似乎正在青蘭丸的甲板上。

這就是所謂的……飛蛾……撲火嗎？

「哎呀？怎麼有個人類小丫頭，像趨光的蟲子一樣，擅自撲上來我們的船呀。哈哈哈哈哈哈哈哈！」

折尾屋的大老闆亂丸一把揪住了我的和服領口，以驕傲的態度大笑著。剛才慌亂的樣子彷彿從未發生過。

「……你、你！」

「不愧是黃金童子大人的『神隱術』，就連那位大老闆也束手無策啊。信長也平安歸來，情勢完全逆轉了。哈哈……哈哈哈哈哈哈！所謂的大快人心正是我現在的心情寫照啊。妳那大老闆現在會是怎樣一張表情呢？我還真想瞧瞧呀！」

隨後亂丸粗暴地拉著我的領口，讓我整個人摔倒在地。

「痛！」

腰部又撞個正著。亂丸又再度捉起我的領口，湊近了臉龐，用那雙閃著隱隱光輝的海藍色眼睛盯著我。

那對眼珠的顏色非常美麗，帶著與大老闆完全相反的光芒，令我無法移開視線。

「喂，小ㄚ頭……妳可還真有膽，拿我們家招牌犬當擋箭牌啊。」

「不是……我從來沒打算拿他掩護……」

「像妳這種沒用的小ㄚ頭，帶回折尾屋也派不上任何用場，不過妳好歹也是傳說中的大老闆鬼妻……又是津場木史郎的孫女……至少能當成珍奇物讓客人參觀吧？哈哈哈哈哈！」

看來折尾屋的亂丸打算把我帶回旅館，已經對我表現出非比尋常的惡意。我被無數張過去曾救我一命的白色面具團團包圍住，沐浴在他們充滿敵意的視線與嘲諷之中。

從這群人的縫隙之間，我看見了黃金童子消失在船內。她手拿我的圓扇湊往嘴邊，發出了輕笑聲，就像在說「她接下來就任憑你們處置了」。

我感覺到自己的體溫一口氣降到冰點……

「亂丸！放開你的手，不許碰葵小姐！」

此時，一陣耳熟的聲音從甲板傳了過來。擠進我跟亂丸之間的不是別人，正是拿下面具的銀次先生。我所認識的銀次先生。

他用嚴厲的口氣威脅對方，試圖保護我的安全。那語氣完全不像平常的銀次先生。

「銀次……哈！你還是老樣子，裝出一副紳士態度呀？」

「葵小姐是大老闆的未婚妻，我不允許你如此粗暴地對待她。」

對任何人都客氣有禮的銀次先生，現在卻格外強硬。

我清楚地看見他隱隱洩出的靈力，帶著一股平靜的銀色——現在他的內心正充滿了怒意，隨時一觸即發。

亂丸應該也查覺到了吧。

亂丸鬆開了抓著我的手，站起身之後，一臉掃興似地整理了自己身上的外褂。

「『不允許』？銀次，你這是用什麼身分對誰說話？」

亂丸身上也散發出狂暴的靈力，那是一股野性的威嚇，就像毛髮豎立，正在低吼的野獸，打算展開獵食的前一刻。

「左一句大老闆，右一句大老闆……你既然已非天神屋的小老闆，那麼那傢伙也不再是你需要侍奉的上司，沒錯吧？你現在再度成為折尾屋的一員了——這是我們五十年前所立下的『約定』才對。所以你才毫無抵抗地乖乖回來不是嗎……銀次。」

「……」

「該回去了。我們的旅館……是『折尾屋』才對。」

這是發生在某一個夏夜的事，那一晚冷得無法想像白天是那麼地酷熱。

接下來即將襲來的風波，在此刻正式拉開序幕。

這是妖怪旅館的一次「重大事變」。

後記

大家好，我是友麻碧。

本集的各篇章，大多在描寫「葵支持全力以赴的夥伴們」的故事，而劇情裡同時也嗅到一股「暴風雨前的寧靜」這樣的詭譎氣息。感覺下集的她又要大難臨頭了……

啊，本作品即將改編成漫畫版了。我本身是漫畫迷，所以真的感到非常榮幸！另外，我在新上線的小說投稿網站「カクヨム」(https://kakuyomu.jp) 的官方連載區展開了全新的作品連載。以淺草為舞台，描寫妖怪之間前世今生的婚姻奇譚——這是我一直以來很想嘗試的故事。若各位有興趣的話，還請賞個臉稍微翻翻看！（以上為日文版出版狀況）

對於在本作及新連載作品上給予諸多支持的責任編輯，我只有無盡的感謝。

Laruha 老師為本集封面所畫的新登場的曉與白夜這兩位角色，設計得實在太深得我心了！

最後要感謝各位讀者。本作品之所以有幸漫畫化，以及我之所以有機會展開全新連載，一切都要歸功於愛護本系列作《妖怪旅館營業中》的各位讀者，真的不勝感激。衷心期待在第四集也能與各位再度相見。

友麻碧

國家圖書館出版品預行編目資料

妖怪旅館營業中. 3, 料理鬼妻的美食外交 / 友麻碧作 ; 蔡孟婷譯. -- 初版. -- 臺北市 : 臺灣角川, 2017.03

面 ;　公分

譯自 : かくりよの宿飯 : あやかしお宿に好敵手きました。

ISBN 978-986-473-458-0(平裝)

861.57　　105022541

軽文學 Light Literature

妖怪旅館營業中 三 料理鬼妻的美食外交

原著名＊かくりよの宿飯 三　あやかしお宿に好敵手きました。

作　　者＊友麻碧
插　　畫＊Laruha
譯　　者＊蔡孟婷

2017年3月22日　初版第1刷發行
2020年9月4日　初版第4刷發行

發 行 人＊岩崎剛人
總 編 輯＊呂慧君
編　　輯＊林毓珊
美術設計＊吳佳昫
印　　務＊李明修（主任）、張加恩（主任）、張凱棋

台灣角川

發 行 所＊台灣角川股份有限公司
地　　址＊105台北市光復北路11巷44號5樓
電　　話＊（02）2747-2433
傳　　真＊（02）2747-2558
網　　址＊http://www.kadokawa.com.tw
劃撥帳戶＊台灣角川股份有限公司
劃撥帳號＊19487412
法律顧問＊有澤法律事務所
製　　版＊尚騰印刷事業有限公司
I S B N＊978-986-473-458-0